Paul Tanner

Bergkristall

Paul Tanner

Bergkristall

Impressum:

© 2021 Paul Tanner

Neue überarbeitete Auflage

Herstellung und Verlag: BoD - Books on Demand, Norderstedt

ISBN: 9783755740957

1§

Bergkristall

Roman von Paul Tanner

1

Noch lag die Hütte im Schatten des Hore, wie es die Einheimischen nannten, während auf der anderen Talseite der Gipfel des Ritzlihorns schon in hellem Sonnenlicht erstrahlte. Quietschend öffnete sich die Türe der alten Sennhütte und langsam, vorsichtig zeigte sich ein Kopf, das heisst eher vorerst ein grauer Vollbart, dann eine etwas gerötete Nase, daneben zwei stahlgraue listige Äuglein und darüber, als wäre es aus altem Leder eine runzelige Stirne. Das alles bedeckt mit grausilbernem Haar, das wohl noch ganz selten Bekanntschaft mit einem Kamm gemacht hatte. Die Türe wurde weiter aufgeschoben, so dass sich nun der Mann in voller Grösse zeigte. Eine etwas dürre Gestalt mittlerer Statur, gekleidet mit einer Hose aus Halblein, deren Farbe wohl einst braun gewesen wäre. Darüber trug er ein Hemd, das noch relativ sauber war, so eines wie sie Sennen und Küher tragen, mit Edelweissen bestickt ohne Kragen und die Ärmel nach hinten gekrempelt.

„Noch keine da", brummte er in seinen Bart hinein und schlurfte dabei schlaftrunken zum Brunnen vor der Hütte und wusch sich dort ausgiebig den Kopf, indem er mit den Händen Wasser aus dem hölzernen Brunnentrog schöpfte und es über sein Gesicht und seinen Bart laufen liess, wohl weniger der Sauberkeit wegen und mehr dazu gedacht von dem sehr kalten Nass endgültig wach zu werden. Nach dieser Prozedur trat er neben die Hütte, um nach seinen Kühen zu sehen. Die weideten noch weit oben in der Trift, labten sich an dem taufrischen Gras und hatten wohl noch keine besondere Lust, sich melken zu lassen. So setzte sich der Senne vorläufig noch auf die rohgezimmerte Bank vor der Hütte und beschäftigte sich in Gedanken mit seinen Angehörigen unten im Tal. Die hätten wohl heute einen strengen Tag. Da wäre wohl Heu einzubringen. Es war ja seit Tagen gutes Wetter gewesen, das sie wohl benutzt haben würden. Unten sah er den Säumerpfad, und auf diesem waren schon die ersten Säumer mit ihren Maultieren unterwegs. Was sie wohl geladen hatten? Was hatten wohl die Haslitaler den Wallisern oder den Italienern anzubieten? Nicht viel als etwa Käse, Butter, geflochtene Korbwaren, Kuhhäute, oft Kristalle und noch öfter Schwarzpulver oder Salpeter und Holzkohle.

„Langsam wird es Zeit ihr verdammten Biester, meint ihr eigentlich, ich müsste heute nicht einen Käse machen aus eurer Milch? Hopp, hopp, Lene. Komm Blösch, komm Spiess, hopp, hopp, hopp!" Da öffnete sich oben im Dachgiebel ein Fensterchen und ein kleiner Bub steckte seinen Kopf heraus und rief: „Ätti, soll ich sie holen?"

„Ach du kleiner Zwerg, ich wollte du könntest es. Dazu bist du noch zu klein. Schlaf du noch ein bisschen."

„Nein, ich stehe jetzt auf. Ich muss dem Bärbeli die Ziegen hüten helfen!"

„Ja, ja, du musst ihm hüten helfen, das wird mir etwas sein!"

„Doch Ätti, sie haben Junge erhalten."

Der Lausebengel, er hatte es erfleht mit allen Mitteln, mit dem Grossvater auf die Alp zu gehen, obwohl er mit vier Jahren sicher noch zu klein war, um etwas zu helfen. Immerhin vertrieb er dem Ätti die Langeweile und stören bei der Arbeit tat er ja nicht.

Gemächlich kamen nun die Kühe angetrottet, tranken noch Wasser beim Brunnen und begaben sich dann durch die offene Stalltüre jede an ihren Platz. So nahm nun der Graben-Hännel, wie er genannt wurde, Melkstuhl und den hölzernen Eimer und begann sein Tageswerk mit Melken. Nicht lange, erschien der kleine Thys barfuss und mit kurzen Hosen bekleidet im Stall. Dort setzte er sich auf das Stallbänklein und erzählte dem Ätti in der blumigsten Sprache, wie eben drei Ziegen der Anne Junge erhalten hätten. Die seien nun in einen kleinen Pferch eingesperrt, und Bäbeli und er müssten sie hüten, damit sie der Adler nicht hole. Dazu hätte ihnen die Anne grobe Stecken gehauen. Mit denen würden sie dem Adler schon heimleuchten, wenn er eines der Zicklein holen wollte.

„Bub, du könntest vielleicht die Hühner füttern? Du weisst ja, wo das Futter ist. Gib ihnen eine hölzerne Tasse voll. Im Übrigen sind unsere Hühner durch den Adler genau so gefährdet wie Annes Ziegen!"

„Nicht ganz, um die kümmert sich der Pläss!"

„Du hast richtig immer eine gute Ausrede, wenn du zum Bärbeli willst. Das fängt richtig schon früh an bei dir."

So begann der Morgen auf der Triftalp. Nachdem auch der Hund Pläss seinen Milchschaum erhalten hatte, schlug der Ätti Feuer unter dem Kupferkessi, tat vorerst aber nur ein kleines Mass Milch hinein, die sie zum Morgenessen trinken wollten.

„Setz dich an den Tisch. Wenn du nicht ordentlich gegessen hast, magst du nachher nicht die Ziegen hüten."

Wie jeden Morgen gab es in einer hölzernen Kachel Hafergrütze mit etwas Milch übergossen und dazu Käse.

Der Bub hatte kaum Zeit für sein Morgenessen, konnte kaum ruhig sitzen so sehr zog es ihn über den Steg zu Bärbelin. War es die Sorge um die Zicklein oder sehnte er sich nach dem Spielgefährten? „Ich wette, die schlafen noch Bub, du brauchst dich sicher nicht zu beeilen, iss jetzt deine Hafergrütze, so wirst du gross und stark."

„Ich sah den Adler schon am Himmel kreisen als ich aufgestanden bin!"

„So wirst du wohl gehen müssen", lachte der Senn.

10

Ein tiefer Graben trennte die beiden unterschiedlichen Alpen. Auf der einen weideten Kühe und Rinder und auf den anderen Ziegen. Die Kühe weideten in saftigen Matten, während auf der anderen Seite des Grabens die Ziegen in einer mit Blöcken und allerlei Geschiebe übersätem Hang ihre Nahrung suchen mussten. Der Graben bildete mit seinem Bach die natürliche Grenze. Niemand erinnerte sich daran, dass jemals eine Kuh oder eine Ziege den Bach überquert hatte. Über diesen Graben führte ein Steg aus drei Brettern und einem auf der untern Seite angebrachten Geländer aus dünnem Arvenholz. Diesen Steg betraten weder die Anne, die Ziegenhirtin, noch der Senn, denn die Zwei mochten sich nicht leiden. Die Kinder jedoch benutzten ihn rege, und das liessen sowohl die Anne wie der Senn zu.

Die Kinder sollten nicht unter dem Groll leiden, der zwischen Hännel und der Anne bestand.

Gewiss, wenn sie in grosser Not wäre würde er ihr helfen, sonst aber war es ihre eigene Schuld, dass alles so gekommen war. Sie hätte seine Frau werden können. Die Frau eines Bauern mit acht Kühen und zwei Maultieren, dazu Besitzer dieser Alp. Aber nein, sie schenkte ihr Herz diesem Luftibus aus Innertkirchen. Diesem Kerl, der allen Mädchen den Kopf verdrehte, der an jedem wüsten Streich beteiligt war und an keiner Kilbi von Meiringen bis ins Goms fehlen durfte. Sie hatte ihn vorgezogen. Das tat weh, aber die Strafe dafür erhielt sie schnell. Der Ludi, so nannten sie ihn, beschaffte sich zwar zwei Maultiere und wäre eigentlich ein guter Säumer gewesen, wenn er seinen Lohn nicht jeweils schon im Wallis verprasst hätte. So lebte Anne mit ihrem Kind, das sie zusammen gezeugt hatten, in grosser Armut. Das ging so lange, bis Ludi in Sitten mit einem Landsknecht wegen einer Dirne in Streit geriet und von diesem erschlagen wurde. Nun lebte Anne mit ihrem Mädchen in einem kleinen Haus abseits des Dorfes Guttannen am Fusse des Ritzlihorns. Ein wenig Land reichte für das Halten von drei Ziegen, aber um den Hunger von zwei Frauen zu stillen nicht. Näher beim Dorf war der

Mattenbauer. Sein Land grenzte an allen Seiten an dasjenige von Anne. Der Mattenbauer hatte ein gutes Auskommen. Nebst drei Kühen hatte er zwei Maultiere und etwa dreissig Geissen, die er eben auf der Alp hintere Trift sömmerte. Seine Frau war gottesfürchtig und sah wohl das Elend der Anne. So bearbeitete sie ihren etwas geizigen Mann und bewog ihn dazu, er solle die Anne als Ziegenhirtin auf der Trift anstellen. Sie könnte ja ihre Ziegen auch gleich mitnehmen. Als Gegenleistung könnte man ihr das Futter für den Winter besorgen. Etwa das Heu einbringen. So kam es dazu, dass Anne mit ihrer Tochter den Sommer auf der Hintern Trift verbrachte und den Winter in Ihrem Häuschen hart an dem Lawinenkegel, verursacht von der Lawine, die fast jedes Jahr vom Ritzlihorn herunterdonnerte.

Wenigstens hatten sie jetzt zu essen, denn vom Ziegenkäse, den sie im Sommer auf der Alp herstellten, erhielten sie reichlich, und weil ja ihre Ziegen im Sommer auch auf der Alp weideten, reichte nun das Futter für deren sechs.

2

So verstrichen die Jahre mit all ihren Nöten und Gefahren, vor allem im Winter. Annes Tochter wuchs heran zu einer schönen jungen Frau. Die Burschen von Guttannen, nicht so viele an der Zahl, hatten mehr oder weniger alle ein Auge auf sie geworfen. Ihr Herz öffnete sich aber nur einem. Es war der Sohn des einflussreichsten Mannes in Guttannen. Er war der oberste Kirchenrat und zugleich Obmann des Chorgerichtes und somit Hüter von Sitte und Moral. Josef Zumbrunnen hiess er. Jede nach seiner Meinung unzüchtige Handlung wurde von ihm aufs Schärfste verurteilt. Kirchenbesuch am Sonntag war für Jung und Alt Pflicht. Frauen und Mädchen auf der einen Seite des Kirchenschiffes und Männer und Burschen auf der andern. Burschen, die sich des Nachts herumtrieben, kamen vors Chorgericht und sollte etwa zu später Stunde ein Mädchen mit einem

Knaben schwatzen, ebenfalls. Dass er versuchte, einen jeden Schritt seines Sohnes zu überwachen, braucht nicht extra erwähnt zu werden. Dieser hatte aber die Gunst und das Herz von Annes Tochter erobert. Nach seinem Vater hätte er aber vor der Hochzeit keine Frau berühren dürfen und dazu hätte der Alte ihm eine Frau auserkoren. Der Sohn aber wusste sich nachts heimlich davon zu stehlen und klopfte dann spät in der Nacht an Käthis Fenster. Vorerst blieb es dabei bei einem kleinen Schwatz, wobei Hans, so hiess der Bursche, das Mädchen immer wieder bat, ihn ja nicht zu verraten. Irgendwann trafen sich dann ihre Lippen zum ersten Kuss und nun begann ihr junges Blut zu kochen. Es kam dazu, dass Käthi nun sein Fenster ganz öffnete und Hans zu ihr ins Bett schlüpfte. Das Mädchen hatte zwar ein schlechtes Gewissen ob dieser grossen Sünde, aber die menschlichen Triebe siegten und nicht lange, war Käthi schwanger.

Hans drängte Käthin ihn ja nicht zu verraten, der Vater würde ihn totschlagen, wenn er davon wüsste. Er wolle Geld verdienen, Kristalle suchen und nach Mailand bringen. Danach werde er mit ihr ins Unterland ziehen bei Nacht und Nebel an einen Ort wo ihm der Alte nichts mehr anhaben könne. Er werde sie bestimmt heiraten.

Wie grösser, dass Käthis Bauch wurde, wie seltener besuchte sie Hans und letztlich überhaupt nicht mehr. Das Mädchen aber hielt sein Versprechen ihn nicht zu verraten und verlor die Hoffnung nicht, er würde sie heiraten.

Natürlich liess sich ihr Zustand nicht verbergen und sie wurde mit Verachtung gestraft. Für die Leute von Guttannen war ein schwangeres Mädchen, das nicht einmal den Vater nennen konnte, eine gottlose Hure. Die Einen munkelten, das unzüchtige Mädchen habe das Kind von einem fremden Säumer aufgelesen. Andere behaupteten, sie sei wahrscheinlich den Soldaten Napoleons willig gewesen.

Mürrisch und widerwillig liess sich die Hebamme bewegen bei der Niederkunft dabei zu sein. Es war eine schwere Geburt und Käthi verlor viel

13

Blut und wurde schwächelnd. Noch mehr aber grämte sie sich, dass Hans sie offenbar im Stich gelassen hatte. Kein Wunder wurde sie endgültig krank und verstarb nach einem halben Jahr. Das Kind, ein Mädchen, aber war gesund und wurde fortan mit Ziegenmilch genährt.

Als Käthi den nahen Tod fühlte, war ihre grösste Sorge, das Kind noch taufen zu lassen. Sie schickte die Mutter zum Pfarrer, welcher jedoch erklärte, er taufe kein Kind, dessen Vater ihm nicht bekannt sei. So kam Käthi nicht darum herum den Namen des Vaters zu nennen, bat allerdings den Pfarrer inbrünstig alles für sich zu behalten. Dem Pfarrer wurde fast übel, als er den Namen des Vaters erfuhr, und er hätte ihn niemandem verraten, auch wenn ihn die junge Frau nicht darum gebeten hätte.

So wurde das Mädchen auf den Namen Barbara getauft und nun hatte die Grossmutter für das Kind zu sorgen. In den ersten drei Jahren trug sie die Kleine in einem Traggestell auf die Trift, im vierten Lebensjahr bewältigte sie den Weg schon allein.

Das war also die Kluft, die den Sennen auf der Trift von der Ziegenhirtin Anne trennte. Trotz allem dachten aber beide dasselbe. Die Grosskinder sollten es nicht entgelten, und so sah der Senn das Bärbeli nicht ungern und die Anne den Buben auch nicht. Immerhin, wenn sie zusammenspielten, brauchten sie nicht sonderlich gehütet zu werden.

3

Manchmal ist die Welt auch verkehrt und der Herr aller Dinge hilft plötzlich den Armen. So geschehen im Juli 1802. Das ganze Dorf Guttannen samt der Kirche brannte in einer Föhnnacht nieder. Weil Annes Haus abgelegen und am Fusse des Ritzlihorns stand, wurde es vom Feuer verschont. Anne weilte mit Bärbeli auf der Trift, so dass sie unbeschadet den Dorfbrand erlebte. Ihr

Häuschen wurde sogar vorübergehend von Leuten bewohnt, deren Häuser ein Opfer der Flammen geworden waren. Menschenopfer waren keine zu beklagen, und in kürzester Zeit wurde das Dorf wieder aufgebaut.

Bärbeli sass noch beim Morgenessen als sie den kleinen Thys in seinen Holzschuhen über den Steg poltern hörte. Es liess alles stehen und liegen wie es war und eilte seinem Kameradchen entgegen. „Wir haben heute ein weiteres Zicklein erhalten!", rief es ihm schon vor der Begrüssung zu. „Komm und schau!" Dabei reichte es dem Buben die Hand und zog ihn in den Stall. Ein niedliches kleines Ding, kaum einen Fuss lang, lag da in einer Kiste und versuchte schon aufzustehen. Die Kinder waren ihm dabei behilflich und hatten grosse Freude als es sich auf seinen dünnen Beinen halten konnte. Grossmutter sagte, es müsse noch etwa drei Tage in dieser Kiste bleiben, danach dürfe es zu den andern in den Pferch.
„Hast du nun das Zicklein lieber als mich?"
„Weiss nicht. Es ist eben ein Zicklein und du ein Bub. Buben werden böse, wenn sie älter werden!"
„Wer sagt das?"
„Die Grossmutter."
„Das glaube ich nicht, ich werde nie böse gegen dich!"
„Ich habe heute Morgen schon den Adler kreisen sehen!"
„Dann nimm deinen Stecken, wir müssen die andern hüten!"
So stellte sich Bärbeli in der einen Ecke des Pferchs auf und Thys in der andern. Doch so sehr sie auch den stahlblauen Himmel absuchten, war kein Adler auszumachen. So verliessen sie auch schnell einmal ihren Wachposten. In geringem Abstand zum Pferch war inmitten einiger grosser Felsblöcke ein ebenes, mit feinem Sand bedecktes Plätzchen. Hier spielten die Zwei oft stundenlang. Sie formten den Sand zu Käsen oder zu Kuchen oder sie schütteten Berge auf und bepflanzten sie mit Blumen und Kräutern.

Heute kramte der Bub in seinem Hosensack und zog endlich mit verschiedenen anderen Gegenständen eine geschnitzte Kuh hervor.

„Schau, was mir der Grossätti gemacht hat!"

„Uh, die ist aber schön, komm wir machen für sie eine Weide."

„He Bärbeli, die wird viel zu steil, die ist höchstens gut für Ziegen."

„Dann hol ich eben schnell meine Ziege!" Im Laufschritt begab sie sich in die Hütte und kam schon bald mit einem kleinen Wurzelgebilde zurück, das wirklich einer Ziege glich.

„So machst du halt eine Weide für die Ziege und ich eine für die Kuh."

„Ich mache um meine Weide einen Zaun aus Steinen."

„Ich nicht, meine Kuh läuft nicht weg."

So spielten die Zwei und vergassen die Zeit, und sie meinten sich verhört zu haben als Anne rief, das Mittagessen sei bereit. So ging auch der Bub über den Steg zu seinem Grossvater in die vordere ziemlich grössere Hütte.

„Stimmt es Ätti", fragte Thys beim Mittagessen, „dass Buben böse werden, wenn sie älter sind?"

„Wer sagt das?"

„Bärbeli, die Grossmutter habe es gesagt."

„So sag ihr, wenn Buben im Alter böse werden, seien die Mädchen schuld daran!"

Nach dem Mittagsmahl macht in der Regel der Senn ein Mittagsschläfchen. Das war auch dem Graben Hännel fast heilig und so wollte er, dass sich auch der Bub ein wenig hinlegte.

Das tat der kleine Thys zwar manchmal mit Widerwillen, aber meistens schlief er doch auch ein. Diesmal schreckte er aber aus seinem Schlaf, weil er das Bärbeli schreien hörte als wäre es am Spiess. „Willst du wohl abhauen du verdammter Lumpenvogel! Ich schlage dich tot, wenn du näherkommst."

„Der Adler, der Adler!", fuhr es dem Buben durch den Kopf. Ein Sprung von der Pritsche und schon rannte der Bub über den Steg, um dem Bärbeli zu helfen. Tatsächlich kreiste der Adler bedenklich tief über dem Pferch und machte sogar Sturzflüge.

„Komm nur du Räuber, ich will dir schon heimleuchten!"

„Morgen stehen wir früher auf als sonst. Ich muss einmal hinunter ins Dorf und mir die Haare schneiden lassen. Ich gehe nach dem Käsen und bin vor dem Melken wieder zurück."

„Darf ich nicht mitkommen?"

„Jemand muss doch auf die Hühner aufpassen, du weisst doch, der Adler und der Fuchs. Bärbeli kann dir ja dabei helfen."

Das war nötig, denn entweder kreiste der Adler über Barbaras Zicklein oder über Thysens Hühner. Jedenfalls wurde es den Zweien nicht langweilig und schon kam der Grossvater wieder zurück. Noch ein Stück von der Hütte entfernt rief er dem Buben zu: „Komm, ich habe eine Neuigkeit für dich."

So eilte ihm Matthias entgegen. „Bub, du hast eine kleine Schwester erhalten, Heidi heisst sie!"

„Ist das wahr Grossvater? Eine kleine Schwester? Wer hat sie denn uns gebracht?

„Wohl der liebe Gott, Bub!"

Mit dieser Neuigkeit rannte der Bub ohne Säumen über den Steg, um dem Bärbeli die frohe Botschaft zu verkünden. Jene schien aber nicht so richtig Freude zu empfinden. Sie machte ihrem Kummer auch sofort Luft. „Nun wirst du deine kleine Schwester lieber haben als mich!"

„Das glaube ich nicht. Die ist ja noch zu klein, um mit mir zu spielen!"

4

Hundert Tage dauerte jeweils der schöne Alpsommer, dann galt es, sowohl die Ziegen wie auch die Kühe wieder ins Tal zu treiben. Ein kurzer Herbst noch und dann folgte der Winter mit all seinen Gefahren. Die Säumer zogen so lange wie möglich über die Grimsel. Da der Saumweg pro Woche fast zweihundertmal begangen wurde, wurde der Schnee lange festgetreten und so war der Pass oft bis Ende November begehbar. Aber oft wurden Menschen und Tiere von Lawinen verschüttet oder fanden ihren Tod in einem plötzlich auftretenden Unwetter. Wenn aber die Schneedecke dicker wurde, sanken die Maultiere ein, die Lawinengefahr wurde zu gross und häufig war das Dorf von der Umwelt abgeschnitten, weil die Spreitlauilawine den Weg unpassierbar machte. An das alles waren die Guttanner gewohnt und nahmen es gelassen. Sie sorgten im Herbst für genügend Vorräte an Lebensmittel und Brennholz. Noch gefährlicher als die Lawinen war der Föhn. Zweimal war wegen ihm schon das ganze Dorf abgebrannt. So war es schon immer verboten, während eines Föhnsturms Feuer zu entfachen, und Föhnwächter wachten Tag und Nacht und versuchten jedes Feuer im Keime zu ersticken.

Die Guttanner fanden ja zum Teil ihr Auskommen in der kargen Landwirtschaft, aber vor allem die jungen Männer betätigten sich als Säumer. Sie besassen Maultiere und brachten Waren zum Teil bis nach Mailand, vor allem den sehr begehrten Bergkristall, aber auch Käse, Butter, Räucherfleisch und Tierhäute waren begehrt. Natürlich brachten sie auch Waren zurück. So etwa Mais, Wein und Tuch. Andere meist verwegene Männer suchten hoch in den Bergen nach dem wertvollen Bergkristall, bauten ihn oft in jahrelanger Arbeit ab, trugen ihn auf Traggestellen ins Tal, wo er dann von den Säumern weiterbefördert wurde. Manchmal war es nötig ein Monopol zu verhängen, wenn zeitweise mehr Kristall anfiel als zu einem guten Preis verkauft werden konnte. Da verfügte eine kluge Pfarrerin ein Monopol, und es gelang so, die Preise zu stützen. Natürlich nicht zur Freude aller und so wurden öfters auch Kristalle geschmuggelt, meist zu Beginn oder am Ende der Säumerzeit, denn wer dabei erwischt wurde, riskierte eine hohe Strafe.

Obschon an all diese Gefahren gewohnt sehnte man sich auch hier wie überall nach dem Frühling. Ackerbau wurde zwar kaum betrieben, höchstens ein paar Gemüsepflanzungen wurden bereitet und die Frauen pflegten ihre Gärten. Doch gab es Arbeit genug. Bauholz und Brennholz musste aufgerüstet werden und die Schutzwälder gepflegt. Auch der über den Winter angefallene Mist musste über die Wiesen verteilt werden.

5

So verfloss ein Jahr um das andere und die Kinder wuchsen heran und konnten nun auf der Alp schon diverse Arbeiten verrichten. Dabei trafen sich Bärbeli und Matthias täglich, halfen sich etwa gegenseitig bei kleinen Aufgaben und fanden auch immer wieder Zeit zum Spielen.

Bärbeli hatte zum Beispiel den Auftrag die Ziegen zusammen zu halten und dafür zu sorgen, dass sie sich nicht zu hoch in die Felsen verstiegen. Der Bub aber hatte dafür zu sorgen, dass die Kühe zeitig zum Melken im Stall waren. Auch half er schon die Käse salzen und manchmal war er auch der Koch.

Es kam etwa vor, dass der Grossvater ein bisschen fluchte und wetterte, wenn man den Buben zu etwas brauchen wolle, sei er bestimmt nicht da.

An einem schönen Tag, als es Thys wieder einmal an allen Haaren über den Steg zog, fand er das Mädchen hinter der Hütte auf einem Stein sitzend, und es weinte bittere Tränen. Entsetzt fragte der Bub was ihm widerfahren sei. Unter Schluchzen erzählte es ihm dann, die Trine, die alte Ziege sei schon

19

zwei Tage nicht nach Hause gekommen. Die Grosmutter hätte sie ausgescholten, sie sei nicht einmal im Stande auf die Ziegen aufzupassen, man habe nichts als Ärger mit ihr. „Ich suche dir die Ziege, aber ich muss es zuerst noch dem Ätti sagen."

„Pass auf Buben, dass du mir nicht hinunterfällst. Steig mir nicht in die Felsen. Besonders Grasbänder sind gefährlich, das weisst du ja. Aber zieh dir deine Lederschuhe an, geh mir nicht in den Holzschuhen!"

„Ja Ätti", und schon war der Bub weg. „Ich bring dir die Ziege zurück!", rief er dem Bärbeli noch zu, und schickte sich an durch die Geröllhalde aufzusteigen. Er hielt sich an die kleinen grasbewachsenen Rinnen zwischen den Blöcken. Manchmal fand er sogar Ziegenbohnen und so dachte er, er sei auf dem richtigen Weg. Der Hang wurde immer steiler und war teilweise schon mit kleinen Felsen durchsetzt. Dazwischen waren tiefe Runsen, teilweise so tief und steil, dass eine Ziege, die einmal hineingefallen war, wohl für alle Zeiten gefangen war. Hier begann er zu suchen. Er rief nach der Trine, lange ohne Erfolg. Dabei stieg er immer höher und dachte kaum an die Ermahnungen des Grossvaters. Da vermeinte er, als er wieder Trine rief, ein leises Meckern zu hören. Er rief noch einmal, und tatsächlich, irgendwo zwischen diesen Steinen und Felsstufen gab sie Bescheid. Es tönte, als käme es tief aus der Erde, mehr aus südlicher Richtung. So suchte er noch eine geraume Weile weiter, bis er plötzlich vor einer tiefen Spalte stand. Etwa zehn Ellen lang, drei Ellen breit und vier Ellen tief. Unten sah er tatsächlich die Ziege, der es offenbar unmöglich war, sich selber zu befreien. Hunger leiden musste sie zwar offenbar nicht, denn der fast flache Boden war mit Gras bewachsen und zuhinterst trat ein kleines Wässerchen aus dem Felsen, das offensichtlich auch wieder einen Abfluss hatte, sonst müsste es sich ja aufstauen. Die grosse Frage für Matthias war nun, wie komme ich in dieses Loch und wie wieder hinaus? Da war eine kleine Spalte im Felsen gerade breit genug, dass er seine Finger hineinstrecken konnte. Darunter in

Reichweite seiner Beine eine Kante, die wohl seinen Füssen genug Halt geben würde. Er wollte es riskieren. Der Abstieg gelang und die Begrüssung durch die Ziege war schon die Mühe wert. Wie sollte er aber nun das immerhin sechzig Pfund schwere Tier aus seiner Gruft befreien? „Du musst selber auch helfen Trine, sonst geht das nicht." Als hätte sie verstanden stellte sie sich gegen die Wand, gerade dort wo der Bub abgestiegen war. Ein erster Versuch misslang. Da stellte sie Matthias vor den Felsen hob sie auf die Hinterbeine und stellte die Vorderbeine an die Wand. Danach stellte er sich hinter sie hob sie auf und drückte sie gleichzeitig gegen den Felsen. Das Tier hatte begriffen und half mit den Vorderbeinen kräftig mit. So konnte sie endlich den Rand der Kluft erreichen und der Bub gab ihr einen kräftigen Schubs und Trine war aus ihrer misslichen Lage befreit.

Nun sah sich This nach dem Wässerchen um, das hinten aus dem Felsen trat, denn nach allem plagte ihn ein kräftiger Durst. Er kam aber so nicht an das Wasser heran und versuchte am Boden eine Vertiefung auszuheben. Darin, so dachte er, könnte sich dann eine kleine Pfütze bilden, aus der er mit der hohlen Hand gewiss Wasser schöpfen könne. Zuerst kratzte er mit seinem Stock die Grasnarbe weg. Sie war kaum vier Zoll dick. Darunter Fels, einige lockere Platten, worin das Wasser wieder verschwand. Er vermeinte, es in einen Hohlraum tropfen zu hören. Matthias hatte viele Geschichten von Kristallsuchern gehört, vor allem von seinem Onkel, der ein erfolgreicher Strahler war, um zu wissen, was ein Hohlraum in diesem sonst massigen Felsen zu bedeuten hatte. Dieses Gefühl kennt sicher nur derjenige, der schon einmal selber Kristalle gesucht und auch gefunden hat. Er begann die losen Platten wegzuräumen. Der Durst war vergessen. Schon bald sah er, dass er sich nicht getäuscht hatte. Vorerst durch ein kleines Loch sah er in einen Hohlraum, dessen Grösse er noch nicht abschätzen konnte. Er sah jedoch im spärlichen Licht, das durch das Loch eindrang, Kristalle funkeln. Halb von Sinnen und mit Hilfe seines Bergstockes erweiterte er das Loch.

Sein Herz klopfte zum Zerspringen. Er hatte eine grosse Kristallhöhle entdeckt. Er sah in eine Kluft, etwa drei Ellen tief, die sich dann fast waagrecht in den Berg hineinzog. Wie weit, das wusste er noch nicht, jedoch erblickte er schon grosse wasserklare Kristalle in schönster Mailänderware. Was er entdeckt hatte war sehr wertvoll. Das wusste er, weil viele seiner Verwandten und Bekannten vom Kristall suchen oder vom Kristall säumen lebten. Zuerst wollte er schnell zu seinem Grossvater in die Sennhütte und ihm von seinem zu Fund berichten, doch bald verwarf er diesen Gedanken. Er wusste, dass es schon öfter Krach gegeben hatte um solche Funde. Dass Männer einander bestohlen hatten, dass Klüfte bei Nacht und Nebel ausgeräumt wurden und die Kristalle nie mehr zum Vorschein kamen. Diese Kluft gehört mir. Ich werde sie wieder zudecken und ausbeuten, wenn ich erwachsen bin. Dann bin ich reich, ich werde das Bärbeli heiraten und uns ein schönes Haus bauen. Bevor er aber die Kluft wieder sorgfältig zudeckte stieg er hinein und nahm sich dort mit wenig Anstrengung einen schönen klaren Bergkristall von der Grösse seiner Hand und steckte ihn in seine Hosentasche.

Die Ziege Trine hatte unterdessen geduldig auf ihn gewartet. Der Ausstieg aus dem Schrund war einfacher als er sich gedacht hatte. Er prägte sich ein paar markante Punkte und Steinblöcke ein, damit er später die Kluft in dieser Geröllhalde auch wieder finden würde. Als er glaubte, er hätte sich alles eingeprägt, suchte er sich mit Trine den Weg durch das Geröll und die Grasbänder hinunter zu den Hütten.

Die Freude von Bärbeli war sehr gross als sie ihre Ziege wieder hatte. Am liebsten wäre sie dem Buben um den Hals gefallen, aber das geziemte sich nicht. Sogar Anne lobte den Thys in allen Tonarten und bescherte ihm ein Butterbrot mit Honig und einem Stück Ziegenkäse. Ob er Bärbelin den Kristall zeigen sollte? Vorerst nicht, denn die erste Frage würde sein, wo er ihn gefunden habe, und wenn es Bärbeli wüsste, wüsste es auch bald die

Anne und es würden vielleicht Männer kommen und den ganzen Hang absuchen. Das musste er vermeiden. Immerhin dem Grossvater wollte er den Stein zeigen. Er würde ihm sagen, er hätte ihn oben unter der Fluh aufgelesen. „Sapperlot", sagte der Ätti, „das ist ein schönes Stück, trage Sorge zu dem." So stellte ihn Matthias in seiner Dachkammer auf einen Balken, so dass er ihn von seiner Pritsche aus immer sehen konnte.

6

Wieder einmal ging ein schöner Alpsommer zu Ende. Kühe und Geissen wurden ins Tal und auf die Herbstweiden getrieben. Für Bärbeli und Thys bedeutete das, dass sie nun in die Schule mussten. Nicht gerade gerne. Das Stillsitzen behagte ihnen nicht, und vor allem der Bub war in Gedanken oft auf der Alp oder in seiner Kristallhöhle statt bei den Rechnungen.

Die Schule befand sich im Pfarrhaus und die Lehrerin war die Frau Pfarrer. Natürlich war es eine Gesamtschule mit Kindern jeglichen Alters, gesamthaft sechzehn an der Zahl.

Sie zu hüten war ja auch nicht gerade einfach und nur zu bewältigen mit einem strengen Regiment.

Anne besorgte ihre Tiere und war bemüht etwas Essbares auf den Tisch zu bringen. Daneben half sie im Dorf wo immer sie gebraucht wurde. So etwa beim Reinigen der Kirche.

Matthias hatte nun in seinem Vater einen strengeren Meister. Zwar war der Grossvater im gleichen Haushalt. Öfter etwa war sein Rat gefragt, aber befehlen taten der Bauer und die Bäuerin, wogegen, wenn Thys etwa einen kleinen Kummer plagte, wendete er sich eher an den Grossätti.

Im gleichen Haushalt war auch noch der Bruder des Vaters, Onkel Sami, ein Säumer und Strahler. Der half eine Kristallkluft ausbeuten, die man im vorigen Sommer in der Rotlaui gefunden hatte. Keine ungefährliche Arbeit. Besonders das Hinuntertragen der Kristalle durch den steilen Bergpfad hatte schon seine Opfer gefordert. Zum Glück noch keine mit tödlichem Ausgang. Der Vater von Matthias Gafner besass acht Kühe und vier Maultiere. Er galt also als wohlhabend. Die Maultiere, falls sie Onkel Sami nicht gerade brauchte, wurden öfter an Säumer vermietet. Zurzeit waren zwei davon im Einsatz, um den Käse von der Trift ins Tal zu holen. Da musste natürlich Thys auch helfen, wenn er nicht gerade die Schulbank drückten musste.

Einmal hatten sich ihnen auch Bärbeli und Anne angeschlossen, weil ja der Ziegenkäse auch ins Tal geholt werden musste.

Diese Arbeit hatte nun der Vater Hans Gafner übernommen, weil es für den Grossvater zuviel gewesen wäre, täglich auf die Alp zu steigen. Hans hatte im Gegensatz zum Grossvater keine Probleme mit Anne, und so war der Käsetransport ins Tal für alle Beteiligten eher ein Vergnügen, besonders für Thys und Barbara. Besser als die Schule. Immerhin hatte der Vater dabei Gelegenheit, die Jungen zu ermahnen, dass rechnen und schreiben ebenso wichtig seien wie arbeiten. Wer nicht rechnen könne, werde betrogen und mit dem Schreiben sei es dasselbe. Das sah Matthias ja ein, aber das änderte nichts an der Tatsache, dass er lieber auf der Alp gewesen wäre als in der Schule.

7

Der Winter hielt früh Einzug in diesem Jahr. Schon Ende Oktober fiel mehr als eine Elle Schnee, am Pass noch viel mehr und die Säumerei musste eingestellt werden. Guttannen wirkte verschlafen. Was sollte man bei einer solchen Schneemenge schon draussen erledigen. Etwa die Gässchen zwischen den Häusern freischaufeln und daneben das Vieh besorgen. Am

24

zehnten November blies vorübergehend der Föhn und das warme Wetter liess schon die ersten Lawinen zu Tale donnern. Sie richteten zwar keine grösseren Schäden an, füllten aber Gräben und Runsen und wurden hart wie Stein, als es wieder abkühlte. Das sei nicht gut, sagten ältere Leute. Die nächsten Lawinen würden darüber wegschiessen und das Dorf erreichen. Der Föhn hatte bewirkt, dass sich die Schneedecke gesenkt und später wieder gefroren war, so dass man sie begehen konnte ohne einzusinken. So konnten die Bauern aus den nahen Wäldern Holz führen mit ihren Halbschlitten. Auch Heu holen in den Gaden wurde möglich. Gutes Wetter für die Guttanner.

Die gute Zeit währte bis kurz vor Weihnachten. Dann begann es zu schneien. Zuerst nass in grossen Flocken und allmählich kühlte es ab. Besorgt schauten die Leute aus den Fenstern und einige beteten zu Gott, er möge dem Schneetreiben Einhalt gebieten. Entweder er hörte es nicht oder er hatte kein Erbarmen. So schneite es schon seit vier Tagen ohne Unterbruch und die Lage wurde langsam kritisch. Die Breitlauilawine war immer die erste, die zu Tale donnerte. Schaden richtete sie selten an, weil in ihrem Bereich kein Haus und keine Hütte stand. Lediglich die Brücke über die junge Aare wurde immer im Spätherbst abgebaut, weil es die Guttanner leid waren, sie jeden Frühling zu flicken. Aber wenn diese Laui zu Tale fuhr, war das für die Guttanner immer die erste Alarmstufe. Nun war dies schon vor drei Tagen geschehen und seither hatte es ohne Unterbruch weitergeschneit. Die Leute waren in grosser Sorge. Es wäre nötig gewesen die Hänge zu beobachten, aber die sah man durch das dichte Schneetreiben kaum. Männer meinten, man sollte das Dorf räumen. Auch Zumbrunnen war dieser Meinung und so ging er zum Pfarrer und wurde mit ihm einig mit der Kirchenglocke Alarm zu schlagen. Die Guttanner wussten was das zu bedeuten hatte. Die Kirchenglocke läutete mit Unterbrüchen. Das war das Zeichen, sich vor der drohenden Gefahr in die Kirche zu begeben.

25

Die Bauern verliessen ihre Tiere nicht gern. Sie begaben sich zwar wie alle andern in die Kirche, verliessen sie aber zum Füttern der Lebware und kamen möglichst rasch wieder zurück. Unterdessen schneite es weiter. Die Angst stieg und vor allem die Frauen beteten, der Herr möge sie vor Unglück bewahren.

Nun verriet ein fernes Grollen und Donnern, dass sich erste Lawinen lösten. Man wusste aber von früher, dass die ersten vor dem Dorf niedergingen. Aber man fühlte eine unsägliche Spannung, die den Leuten die Haare zu Berge steigen liess. Die Kühe schrien in den Ställen, so auch die Mulis, Halbesel, Schweine und Hunde. „Der Herr möge uns gnädig sein!", betete der Pfarrer und Zumbrunnen befahl: „Es geht mir keiner mehr hinaus!"

„Sind eigentlich alle da?", wollte jemand wissen.

„Ich sehe die Anne und die Barbara nirgends!", erwiderte eine Frau.

„Mein Gott, die sind ja am meisten gefährdet, sie haben doch sicher den Alarm auch gehört!"

Die zehnjährige Tochter des Säumers Christian Zingg flüsterte nun ihrer Mutter, die Anne könne wahrscheinlich nicht laufen. Sie habe sie gestern gesehen wie sie zum Brunnen gehumpelt sei gestützt von Barbara. Sofort gab Frau Zingg dieses Wissen weiter, und ein Aufschrei ging durch die Leute. Man müsse sie holen, war die Meinung, doch wer sollte es tun? Der Pfarrer, der wusste, wer der Vater von Barbara war, warf diesem einen unmissverständlichen Blick zu. Dieser wandte sich aber ab als ob er den Wink des Pfarrers nicht begriffen hätte. Der alte Zumbrunnen hatte den Blick des Pfarrers wohl gesehen und seit einiger Zeit vermutete er, sein Sohn könnte am Ende der Vater von Barbara sein. So sagte er schnell: „Es geht mir niemand mehr hinaus, wir wollen nicht aus einem Unglück zwei machen, immerhin ist Annes Haus alt und bisher immer verschont worden!"

„Aber die Gräben sind voll, diesmal werden die Lawinen darüber hinausschiessen", meinte ein anderer.

26

„So wollen wir alle beten, der Herr möge ihnen gnädig sein."

Frauen fielen nieder zum Gebet und Männer brummten ihre Bitten in die Bärte.

Auf einmal schrie eine Frau, es war Elise Gafner: „Der Bub ist weg, Unser Matthias! Holt ihn zurück!" Sie schrie wie eine Furie und Hans, ihr Mann, schickte sich an, den Buben zurückzuholen, wurde aber von den anderen Männern zurückgehalten. In der Kirche herrschte nur noch Verzweiflung.

Wie ein Stich durch das Herz hatte Matthias die Kunde empfunden Anne und Bärbeli seien nicht in der Kirche. Niemand hatte in der grossen Aufregung bemerkt, dass er sich durch die Türe ins Freie schlich. Zu ihrem Haus und dem Stall war der Weg nicht weit. Glücklicherweise brannte darin eine Laterne. Zuerst tätschelte er dem Fani, seinem Lieblingsmaultier den Rücken, warf ihm dann den Säumersattel über, zog die Riemen fest, ergriff die Laterne und führte es ohne Widerstand aus dem Stall. Durch das Dorf waren die Wege gepfadet und er kam gut vorwärts. Das änderte sich aber auf dem Weg zu Annes Anwesen.

Hier hatte es mehr als zwei Ellen Neuschnee und das Muli sank ein. Es war aber nicht das erste Mal, dass das treue Tier so etwas bewältigen musste. Es arbeitete sich immer wieder mit einem Sprung aus dem Schnee, kam zwar langsam vorwärts, aber es kam vorwärts. Thys hielt sich am Schwanz fest und wurde vom Muli zum Teil nachgeschleift. Es schien, das Tier wisse was es für eine Aufgabe zu bewältigen habe. Schon kam das Haus der Anne in Sicht und Matthias schrie aus Leibeskräften: „Barbara komm mit Anne heraus, ich bin da mit dem Muli!"

Nicht sofort öffnete sich die Tür und Bärbeli trat heraus und schleifte die Grossmutter hinter sich her. „Schnell, schnell, hilf mir, wir müssen sie quer auf das Muli legen!" Es gelang. „Halt dich am Sattelgurt fest und du Bärbeli halt dich am Schwanz. Der Rückweg wäre ohne Last weniger beschwerlich gewesen, weil sie doch eine tiefe Rinne im Schnee hinterlassen hatten. Aber da kam die Last dazu. Fani trug sie willig, war aber sichtlich nervös, weil nun in kleinen Abständen Donnergrollen verriet, dass sich wieder an einem Ort eine Lawine gelöst hatte.

Die Spannung in der Kirche war nun fast unerträglich geworden. Dazu schrie Elise Gafner wie am Spiess nach ihrem Buben. Plötzlich waren aber alle still. Niemand rührte sich mehr. Niemand sprach ein Wort. Ein heftiges Donnern und Krachen verriet nun, dass oben am Ritzlihorn die grosse Lawine losgebrochen war. Die Druckwelle hatte das Dorf wohl schon erreicht. Die Kirchenglocke schlug gespenstisch von selbst an und Schneestaub drang durch alle Ritzen. Da flog plötzlich die Kirchentüre auf und unter ihr erschien ein Maultier, beladen mit der Anne und am Schwanz hielten sich Bärbeli und Mattias fest. Ein dankbarer Schrei ging durch die Menge. Männer zerrten das Muli vollends in die Kirche und versuchten mit aller Kraft die Türe wieder zuzustossen. Noch bevor Mutter Elise ihren Sohn in die Arme schliessen konnte brach dieser bewusstlos zusammen. Da lag der Held und alle Männer zogen die Hüte vor ihm, derweil nun die grosse Lawine offenbar das Dorf erreicht hatte und sogar die Kirche erschütterte. Hielten die alten Holzhäuser dem Druck stand? Balken krachten. Schneemassen donnerten wohl sogar an die Kirche. Doch langsam schien nun die Lawine zum Stillstand gekommen zu sein. Nur vereinzelt hörte man noch Donnerrollen von kleineren Lawinen, die sich wohl an den Rändern noch lösten.

Der Erste, der die Sprache wieder fand, war der Pfarrer: „Wir haben alle überlebt, dafür wollen wir dem Herrgott danken. Alles andere wird sich wieder aufbauen lassen. Wer kann soll aufstehen zum Gebet!"

Allmählich kam nun wieder Farbe in die blassen Gesichter. Frauen kümmerten sich sofort um Anne, und andere um Matthias, der auf Anraten der Männer mit ein wenig Schnaps wieder zu sich fand. Bärbeli war bis jetzt nicht von seiner Seite gewichen, und als er die Augen aufschlug hätte sie ihn am liebsten in die Arme genommen und geküsst, aber das geziemte sich nicht, und so streckte sie ihm lediglich die Hand hin. Einen Dank brachte sie nicht über ihre Lippen, aber er stand in ihren Augen und Matthias quittierte mit einem Lächeln.

Noch getraute sich niemand so recht, die Kirchentüre zu öffnen um sich die Bescherung anzusehen, und Zummbrunnen riet, man wolle warten bis es hell werde, jetzt in der Finsternis sei der Schaden sicher schwer zu schätzen.

Unter den Frauen befand sich auch die Rufibach-Marie. Die war zugleich Hebamme, Kräuterfrau und Baderin. Selbst bei kranken Tieren zog man sie zu Rate und meistens konnte sie sogar helfen. Sie untersuchte nun das Bein von Anne und stellte fest, es sei nicht gebrochen nur arg verstaucht. „Ich werde das Knie mit heissen Umschlägen und Murmelsalbe behandeln. Aber das kann ich erst, wenn es Tag ist und ich überhaupt irgendwo Wasser kochen kann. Bis dahin musst du dich gedulden Anni."

Einige schliefen nun ein auf den Kirchenbänken, andere wiederum fanden den Schlaf nicht.

So oder so wurde es Morgen und mit den Worten, es muss ja doch sein, öffneten zwei Männer die Kirchentüre. Mannshoch türmte sich der Schnee in den schmalen Gässchen, aber soweit man es beurteilen konnte, standen die Häuser noch. Einige Stallwände waren zwar eingedrückt und zwei Schweine mussten ihr Leben lassen, doch die Häuser hielten stand. Alle ausser dem der Anne. Dort ragte einzig noch ein Balken aus den meterhohen Schneemassen. Anne war schwere Schicksalsschläge gewohnt und unterdrückte ihren Schmerz. Nicht so Barbara. Diese weinte bittere Tränen vor allem um die Ziegen. Nach ihnen zu suchen wäre umsonst gewesen. Die hatten sicher die Katastrophe nicht überlebt.

Barbara und Anne standen nicht lange allein vor den Trümmern ihres Hauses. Mitfühlend traten der Pfarrer, der Zummbrunnen und der Mattenbauer zu ihnen. „Verzweifelt nicht, wir lassen euch nicht im Stich", liess der Mattenbauer vernehmen, und der Pfarrer bot ihnen an, vorläufig im Pfarrhaus zu wohnen.

Für Arbeit war nun gesorgt. Vorerst mussten die Strässchen und Gassen von den Schneemassen befreit werden. Dazu wurde der Schnee auf Hornschlitten geladen und unterhalb des Dorfes in die Aare gekippt. Diese Arbeit dauerte eine ganze Woche. Danach galt es, die eingedrückten Wände zu flicken. Jeder, der noch einigermassen auf den Beinen stehen konnte, legte Hand an oder sorgte wenigstens für Zwischenverpflegung.

Es hatte unterdessen aufgehört zu schneien und öfter schien sogar die Sonne. Das tat gut und erhellte ein wenig die trübe Stimmung.

Der Zimmermeister zeichnete schon bald Pläne für ein neues Häuschen für Anne und Barbara. Er besprach sich mit Anne und auch mit Barbara, und als diese mit allem einverstanden waren, erstellte er die Holzlisten. Er hatte ziemliche Holzvorräte auf seinem Abbindeplatz und so konnten die Zimmerleute noch während der Wintermonate mit ihrer Arbeit beginnen.

Damit der Hausplatz nicht den halben Frühling und Sommer unter dem Lawinenkegel liege, begannen fleissige Hände den Schnee abzutragen. Auf die Trümmer des Häuschens stiess man dabei nicht, denn die Lawine hatte alles um fast fünfzig Ellen weit verschoben.

Die Männer wussten es alle, nur wurde nicht darüber geredet. Sie waren alle zu feige gewesen, die Anne und das Mädchen zu retten. Das musste ein halbwüchsiger Bube tun. Sie schämten sich und wollten es nun mit Arbeit wieder gut machen. So wurde gesägt und gehauen, dass die Späne flogen. Zimmerleute waren damit beschäftigt, mit ihren Breitäxten Wandbäume zu hauen. Unter Anleitung des Zimmermeisters schnitten Bauern Bodenbretter. Das war die härteste Arbeit. Dafür brauchte man das gröbste Holz. Die Trämel wurden auf zwei Böcke gelegt. Darunter befand sich ein Graben, so dass der Sager aufrecht unter dem Holz stehen konnte. Ein zweiter Mann stand oben auf dem abgedeckten Trämel. Dieser hatte die Aufgabe, die Säge zu heben und wenn sie der Untere wieder nach unten zog, etwas gegen das Holz zu drücken. So entstand Helbling um Helbling, drei Zoll dick. Da diese Arbeit sehr anstrengend war, wurde nach drei Stunden immer gewechselt und zwei Ausgeruhte übernahmen die Arbeit.

Als der Schnee ende März und anfangs April langsam schmolz, gingen Bauern in den nahen Wald und holten zusätzliches Holz.

Der Dachdecker war fleissig dabei die nötigen Schindeln zu machen.

Keiner stand abseits. Nach Lohn fragte keiner, und so war, als der Schnee endgültig geschmolzen war, das Häuschen zum Aufrichten bereit. Jedes Stück Holz war mit einer Zahl versehen, und so wusste der Zimmermeister immer wo es hingehörte und welches er von den Helfern verlangen musste.

Anne stellte sich immer wieder die bange Frage, wer denn dies alles bezahlen werde. Doch ihre Sorgen waren unbegründet. Das Baumaterial war aus dem Wald vorhanden und gegenseitige Hilfe war für die Guttanner selbstverständlich.

Mit den vielen Felsbrocken, die die Lawine mitgerissen und auf den Matten liegen gelassen hatte, erstellte man hinter dem Haus einen Schutzwall so gross und stabil, dass er inskünftig jede Lawine abweisen und das Haus schützen würde.

Wichtig an einem Haus sind auch die Fenster. Glas musste aus dem Unterland herbeigeschafft werden. Das brachten Säumer und tauschten es gegen andere Ware.

Die Kunde vom Unglück kam bis nach Bern und so erliess der Rat für dieses Jahr den Guttannern die Steuern.

Ist es gut, wenn ein dreizehnjähriger Junge von einer halben Talschaft als Held verehrt wird?

Es könnte ihm zu Kopfe steigen. Glücklicherweise hänselten ihn der anderen Jugendlichenr, er sei verliebt bis über beide Ohren in die Barbara und nur deshalb habe er sie gerettet. Darüber wurde er zornig, aber immerhin dämpfte es seinen Hochmut.

8

Dass Barbara und Matthias dereinst ein Paar würden, betrachteten die meisten Leute als selbstverständlich. Nur einer ärgerte sich darüber, Hans Zummbrunnen, der Sohn des obersten Chorrichters und eigentlicher Vater von Barbara. Der wusste nur zu gut, was der Pfarrer gemeint hatte, als er ihm in der Kirche diesen Blick zuwarf. Ein Wink mit dem Zaunpfahle. Aber er hatte sich feige umgedreht und war diesem Blick ausgewichen. Er versuchte zu verdrängen, dass er ein Feigling gewesen war. Hätte er die Zwei gerettet, wäre er jetzt der Held im Dorfe statt dieser Bengel. Erstmals plagte ihn auch das Gewissen. Hatte er nicht den Tod von Barbaras Mutter verschuldet. Jahrelang hatte er diesen Gedanken verdrängt. Er sagte sich, sein Vater hätte es ihm nie verzogen und hätte ihn vom Hofe gejagt, wenn er davon gewusst hätte. Dazu hätte er ja das Mädchen heiraten wollen, er hätte sich selbständig gemacht und wäre nachher mit ihr fortgezogen. Mit solchen Gedanken hatte er immer sein Gewissen beruhigt. Nun war es dieser Knabe, der sein eigenes Blut vor dem Tod errettet hatte. Auf sein schlechtes Gewissen folgte Eifersucht und nach der Eifersucht frass sich Hass in seinen Leib.

Noch bevor im Frühling die Alpen bestossen wurden, konnte Anne mit ihrer Tochter das neue Haus beziehen. Das Ereignis wurde mit einem grossen Dorffest gefeiert, in dessen Verlauf der Mattenbauer der Anne auch noch sechs Ziegen schenkte. Auch Matthias wurde bei dieser Gelegenheit noch einmal geehrt und erhielt für seine edle Tat ein Taschenmesser mit Inschrift.

9

Die Zeit bis zur Alpauffahrt reichte gerade aus um das neue Haus ordentlich einzurichten.

Frauen brachten Kochgeschirr, Bettzeug und Hausrat, den sie selber entbehren konnten.

Die Zwei übernachteten gerade fünf Nächte in ihrem neuen Heim und dann hiess es mit den Ziegen auf die Trift.

Grossvater Gafner und Matthias waren drei Tage früher aufgefahren. Ihre Kühe labten sich schon an den saftigen Kräutern und gaben viel Milch. Zum Käsen brauchte man Feuer und zum Feuermachen Holz. Das hatte man schon im Jahr zuvor mit den Maultieren herbeigeschafft. Nun musste es aber gesägt und zerhackt werden. So hatte man viel Arbeit. Die zu besorgen half nun auch Thys kräftig mit. Nun war er alt genug um alle anstehenden Arbeiten zu verrichten. Er stahl sich aber die Zeit, den Steg über den Bach, dem der Winter arg zugesetzt hatte, zu flicken. Sozusagen als Willkommensgruss für Barbara. Er konnte es fast nicht erwarten, und als er die Ziegen schellen und ihr Meckern hörte, eilte er ihnen entgegen. Schon am gleichen Abend sass Bärbeli mit Thys hinter der Hütte inmitten von Bergblumen in allen leuchtenden Farben und genossen den Duft des Bergfrühlings. Ganz benommen vom roten Glanz der untergehenden Sonne. Ohne dass es Bärbeli eigentlich gewollt hatte, sie erschrak selber ab ihren Worten, es war das Herz, das sie aussprach, und sie schämte sich auch gleich dafür. „Hast du mich lieb?" Matthias schaute sie mit grossen Augen an und fand vorerst keine Worte. Dann aber grinste er und meinte, er wisse es nicht so recht, er sei nun ja in diesem Alter, in dem Buben böse würden. Diese Antwort liess Bärbelin zwei Tränen über ihre roten Backen kullern. Sie stand auf und wollte davonlaufen, aber This hielt sie zurück.

„Hab keine Angst, ich liebe dich sogar mehr als alles auf dieser Welt!"

„Sogar mehr als dein neues Sackmesser?"

„Ja, sogar mehr als mein neues Sackmesser!"

„Das sag ich meiner Grossmutter!"

„Die wird mit dir schimpfen!"

Anne schimpfte nicht, sie wurde sogar sehr ernst. Sie befahl: „Setz dich zu mir, Kind!" Es fiel ihr nicht leicht, aber die Zeit war gekommen dem Mädchen einiges zu erzählen, um es so vor einem Schicksal zu bewahren, wie es ihr und vor allem Barbaras Mutter widerfahren war.

„Dass die Mädchen die Buben lieben und umgekehrt ist normal, denn der liebe Gott hat für jeden Buben ein Mädchen gemacht. Das Mädchen darf sich einen aussuchen. Nicht immer ist es auf Anhieb der Richtige. Deshalb muss man vorsichtig sein. Schau mich an. Ich habe damals geglaubt, ich hätte den Richtigen gefunden. Aber deine Mutter hat ihren Vater nie gekannt. Ich musste sie ohne ihn aufziehen. Sie war ein sehr schönes Mädchen und die Burschen verdrehten die Hälse nach ihr. Einer gefiel ihr ganz besonders. Er versprach ihr auch den Himmel auf Erden. So liess sie sich von ihm verführen, und als sie schwanger wurde, machte er sich aus dem Staube. Deine Mutter hatte Hoffnung bis zuletzt, aber sie gebar dich als ledige Mutter. Sie ist daran verzweifelt und gestorben. Ich erzähle dir das, weil ich dir ein ähnliches Schicksal ersparen möchte. Auch wenn die Liebe zu einem Burschen noch so gross ist, und der Mann dir auf ewig Treue schwört, er kann verunglücken oder wird krank und stirbt. Wenn du dann schwanger bist hilft dir nichts und niemand. Deshalb rate ich dir, treib es mit keinem bevor du verheiratet bist. Liebt einander im Herzen und den Rest spart bis nach der Hochzeit auf! Das rat ich dir, liebes Kind."

Barbara sass auf ihrer Bank und war geschockt von dem was ihr Anne da erzählt hatte. An körperliche Liebe hatte sie ja noch nie gedacht. Grossmutter war sicher sehr besorgt um sie und hatte sie deshalb rechtzeitig warnen wollen. Das hatte sie begriffen. Aber was sie darauf sagen sollte wusste sie nicht. Anne erwartete auch keine Antwort. Sie legte lediglich ihren Arm um das Mädchen und wischte sich eine Träne ab.

„Grossmutter, wie, wie geht das, wenn man, wenn man schwanger wird? Ist das wie bei den Tieren?"

„Ach, mir bleibt auch nichts erspart. Ja und nein. Bei den Menschen dauert es viel länger und es ist sehr schön. Mehr will ich dir dazu nicht sagen.

Von diesem Tag an war sich Barbara sicher. Sie würde ihre Unschuld hüten bis am Tage ihrer Hochzeit, aber davon träumte sie fast jede Nacht.

Ab diesem Tag hatte sich Barbara verändert. Es war, als wäre sie über Nacht eine Frau geworden. Sie liess zwar keine Zweifel darüber aufkommen, dass sie den Thys mochte. Sie winkte ihm zu, wenn sie ihn von weitem sah. Sie trafen sich auch fast jeden Abend zu einem Schwatz aber spielen wie Kinder, wie sie es bisher getan hatten, das war vorbei. Matthias merkte natürlich die Veränderung und fragte sich, was wohl passiert sei. Da steckte wohl die Anne dahinter.

10

Es wäre ein guter Alpsommer gewesen, wenn nicht am zehnten August ein heftiges Unwetter durch das Haslital gezogen wäre. Die Nacht zuvor hatte es kaum abgekühlt. Man hatte Angst, die Milch würde sauer über die Nacht und hatte sie in den Kannen zum Kühlen in den Brunnen gestellt. Eine milchig blassgelbe Sonne, die hinter dem „Hore" aufstieg, liess ältere Leute erschauern und sie sagten, das bedeute nichts Gutes. Schon zur neunten Stunde war die Luft schwül und trieb männiglich den Schweiss aus allen Poren. Die Kühe und auch die Ziegen waren unruhig und gaben auch weniger Milch.

„Heute werden wir ein Unwetter erleben wie wir es selten erlebt haben", prophezeite Grossvater Gafner seinem Enkel.

„Hoffentlich nicht", meinte Matthias.

Kurz nach Mittag türmten sich Wolken auf über der Grimsel. Sie schossen wie riesige Türme in den Himmel. Vorerst waren sie weiss. Es wurden immer mehr. Ihre Farbe veränderte sich von gelb nach tiefschwarz. Wie eine riesige Walze schoben sie sich vom Pass her durch das Haslital. Blitze zuckten. Ununterbrochen tönte Donnergrollen, von den Felswänden zurückgeworfen, durch das Tal. Es war als würde aus hundert Kanonen geschossen. Dann öffnete das Unwetter seine Schleusen. Nicht Regen fiel vom Himmel. Hagelkörner so gross wie Hühnereier. Stücke Eis, die alles zu zerstören drohten.

Manch einer denkt kaum an Gott, wenn es ihm gut geht, aber er ruft ihn umso lauter an, wenn ihm das Wasser bis zum Halse reicht. Allein, der hatte dieses Mal kein Erbarmen.

Ein Teil der Sennen hatte versucht, das Vieh in die Ställe zu treiben. Dies war ihnen nur teilweise gelungen. Eher verharrten die Kühe unten in den Wäldern unter grossen Tannen, wo einige von ihnen vom Blitz erschlagen wurden.

Nicht nur das Laub fegten die Hagelkörner von den Bäumen. Auch die jungen Tannentriebe wurden abgeschlagen. Nicht genug. Als das Hagelwetter vorbei zu sein schien, ergoss sich der Regen wie aus Kübeln über Täler und Weiden. Ganze Matten wurden einfach weggespült. Hagelkörner verstopften die Bachläufe und das Wasser schoss über das ohnehin schon karge Land. Glücklicherweise hatte die Aare in Guttannen ein tiefes Bett und trat deshalb nicht über die Ufer, aber Gnade Gott denen von Innertkirchen.

Stumm steht der Mensch vor den Trümmern seiner Werke. Wer noch vor kurzem gebetet hatte, getraute nun nicht zu fluchen. War es eine Strafe Gottes? Oder eher eine Züchtigung? War man zu undankbar mit den Gaben des Himmels umgesprungen?

36

Eigentlich war man in Guttannen ja noch glimpflich davongekommen. Man hatte ja keine Getreidefelder und andere Äcker. Dazu eignete sich die dünne Grasnarbe nicht. Dafür hatten ältere Schindeldächer unter den Hagelkörnern gelitten, und das Gras auf den Weiden war zu Boden gewalzt. Auch zogen sich breite Rinnen über die Hänge, wo vorher gutes Weideland war. So weit das Auge reichte, sah das Haslital aus wie wenn der erste Schnee gefallen wäre.

Besorgt schaute Thys hinüber zur Hütte der hinteren Trift. Anne und die Barbara waren nirgends zu sehen. Der Steg war weggespült und der Wildbach schoss meterhoch durch sein Bett. Ihn zu überqueren war unmöglich. Endlich sah Matthias die zwei Frauen oben am Hang. Sie versuchten ihre Ziegen zusammenzutreiben. Ob sie wohl alle überlebt hatten?

Ihnen fehlte gottlob keine Kuh. Die waren noch gerade rechtzeitig zur Hütte gekommen und unter das Dach gestanden.

So wie die Natur in Kürze alles zerstören kann, sie kann auch wieder heilen. Aus den zerschlagenen Grasbüscheln wuchsen schnell neue saftige Triebe. Fast wie im Frühling, wenn der Schnee schmilzt. Die Kühe gaben wieder viel Milch und so war man am Ende doch zufrieden mit dem Alpsommer.

11

Mindestens einer unten im Dorf war es nicht. Der junge Zumbrunnen war verbittert und unzufrieden. Es war eine innere Stimme, die ihm immer wieder sagte, er sei ein feiger Hund. Es wäre an ihm gewesen, die Barbara und die Anne zu retten. Er sah, dass sich das Mädchen langsam zu einer schönen Frau entwickelte. Wäre er damals zu ihrer Mutter, die er geschwängert hatte gestanden, könnte er jetzt stolz auf dieses Mädchen sein.

37

Statt sie zu heiraten hatte er sie verlassen und seine Tat geleugnet. Nun war er fünfunddreissig Jahre alt und hatte noch keine Frau. Öfter hatte der Alte versucht ihn mit einer zu verkuppeln. Reich mussten sie sein und fromm. Weil sie jedoch hässlich waren, weigerte sich der Sohn sie zu ehelichen. Er hatte sich selber eine ausgesucht, doch die lehnte der Alte ab und drohte dem Jungen, ihn zu enterben, wenn er die ins Haus bringe. So sah Hans Zumbrunnen den Himmel nur voller schwarzer Wolken, selbst wenn die Sonne schien. Das führte dazu, dass er den jungen Gafner, den Matthias, zu hassen begann und ihm das Übelste alles anwünschte. Er begann ihm schlechte Dinge nachzusagen. Der Graben Thysu lüge wie gedruckt, dem könne man nicht die Hälfte glauben von dem was er erzähle. Dazu stehle er. Der Kerl habe ihm die Mistgabel geklaut, der und sonst niemand. Dazu schleiche er des Nachts um Annas Haus herum. Der hätte schon lange vors Chorgericht gehört. Die meisten Leute schüttelten zwar die Köpfe ob solchen Reden, doch etwas bleibt immer haften.

Zu dieser Zeit geschah es auch, dass dem Mattenbauer ein altes Maultier umstand. Das nahm der junge Zumbrunnen zum Anlass zu behaupten der Matthias, dieser falsche Lümmel, hätte dem Tier Eiben gefüttert. Der sei vom Teufel besessen. Man werde noch erleben, dass der Unglück über das ganze Dorf bringe. Solche Dinge erzählte er allerdings nur seinen besten Kollegen, mit den Worten: „Hast du es schon gehört?"

Matthias war natürlich der Letzte, der von dieser üblen Nachrede erfuhr. Er konnte auch nicht herausfinden, wer sie ausgestreut hatte. Auch schlechter Samen gedeiht und aus ihm wachst manchmal noch das üppigste Unkraut. So wog man die gute Tat von Matthias mit den schlechten auf und die Leute sagten, das hätten sie nie von dem gedacht. Die ganze Geschichte drang bis zum Pfarrherrn. Der stellte den Buben zur Rede und war danach überzeugt, dass den keine Schuld treffe. „Du sollst kein falsches Zeugnis reden über deinen Nächsten." Das war der Text zu seiner nächsten Predigt und er wetterte, dass fast die Kirchenmauern erzitterten. Es war ein kluger Mann und er konnte sich fast denken, wer hinter diesen Verleumdungen steckte.

Diese üblen Geschichten drangen natürlich auch an das Ohr von Anne und diese erzählte es Barbara. Die empfand darob einen grossen Schmerz in ihrem Herzen, zweifelte aber nie an der Unschuld von Matthias.

Nach der Predigt, so war es fast der Brauch, trafen sich die Männer im Bären um ihren Durst zu löschen. Oft hatten sie dabei die Predigt schon halb vergessen, vor allem wenn es ihnen dauernd die Augen zugezogen hatte. Heute war dies nicht der Fall. Das Thema wurde in der Gaststube weiterverarbeitet. Auch Klaus Gafner, der Grabenbauer war dabei. Der stand auf und rief in die Versammelten, er wolle verflucht sein, wenn sein Sohn so etwas gemacht habe. Die meisten nickten ihm zu und die Meinung war gemacht. Den Buben treffe keine Schuld, aber es nähme sie nur wunder, wer so etwas ausstreue. Derjenige müsse selber Dreck am Stecken haben. Dass es der Sohn des Chorrichters Zumbrunnen gewesen sein könnte, daran dachte niemand.

12

Ansonsten ging das Leben in seinem gewohnten Trapp weiter. Säumer kamen und gingen auf dem Weg über die Grimsel bis ihnen der Schnee den Weg versperrte. Kristallsucher beuteten ihre Klüfte aus und brachten ihre Ware an den Saumpfad. Der Winter kam und nach ihm der Frühling und ein neuer Alpsommer.

„Ich werde alt, du wirst wohl nächstes Jahr mein Amt übernehmen müssen, ich fühle es in allen Knochen." Eine Feststellung, die der Grabenhännel am Abend auf der Bank vor der Hütte seinem Enkel eröffnete.

„Es wird wohl nicht so bös sein", erwiderte Thys.

„Ich bin nun dreissig Jahre lang hier der Senn gewesen, das ist lange genug."
So vergeht die Zeit. Der Anne auf der hintern Trift erging es nicht viel besser. Es war die Gicht, die sie plagte, und sie fragte sich, ob sie den Weg auf die Trift noch einmal schaffen würde.

Nun fragte sich Matthias, ob er seinen Grossvater doch in sein Geheimnis einweihen sollte. Jener war ja in jungen Jahren Strahler gewesen und könnte ihm sicher viele gute Ratschläge erteilen.

„Warum hast du mir das nicht schon lange gesagt?"

„Manchmal, wenn zwei etwas wissen, ist es einer zuviel."

„So, schäme dich. Du traust also deinem Grossvater nicht zu, dass er seinen Mund halten kann!"

„Das schon, aber manchmal geschieht es aus Unbedacht!"

„Du meinst also, es sei eine ergiebige Kluft?"

„Ich bin mir fast sicher."

„Nach dem Müsterchen, das du heimgebracht hast, könnte es durchaus Mailänderware sein. Wie gross waren die Zapfen, die du gesehen hast?"

„Der grösste, den ich gesehen habe, war sicher ein Fuss lang."

„Alle Wetter, da hast du wahrscheinlich wirklich etwas Wertvolles entdeckt. Es ist nun so, wenn du die Kluft allein ausbeuten kannst, gehört alles dir. Ich glaube, das Monopol ist gegenwärtig aufgehoben. Ich habe gehört, Kristalle seien zurzeit in Mailand sehr gefragt. Es würden gute Preise bezahlt. Mir scheint aber, du seist noch etwas zu jung um schwere Lasten zu tragen. Solange du noch wächst, schadet das deinen Knochen und Gelenken. Helfen kann ich dir nicht mehr, dazu bin ich nun doch zu alt.

Die Frage ist nun noch, ob die Kluft reif ist. Ob sich die Kristalle lösen lassen oder ob der Felsen noch massig ist. Dann gingen die Kristalle beim Lösen die meisten kaputt. Konntest du die Stufe, die du heimgebracht hast einfach so auflesen?"

„Ja, ich brauchte dazu keine Gewalt."

„So ist die Wahrscheinlichkeit gross, dass die Kluft reif ist. Wenn du mir Zeit lässt, versuche ich mit dir aufzusteigen, um mir die Sache einmal anzusehen. Findest du die Stelle überhaupt wieder?"

„Ich glaube schon, ich habe mir verschiedene markante Blöcke eingeprägt."

„Gut, dann steigen wir morgen nach dem Käsen hinauf."

„Anne und die Barbara werden uns sehen."

„Sag der Barbara, wenn sie dich liebhabe, so solle sie dich nicht verraten und die Anne auch nicht."

Der Junge leichtfüssig, der Alte keuchend mit schweren Beinen und langsam, so stiegen sie anderntags zur Kluft hinauf. Matthias fand sie ohne Mühe.

„Und wie soll ich da hinuntersteigen?"

„Ich gehe zuerst und du kannst mir dann auf die Schultern stehen."

„Aha, da läuft Wasser und versickert gleich wieder."

„Deshalb habe ich die Kluft ja gefunden!"

„Du hast es faustdick hinter den Ohren!"

„Ich habe halt so manches gehört."

„So deck einmal ab."

Das war schnell getan, nur das Loch war zwar für den Buben gross genug aber für den Grossvater nicht.

„Wenn ich da hinunterschlüpfen soll, müssen wir das Loch vergrössern!"

„Können wir es dann wieder decken, dass es niemand sieht?"

„Da drüben liegt eine grosse Platte. Ich glaube, mit der sollte es gehen."

Um eine Kluft hat es meistens ausgelaugtes Nebengestein, das sich in der Regel mit etwas Aufwand abbauen lässt. So liess sich der Einstieg mit dem Bergstock vergrössern, so dass sich auch der Grossvater durchzwängen konnte. In einer Tiefe von etwa drei Ellen war fester Boden, und der Hohlraum war so gross, dass beide gebückt nebeneinanderstehen konnten. Überall glitzerte es von kleineren und grösseren Zapfen, so schön, dass es dem Sennen die Sprache verschlug. Worte hätte da wohl vorerst niemand gefunden.

Matthias hatte einen Rucksack mitgenommen. Den hatte er vollgestopft mit Heu, um eventuell eine etwas grössere Stufe zu bergen und sie so vor Schlägen zu schützen. In diesem Tragsack hatte er auch eine Kerze und Zunder. Die packte er aus und steckte sie in Brand. „Du hast an alles gedacht", lobte ihn der Grossvater. „Eine Kerze brauchst du beim Strahlen immer. Beginnt sie zu flackern oder droht sogar zu erlöschen, musst du die Kluft sofort verlassen, weil sich giftiges Gas darin befindet."

Vorläufig brauchten sie sie aber um die Kluft auszuleuchten. Ihr Schein reichte zwar nicht bis zum Ende, aber was sie sahen übertraf alle ihre Träume. Nebst wunderbaren Schaustufen sahen sie einzelne Kristalle von einem Gewicht von wahrscheinlich mehr als dreissig Pfund in bester Mailänderqualität. „Du bist reich Bub." Mehr brachte der Senne vor lauter Staunen nicht hervor.

„Das Beste daran, die Kluft ist reif, die Platten, auf denen die Kristalle aufgewachsen sind lassen sich lösen, das sehe ich schon jetzt, aber ob du diese Arbeit allein bewältigen kannst, da bin ich mir nicht so sicher."

„Wenn du nur noch einmal jung wärst!"

„Das bin ich nun einmal nicht, aber ich würde mich in diesem Falle auch niemandem anvertrauen. Die Kristalle müssen ja nicht alle auf einmal ausgebeutet werden. Da hast du Arbeit für viele Jahre!"

„Was meinst du Ätti, ich würde gerne so einen grossen Zapfen mit hinunter in die Hütte nehmen."

„Und dort vorläufig verstecken, meinetwegen. Zuerst nimmt man immer die am Boden, weil sie sonst durch Herunterfallende zerstört werden können. Nimm diesen dort, aber du musst wissen, dass er eigentlich zu schwer ist für dich."

Er steckte nur in Kluftlehm und liess sich gut bergen. Sapperlot, war der schwer.

„So, in den Tragsack mit ihm und gut gepolstert. Für einmal will ich dir gestatten, eine so schwere Last zu tragen, aber denk daran, es ist nicht gut für deine Knochen. Ich würde mit Ausbeuten warten bis zum nächsten Sommer und dann nimm nicht die Schwersten zuerst.

Ein guter Bergstock ist die halbe Arbeit, das merke dir und nimm nicht immer den gleichen Weg zum Absteigen, sonst bildest du einen Trampelpfad und deine Kluft wird über kurz oder lang entdeckt.

So traten sie den Abstieg an, nicht ohne vorher den Einstieg wieder sorgfältig zu decken.

Auf der Hinteren Trifft waren die zwei Frauen beim Brunnen vor der Hütte und wuschen die Käsetücher aus. Anne verschwand sofort in der Hütte als sie die Zwei kommen sah, aber Barbara ihrerseits ging ihnen ein paar Schritte entgegen.

„Was zum Kuckuck! Ich glaube bald, ihr habt gewildert. Was hättet ihr sonst in diesem Sack?"

„Der enthält eben ein streng gehütetes Geheimnis. Komm hinüber in unsere Hütte, dir wollen wir es verraten."

„Es geht um euer Glück Barbara, und wenn du es jemanden verrätst, würde es wahrscheinlich zerstört!"

Diese Mahnung sprach der Grossvater aus, bevor Matthias den Sack öffnete.

„Maria und Josef, das ist ja fast wie ein Klumpen Gold, woher habt ihr den?"

„Deine verlorene Ziege hat ihn gefunden und das Beste daran, es hat oben noch viele davon."

„Ja, Barbara, Matthias ist reich, steinreich."

Statt sich zu freuen hatte Barbara Tränen in den Augen und Matthias fragte sie, weshalb sie nun weine.

43

„Ich, ich will keinen reichen Mann, ich will hier oben Ziegen hüten und Käse machen solange ich lebe!"

„Dummerchen, und ich will hier oben Senne sein solange ich lebe. Aber im Winter wird es nicht schaden, wenn wir ein bisschen Geld haben. Vielleicht bauen wir uns ein schönes Haus und ich möchte die schönsten Kühe haben im ganzen Land!"

„Noch hast du mich nicht, obwohl du wahrscheinlich reich sein wirst. Reiche sind hochnäsig und das mag ich nicht!"

„Mit Speck fängt man die Mäuse. Dich werde ich schon erwischen!"

„So, werdet zuerst einmal erwachsen, dann wird es sich ergeben ob ihr zueinander passt, das zu entscheiden scheint mir zu früh. Die Anne wird dich ausfragen. Sage ihr, dass es ein Geheimnis bleiben muss. Ich glaube, sie kann es für sich behalten. Wie ich das sehe, geht es ja auch um euer Glück."

„So, nun habe ich aber Hunger, wie lange haben wir schon nichts mehr gegessen?"

Graben Hännel, der Senne, hatte schlaflose Nächte. Was sollte er dem Buben raten. Die Kluft alleine auszubeuten war sicher gefährlich, aber wenn zwei davon wüssten, wäre es einer zuviel. Anderseits könnte sich eine grosse Stufe von der Decke lösen und den Thys einklemmen. Da wäre Hilfe unbedingt nötig. So würde er den Buben nur mit gemischten Gefühlen dort allein arbeiten lassen. Endlich riet er ihm, er solle sich noch ein Jahr gedulden. Vielleicht sei er bis dann ausgewachsen und stärker sicher auch. Er würde es so machen, dass er nächsten Sommer jeweils beim ersten Tageslicht aufsteigen, immer eine vernünftige Ladung ausbrechen und gleich hinunter in die Hütte tragen würde. Wenn er jeweils um vier Uhr aufbrechen würde, könnte er zum Melken wieder in der Hütte sein.

„Du darfst nie weiter in die Kluft vordringen, nur soweit wie du alles abgebaut hast. Löse alle losen Platten an der Decke. Nimm zuerst die Kristalle von der Sohle, dann die an den Seitenwänden. Bevor du dich an die an der Decke machst, lege einen Sack voll Stroh darunter, so sind sie geschützt, wenn sie herunterfallen. Lass alle Bruchstücke in der Kluft liegen, sonst verraten sie dich, wenn zufällig jemand vorbeikommt."

So riet der Grossvater seinem Enkel und jener war ein aufmerksamer Schüler.

13

Auch dieser Sommer ging vorbei und die unbeliebte Schule begann wieder. Daneben gab es natürlich Arbeit in den Ställen und vor allem beim Brennholz rüsten. Barbara half dazwischen der Sigristin die Kirche putzen und verdiente so ein kleines Löhnchen.

Die anderen Kinder in der Schule waren etwas eifersüchtig auf das Mädchen und hatten ihr deshalb den Übernahmen „Geissenbärble" angehängt. Das bewirkte lediglich, dass sie sich jeweils nach Matthias drehte und ihm heimlich zublinzelte. Die würden ja dereinst noch Augen machen.

14

Im ganzen Haslital gab es Sommer für Sommer und noch bis weit in den Herbst hinein ein Vorkommnis, über das sich viele Bauern und Sennen ärgern mussten. Es waren die Salpetersieder, die mit obrigkeitlichen Bewilligungen meist die Vorsassen oder die tiefer gelegenen Alphütten heimsuchten. Überall, wo Rinder und Kühe längere Zeit gestanden hatten fanden sie ihren Rohstoff Salpeter, der wichtigste Bestandteil von Schwarzpulver. So traf mancher Bauer und Küher, wenn er seine Tiere auftreiben wollte, ein aufgerissenes Stallläger vor, das er mühevoll wieder flicken musste. Die Salpetersieder genossen von der Obrigkeit jeglichen Schutz, weil Schwarzpulver sehr gefragt war. Natürlich, um Kanonen und Büchsen zu laden, aber auch zum Aussprengen von Wegen in Felswänden. Nebst diesem Ärgernis brachte dieses Treiben den Haslitalern auch Verdienst. Entweder das fertige Schwarzpulver oder auch nur seine Komponenten wurden ja über den Grimselpass in den Süden oder ins Wallis gebracht. Bernpulver galt als das Beste, weil die Komponente Holzkohle aus der Haselstaude gewonnen wurde, die ja dem Haslital den Namen gegeben hatte und wenigstens in den tieferen Lagen reichlich vorhanden war.

Diesem Treiben Einhalt zu bieten vermochte kein Guttanner. Aber wie man es besser lösen könnte, darüber zerbrach sich mancher den Kopf. Der alte Zummbrunnen hatte da einen Einfall. So berief er eine Gemeindeversammlung ein. Er schlug vor, man sollte den Salpeter selber graben und nachher den Siedern verkaufen. So könnte man den Schaden in Grenzen halten und auch gleich wieder flicken. Die Versammlung fand den Vorschlag gut, und so schrieb man nach Bern was man beabsichtige. Die schrieben auch gleich zurück, sie wären damit einverstanden, aber man bestehe darauf, dass die Einnahmen daraus auch ordentlich versteuert würden.

So gruben nun die Guttanner eifrig Salpeter. Jeder, der etwas freie Zeit hatte beteiligte sich, denn die Sieder zahlten einen guten Preis für den Rohstoff. Sorgfältig wurden in den Ställen die hölzernen Läger ausgebaut, anschliessend nach der schwarzen Erde gegraben, die entstandenen Gruben mit Geschiebe aus den Bächen und Gräben wieder aufgefüllt und die hölzernen Läger wieder geflickt. Weiter waren auch Mistplätze und Güllengruben ergiebig.

Andere, weiter unten im Haslital betätigten sich als Köhler und beschickten ihre Meiler mit Haselholz. Nun fehlte noch die Komponente Schwefel, die man aus Italien beziehen musste. Das tat man auch seit Jahrzehnten, bis einem einfiel, es sei doch blöd in Italien Schwefel zu holen und nachher im Schwarzpulver wieder zurückzusäumern Man wolle doch nur den Salpeter und die Kohle liefern, so könnten die das Pulver selber mischen. Gesagt getan, so war auch die Gefahr, dass unterwegs das Pulver explodierte viel geringer.

Dieses Geschäft florierte also, doch keine Freude daran hatten die Frauen. Ihre Männer stanken, die einen wie die Pest und die andern von Russ und Rauch. Das konnte aber die Männer nicht daran hindern, diesem zusätzlichen Nebenverdienst nachzugehen.

Auch das Pulver über die Grimsel und meistens nach Brig dem Stockalper zu bringen war meist harte Arbeit. Es hing ja sehr vom Wetter ab. Starke Gewitter und unerwarteter Schneefall konnten die Säumer stark behindern, oft lebensbedrohlich.

Die Frauen hatten während den langen Wintermonaten angenehmere Arbeit. Sie spannen Schafwolle zu Garn und aus dem Garn strickten sie allerlei Kleidungsstücke. Socken für die Männer, Strümpfe für Frauen und Kinder, Kappen und Handschuhe, Jacken und Westen, auch Kleidchen für Neugeborene und Kleinkinder, Kleidungsstücke fast ohne Grenzen. Oft fanden sich mehrere Frauen in einem Haus zusammen und unterhielten sich gegenseitig mit alten und neuen Geschichten. Meist Frauengeschichten, die die Männer nicht zu hören brauchten.

So wurde es den Leuten von Guttannen nie langweilig, auch wenn sie manchmal wochenlang von der Umwelt abgeschnitten waren.

15

Die Frau Pfarrer, in der Funktion als Lehrerin, führte ein strenges Regiment. Kein Wunder trachteten die Buben nach bösen Streichen und sannen, wie sie sich an ihrer Lehrerin für ihre dauernden Strafaufgaben rächen könnten. So verstopften sie einmal das Ofenrohr, so dass das Schulzimmer zur Rauchküche wurde und eine Schule halten verunmöglichte. Ein andermal taten sie ihr eine Maus in die Tischschublade. Ein weiteres Mal strichen sie Harz auf das Sitzkissen der Frau Pfarrer, so dass es ihr am Hintern klebte, als sie sich erheben wollte.

Bei all diesen üblen Taten zeigte die Frau nicht die erhoffte Reaktion. Sie enttäuschte die Buben, indem sie gar nicht darauf eintrat. Nur der Unterricht wurde dadurch noch etwas strenger und der Respekt der Buben grösser.

16

Es war an einem Tag anfangs November, als ein ungeheuerlicher Schneesturm vom Wallis her über die Grimsel zog und sich wie ein Haufen wilder Reiter heulend und brüllend durch das Haslital hinabzog. Der Bärenwirt stand vor einem Fenster, hatte etwas den Vorhang zurückgezogen und schüttelte den Kopf. So ein Wetter hatte er noch selten erlebt. Diesmal nicht Hagel und Blitz. Ganze Ladungen Schnee wurde an die Häuser geklebt und niemand getraute sich mehr aus seinem Haus. Gerade dachte er bei sich, hoffentlich seien keine Säumer mehr unterwegs, es wäre sicher ihr Tod. Da sah er durch das Schneetreiben eine Gestalt, die offenbar versuchte das Dorf zu erreichen. Es war offensichtlich. Dieser Mensch war am Ende seiner Kräfte. Es war ein Mann, der immer wieder versuchte sich aufzurichten, wieder hinfiel, es noch einmal mit Kriechen versuchte und endlich reglos liegen blieb. Schnell rief der Bärenwirt nach seinem Knecht, und zusammen schleppten sie den Fremden in das rettende Haus. Natürlich war nun auch die Wirtin zur Stelle. „Lebt er noch?", war ihre erste Frage.

„Ja, er atmet noch!"

„Bringt ihn in ein Gästebett."

Deren waren genug vorhanden und im Winter kaum besetzt.

„Wir müssen die Rufibach Marie holen!", riet die Wirtin.

„Die wird keine Freude haben bei diesem Wetter."

„Hier geht es um ein Menschenleben!"

So zog der Knecht seinen wärmsten Mantel an und holte ohne sich gross zu beeilen die Baderin.

„Der ist noch jung, er wird es überleben", stellte sie fest, und begann dem Mann die steifen Glieder zu kneten. „Macht ihm einen Tee, am besten aus Lindenblüten. Den Kopf sollten wir ihm etwas mit Schnaps benetzen, vielleicht wacht er dann auf! Wenn er ohnmächtig ist, kann er den Tee nicht trinken."

Es dauerte noch eine Weile, bis der Mann wieder zu sich kam. Er röchelte stark beim Atmen, konnte aber mit Mühe erzählen sein Muli sei abgestürzt. Er hätte es retten wollen und sei so in das Unwetter geraten.

„Er wird eine Lungenentzündung davontragen, damit müssen wir rechnen", meinte die Rufibach Marie. „Jemand soll mit mir kommen. Er muss Meisterwurz in Wein angesetzt bekommen. Etwas Besseres kenne ich nicht. Er wird auch Fieber kriegen, dann macht ihm Wickel um die Beine. Hoffentlich werdet ihr für eure Mühe auch belohnt!"

„Wegen dem Lohn hat sie wohl sich selber gemeint!", brummte der Wirt, als sie gegangen war. „Vielleicht ist man selber auch einmal auf Hilfe angewiesen."

Nach etwa einem halben Tag legte sich der Sturm. Was zurückblieb war nasser Schnee in allen Winkeln und Gassen, unangenehm und schwer zum Wegräumen.

Natürlich verbreitete sich die Kunde von dem zusammengelesenen Säumer in Windeseile.

Besonders die Frauen plagte die Neugier, und jede wusste noch ein besseres Mittel gegen die Lungenentzündung, die nun den Mann befallen hatte und versäumte es nicht, es persönlich vorbeizubringen.

So erholte sich der Mann auch ziemlich schnell, obwohl er noch schwach war und kaum den Bären verlassen konnte. Was macht man nun mit so einem Mann? Guttannen war ja wieder einmal von der Umwelt abgeschnitten. So konnte man ihn nicht wegschicken und Geld hatte er offenbar auch wenig oder keines.

Der Mann, Alois Mettler hiess er, hatte natürlich seine dumme Lage längst erkannt, und sobald er wieder etwas zu Kräften gekommen war, versuchte er sich da und dort nützlich zu machen. Zuerst spaltete er Holz beim Bärenwirt, dann auf Anraten von diesem bei der Anne. Diese wäre vielleicht froh, wenn ihr jemand Brennholz spalten würde. Dort fehle ein Mann, holzen sei nicht gerade Frauenarbeit.

Das zarte Geschlecht, die Frauen von Guttannen, waren ja sehr züchtig und hielten sich strickte an das sechste Gebot, jedoch die Gedanken sind frei und kaum eine, die sich nicht dabei ertappte und diesen jungen Mann schön und sympathisch fand. Es war nicht nur sein Aussehen, es war die einnehmende Sprache, sein höfliches Zuvorkommen, genau das was den rauen Guttannern fehlte. Die Männer achteten sich dessen nicht, hingegen dem Thys war es nicht ganz geheuer, als er sah, wie der junge Mann bei Anne Holz spaltete und manchmal den Frauen sogar einen Korb voll in die Küche trug und öfter auch mit Barbara schwatzte. War es Argwohn oder sogar Eifersucht? Jedenfalls blickte er mehr als üblich zu Annes Häuschen hinüber und hätte lieber selber dort Holz gehackt.

Anna und Barbara wussten die Arbeit von Alois Mettler zu schätzen. Sie verpflegten ihn auch an ihrem Tisch und lauschten nebenbei gerne seinen oft lustigen Erzählungen. Leider aber bemerkten sie seine gierigen Blicke nicht, die er oft auf Barbara warf, wenn er sich unbeobachtet fühlte.

Barbara war dabei, sich zu einer reizenden Frau zu entwickeln. Schön wie eine Rosenknospe, die sich zur Blüte öffnet.

Mettler war sich den Umgang mit Frauen mehr als gewohnt. Dort wo er herkam waren sie auch leicht zu haben, mit etwas Geld ohne Widerstand. So war er der Meinung, er sei dazu erschaffen, Frauen glücklich zu machen.

Jedes Mal wenn er Barbara heimlich betrachtete fing sein Blut an zu kochen. Die müsse doch sicher auch ihre Lust empfinden. Wohl sei sie sicher noch ein wenig schüchtern, aber das liesse sich schnell ändern.

Anne hatte sich nach dem Mittagessen ein wenig hingelegt und war eingeschlafen. Mettler hackte Holz vor dem Haus und weil ihr der Vorrat an Brennholz auszugehen drohte, ergriff Barbara einen Weidenkorb um welches zu holen. Als wollte er eine kurze Pause und einen Schwatz machen legte Mettler sein Beil auf den Scheitstock und sagte zu Barbara: „Wie schön du bist!"

„Das glaubst du ja selber nicht", gab diese zur Antwort und schickte sich an ihren Korb zu füllen.

„Doch das bist du, sogar die Schönste, die ich je gesehen habe. Du wirst allen Buben den Kopf verdrehen!"

„Lass diesen Quatsch, ich verdrehe niemandem den Kopf!"

„Doch einem sicher, nämlich mir!"

„Ich habe kein Verständnis für solche Spässe, dafür bin ich noch viel zu jung."

„Nein, das bist du nicht, jetzt kommt für dich die schönste Zeit des Lebens, die musst du geniessen. Es ist schade für jeden Tag, den du nicht mit einem Burschen verbringst. Hast du überhaupt schon einmal?"

„Jetzt ist es aber genug, wenn du so willst, hacke ich unser Holz lieber selber."

51

„Tu doch nicht so, ich will dir zeigen wie es geht. Angst davor hast du nur das erste Mal. Dabei packte er sie am rechten Arm und wollte sie an sich ziehen. Sie suchte sich zu entwinden, was ihr auch gelang. Schnell wollte sie ins Haus flüchten und ihn aussperren, doch er hielt schnell einen Fuss zwischen Tür und Pfosten und folgte ihr.

Thys war dabei, wie jeden Tag, in einem Heuschober etwa hundert Ellen hinter dem Dorf mit einem Schlitten und einem Muli die Tagesration Heu zu holen. So sah er gerade noch wie sich Barbara aus den Klauen von Mettler entwand und jener mit Gewalt das Schliessen der Tür verhinderte und ihr folgte. So schnell war Matthias noch nie gerannt. Muli und Schlitten liess er stehen wo sie geradestanden. Glücklicherweise war der Schnee gefroren, so dass er nach wenigen Minuten bei Annes Häuschen war. Dort hörte er die Anne schreien: „Willst du wohl aufhören du Saubock!“

Thys riss die Haustüre auf. Was er sah, liess ihm das Blut in den Adern gerinnen. Mettler hatte Barbara auf den Küchentisch gedrückt und war dabei, ihr die Kleider vom Leibe zu reissen, derweil dies Anne zu verhindern suchte, indem sie den Übeltäter mit einem Besen traktierte

„Lass sie sofort los du Dreckskerl, ich schlage dich tot!“

„Da wollen wir ja sehen wer wen totschlägt!“, schrie Mettler mit hochrotem Kopf. Dabei versetzte er der Anne einen Schlag ins Gesicht, dass diese bewusstlos hinfiel. Darauf stürzte er sich auf Matthias. Wir wollen doch sehen, ob ich mit einem Schulbuben fertig werde.

Vielleicht wäre er das auch, wenn nicht Barbara ihrem Freund geholfen hätte. Sie packte Mettler an den Hosenstössen, worauf dieser das Gleichgewicht verlor und stürzte. Sofort warf sich Matthias auf ihn, und in einer unheimlichen Wut drosch er auf Mettler ein. Dieser spuckte Blut und hatte wohl auch eine gebrochene Nase. Langsam erstarb sein Widerstand, aber Matthias bearbeitete ihn weiter mit seinen Fäusten. Da stand plötzlich sein Vater unter der Haustüre und rief: „Schlag ihn nicht tot Bub, versündige dich nicht, er ist es nicht wert." Das genügte offenbar nicht, der Bub schlug zu, bis ihn der Vater packte und wegzog.

Voll Scham hatte sich unterdessen Barbara in ihr Zimmer geflüchtet und lag dort schluchzend auf ihrem Bett.

Leute aus dem Dorf hatten den Lärm ebenfalls bemerkt und Männer schickten sich an, Hilfe zu leisten. Keiner stellte eine Frage. Alle wussten was hier geschehen war. Sofort kümmerte man sich um Anne, die gottlob wieder zu sich kam, als man ihr mit einem kühlen nassen Tuch den Kopf abwischte.

Mettler lag bewusstlos am Boden, das ganze Gesicht mit Blut verschmiert. Was machen wir nun mit dem? Die Frage stand im Raum. „Totschlagen und verlochen", meinte einer.

Das ginge doch ein bisschen zu weit. Mörder sind wir schliesslich keine. „Ja, das sind wir nicht, aber verdient hätte er es!"

„Wegschicken können wir ihn auch nicht, wir sind ja wieder einmal von der Umwelt abgeschlossen."

„So müssen wir ihn also ein zweites Mal aufpäppeln. Das ist doch die Höhe!"

„Anders geht es leider nicht, nur diesmal nicht im Bären in einem Gästezimmer. Ein leerer Ziegenstall tut's auch."

„Hat jemand einen, in dem er nicht ausbrechen kann?" Das hatte niemand.

„So holt einen Schlitten. Wir laden ihn auf und bringen ihn zum Schmied. Der soll ihn in Ketten legen." Damit waren alle einverstanden, und weil er sich zu bewegen begann, fesselte man ihn mit Stricken, verlud ihn auf einen Schlitten und brachte ihn in die Schmiede.

„Was? Einen in Ketten legen? Das habe ich noch nie gemacht. Da müsst ihr mir vorher einiges erklären." Der rote Schnurrbart des sonst ruhigen vierschrötigen Mannes zitterte und bald hätte er geschrien: „Verschwindet aus meiner Schmiede, aber sofort!"

53

Aber nachdem ihm nun die Männer erklärt hatten, was sich zugetragen hatte, änderte er seine Meinung. Grobe Ketten waren vorhanden, und als Manschetten benutzte er Zwingen, die in allen Grössen reichlich vorhanden waren.

Mettler hatte schon eine Weile seine Augen geöffnet, aber weil er noch nicht klar denken konnte, verhielt er sich wohlweislich still. Aber als er nun langsam erkannte, was die mit ihm vorhatten, begann er zu schreien wie ein wildes Tier. „Was habe ich schon getan? Die hat mich ja verführt, regelrichtig dazu ermuntert hat sie mich. Sperrt doch eure Weiber alle ein und betreibt Inzucht, ihr dummen Lümmel! Was ist denn schon dabei, wenn ich einem Mädchen eine Freude machen will?"

„So, nun halt aber die Klappe, sonst schlage ich dir die restlichen Zähne auch noch ein."

Der Schmied hatte unterdessen zwei passende Zwingen ins Feuer gelegt, und als sie schön rotglühend waren, wickelte er zuerst Mettlers Beine mit trockenen Lappen ein und riet ihm, sich nicht zu bewegen, wenn er nicht gebrannt werden wolle. Wenigstens das begriff der Bursche, und so drückte der Schmied ihm die Zwingen um die Fesseln und kühlte sofort mit einem Eimer Wasser ab. So wurde Mettler in Ketten gelegt und anschliessend in Schafrots leeren Ziegenstall gebracht. „Bringt ihm wenigstens frisches Stroh, immerhin ist es noch ein Mensch!" Das war Frau Schafrot, die doch etwas Erbarmen hatte mit dem Übeltäter. So wurde Mettler eingesperrt und niemand wusste für wie lange, und musste bei Wasser und Hafergrütze seine Zeit verbringen.

Matthias war nicht mitgegangen. Gerne hätte er nach Barbara geschaut, aber Anne riet ihm, es vorläufig bleiben zu lassen! „Sie muss das Geschehene zuerst verarbeiten. Dass Menschen so niederträchtig sein können!"

„Wenigstens will ich ihr noch sagen, wie mutig sie war."

Er klopfte leise an Barbaras Türe, wünschte gute Besserung und dankte ihr, dass sie ihm geholfen hatte.

„Ich danke dir auch", tönte es leise aus der Kammer.

„So gehe ich nun. Darf ich morgen vorbeischauen?"

„Das darfst du."

17

Obschon es ein sehr unliebsames Ereignis war, brachte es doch Abwechslung in den eintönigen Alltag der Guttanner, und wenn es etwas zu diskutieren gab, begaben sich die Männer ja mit Vorteil in den Bären. Dort war in der Gaststube schon bald der letzte Platz besetzt. Schon wieder war Matthias, obwohl nicht anwesend, der Gefeierte.

„Du hast da einen guten Bub, Grabenbauer", meinte einer, und alle pflichteten ihm bei. Natürlich wollte jeder besser wissen wie sich alles zugetragen hatte, und weil jeder Recht haben wollte, gerieten sie einander noch fast in die Haare.

„Hol deinen Bub, Gafner, der soll uns berichten wie es gewesen ist!"

„Der kommt bestimmt nicht, es ist schon genug, wenn der Alte im Bären sitzt."

„Reut dich die Zeit? Du übertreibst es ja wirklich nicht, oder solltest du deiner Frau spinnen helfen?"

„Hilft jemand einen Jass klopfen? Mir scheint, das wäre gescheiter als sich noch wegen diesem Sauhund zu streiten."

Das tat jeder gerne, und zur Feier des Tages zapfte der Wirt ein Fässchen Muskateller an, und manch eine Kuh musste an diesem Abend etwas länger auf ihren Melker warten.

Barbara erholte sich nur langsam von ihrem Schock. Sie war verändert. Aus dem fröhlichen, aufgestellten Mädchen war eine ernste Frau geworden.

Ein Mädchen, das sich zu einer Frau entwickelt, hat so seine Gefühle und seine Träume. Oft mit offenen Augen denkt es an ihren Knaben in heimlicher Liebe. Manchmal wollen ihre Gefühle und die Lust überkochen. Das ist normal und hat nichts mit einem sündhaften Lebenswandel zu tun. Diese Gefühle wurden in kürzester Zeit zerbrochen. Barbara empfand nun einen Ekel vor den Männern. Hatte Anne doch recht, dass Knaben böse würden, wenn sie älter werden?

Allerdings Matthias, der sie nun zweimal gerettet hatte, hatte sie aber trotz allem in ihr Herz geschlossen.

Anders Hans Zumbrunnen. Dessen Hass auf den jungen Graben Lümmel, wie er ihn nannte, wurde mit jedem Tag grösser. Er wünschte ihm alles Schlechte an den Hals und sann danach, wie er ihm schaden könnte.

Das Chorgericht zusammen mit dem Pfarrer beriet, was nun mit diesem Mettler geschehen solle. Man sollte ihn so schnell wie möglich der hohen Gerichtsbarkeit zuführen, meinte Zumbrunnen. Nur damit er dort freigesprochen werde. Eine Anklage wegen Vergewaltigung sei schwierig. Das Mädchen müsste beweisen, dass sie den Mann nicht provoziert habe. Da genüge schon, einem schöne Augen zu machen. Zudem sei es ja nur eine versuchte Vergewaltigung. Das gebe nur grosse Umtriebe und zuletzt einen Freispruch. Er schlage vor, den Mann aus dem Dorf zu jagen, sobald es die Verhältnisse erlauben würden.

Damit war man schlussendlich einverstanden. Mettler musste zwar noch ein paar Wochen im Ziegenstall verbringen, weil Guttannen so lange eingeschneit war.

18

Wieder einmal war jedermann froh, als der Winter vorbei war. Ein anhaltender Föhn machte dem Schnee in wenigen Tagen den Garaus. Bald würden schon wieder die ersten Säumer über den Pass ziehen. Das bedeutete Arbeit und Betrieb im Dorf. So kam der Frühling mit seiner ganzen Blumenpracht, und schon bald standen auch die Alpauffahrten vor der Tür.

Graben Hännel hatte schon lange angekündigt, er werde sein Amt an den jungen Matthias abtreten und nur noch als Beisenne mit ihm auf die Alp gehen. Den Aufstieg schaffte er noch, weil er sich von einem Muli ziehen liess.

Ähnlich ging es auch der Anne. Sie übertrug ihre Pflichten mit den Ziegen der Barbara, und nur mit Mühe und vielen Zwischenhalten brachte man sie, ebenfalls mit einem Muli, auf die Trift.

Ein paar Tage an Zeit vergingen, bis sich der Tagesablauf auf der vorderen Trift einigermassen eingespielt hatte, jede Kuh sich zum Melken bei der Hütte einfand und im Stall ihren Platz fand.

Barbara kam mit den Ziegen gut zurecht. Sie hatte ja schon im vorigen Sommer fast alle Arbeiten selber erledigen müssen. Allerdings hatte sie ein Problem. Sie hatte Angst. Angst, der Mettler könnte eines Nachts kommen und sie erneut zu vergewaltigen versuchen. Matthias wusste zu helfen. Er hängte ihr die grösste Glocke des Fahrgeläutes über dem Bett auf. An ihr könne sie rütteln, wenn Gefahr drohe. Er werde es hören und sofort zu Hilfe kommen.

Schon bald einmal drehte sich nun das Gespräch zwischen Matthias und dem Grossvater um die Kristalle. Der Ätti meinte, wenn man die Kühe etwa um die siebente Stund melken würde, wäre das früh genug. Wenn Thys beim ersten Tageslicht aufbrechen würde, dann einen Tragsack mit Kristallen füllen würde, so könnte er zur siebten Stunde wieder zurück sein. Man könnte dann die Stufen im Milchgaden unter den Pritschen verstecken und später mit einem Muli ins Tal bringen. „Du brauchst ja nicht jeden Tag hinauf. Nimm dir Zeit. Du hast ja das Leben noch vor dir."

So brach Matthias am nächsten Morgen auf und brachte den ersten Tragsack voll Kristalle heim. Er musste ja über den Steg und darum auch bei Barbaras Hütte vorbei. Jene wusch sich gerade beim Brunnen. Matthias sah sie schon von weitem. Er wurde etwas rot im Gesicht, weil sie ihren Oberkörper ziemlich entblösst hatte. Da er sie dabei nicht erschrecken wollte, versteckte er sich noch hinter einem grossen Block und wartete bis sie fertig war. Dann aber trat er mit einem Jauchzer hinter dem Stein hervor, worauf ihm Barbara ein paar Schritte entgegeneilte. „Willst du einen Blick in den Sack werfen?" Das tat sie natürlich gerne. Welches Mädchen träumt nicht einmal von einem Sack voll Edelsteinen? Kristalle sind es eigentlich nicht. Aber für Barbara waren sie es. Wie das glitzerte und funkelte, besonders weil gerade ein Sonnenstrahl den Sack traf.

„So, es wird Zeit die Kühe zu melken!"

„Ja, die Ziegen warten auch."

Ja, die Ziegen warteten. Was gab wohl mehr Arbeit, gegen dreissig Ziegen zu melken oder acht Kühe?

Keines der beiden hatte damit grosse Mühe. Jugend, Gesundheit und Kraft sei ja die schönste Gabe der Welt, sagt man. Ob sie nach Feierabend noch ein wenig herüberkomme? rief Thys noch zurück. Die Antwort hiess vielleicht. Es ist die Art der Frauen und Mädchen, dass sie kaum je etwas endgültig verheissen. Es könnte ja etwas dazwischenkommen.

„Schönes Zeug hast du da", lobte der Ätti, „hattest du nicht etwas zu schwer geladen? Ich sag es dir noch einmal, trag sorge zu deinem Rücken!"

So sprühte die Jugend vor Kraft, während sich die Alten nun doch öfters etwas zurücklehnten und Rückblick hielten.

Täglich fanden Barbara und Matthias zusammen für ein Schwätzchen. Viel mehr passierte nicht. Barbara war froh, dass sie Thys nicht zu verführen

58

suchte. Jedoch die Freundschaft war gross, und niemand zweifelte daran, dass sie einmal Mann und Frau würden.

Älplerleben bedeutet zwar harte Arbeit, die aber ohne Hast verrichtet wird. Arbeit in den Hütten oder draussen in einem Meer von Bergblumen. Enziane und Alpenrosen, Trollblumen, Bergglöcklein und viele mehr leuchteten besonders schön im Morgentau. Das Ganze umkränzt von hohen Bergen, deren weisse Zinnen in den blauen Himmel ragten.

Es gab aber auch Tage, da war der Himmel mit schweren Wolken verhängt und man blieb lieber unter dem Hüttendach.

Sie brauchen keine schönen Kleider. Sie brauchen keine Schlösser, keine prunkvollen Säle, keine Bankette und keine grossen Feste. Sie haben alles was das Herz begehrt und gehören zu den glücklichen, offenbar von Gott bevorzugten Menschen. Es sei einer reich oder arm, nur zufrieden muss er sein!

Die alte Anne wäre es eigentlich auch gewesen. Mit Freuden sah sie, wie sich Thys und Barbara täglich trafen, doch wenn sie hinüber zur vorderen Hütte schaute, überfiel sie doch eine leise Wehmut. Bald drei Jahrzehnte hatten sie sich nun gemieden, der Graben Hännel und sie. Das war doch dumm, sann sie. Könnte man die alten Geschichten nicht einmal vergessen und sich vertragen? Dieser Gedanke beschäftigte sie immer wieder. So fasste sie sich eines Tages ein Herz und betrat den Steg, den Weg zur vorderen Trift. „Was ist wohl in sie gefahren?", dachte Hännel, als er sie kommen sah. „Will sie etwa unserem Buben den Verkehr mit der Barbara verbieten?"

„Grüss dich Johann, wirst denken, was die bei dir zu suchen hat. Anne hatte sich alles genau überlegt. „Wir meiden uns nun seit Jahrzehnten. Wären wir nun nicht bald alt genug, um das Kriegsbeil zu begraben. Ich weiss, was ich dir angetan habe, aber ich war einfach in diesen Burschen verliebt und konnte mein Herz nicht an zwei Männer verschenken. Dass ich dafür die

Strafe erhalten habe, weisst du. Heute möchte ich mich bei dir entschuldigen und fragen, ob du mir nicht endlich verzeihen könntest."

Dass man einen alten Zwist auch beilegen könnte, daran hatte Hännel noch nie gedacht. Er deutete der Anne, sie solle sich setzen. In einiger Distanz zu ihr setze er sich ebenfalls auf die Bank vor der Hütte. Ohne Worte kramte er seine Tabakpfeife und den Tabak aus dem Hosensack. Mit zittrigen Fingern stopfte er sich die Pfeife, schlug Feuer und nahm ein paar kräftige Züge, alles ohne ein Wort zu sagen. Eigentlich hatte sie Recht, die Anne, aber es einsehen und dann zugeben sind zweierlei Dinge, besonders wenn bei einem Mann einmal sein Stolz verletzt worden ist. So sagte er nach langem Zögern endlich die knappen Worte: „Anne, du hast Recht, hier hast du meine Hand."

19

Schön ist der Friede nach einem jahrzehntelangen Zwist. Das hätte man eigentlich schon lange tun können. Nicht nur Barbara und Matthias trafen sich in der Folge. Fast noch regelmässiger Anne und Johann. Und als man schlussendlich noch das Kartenspiel entdeckte, wurden die Abende kurz. So fanden sich nun öfter alle Viere entweder in der vorderen oder hinteren Trift und klopften einen Jass. Allerdings nicht zu lange, besonders wenn Thys am Morgen in die Kluft wollte. So fanden alle, dies sei nun der schönste Sommer, den sie je erlebt hätten.

20

Unten im Tal führten nicht alle ein so glückliches Leben. Unzufriedenheit führt zu Gram und Gram öfter zu Hass. Zwischen Menschen entstehen Klüfte, breiter und unüberwindbarer als jene oben in den Flühen oder in den

Gletschern. Grausige Abgründe tun sich auf und drohen die Menschen zu verschlingen. Dass tief unten der Böse haust ist bekannt.

So eine Kluft hatte sich zwischen dem alten Zumbrunnen und seinem Sohn gebildet. Die ersten Differenzen entstanden wegen den Frauen. Die einen passten dem Alten nicht und andere nicht dem Jungen. Maria Zumbrunnen hätte sich schon längst gerne ein wenig zurückgezogen, aber stattdessen kam zu ihrer vielen Arbeit noch, dass sie dauernd zwischen den Männern schlichten musste. Jahrelang hatte der Alte durchgesetzt, dass seine ganze Familie und sogar der Knecht jeden Sonntag die Predigt besuchen mussten. Eines Tages aber sagte der Junge, der soll mir blasen und blieb dem Gottesdienst fern. Das traf den Alten ganz besonders, besonders weil er einsehen musste, dass er jetzt seine Autorität verloren hatte. Unzufriedenheit in der ganzen Familie. Zwar konnte es weder der Alte noch der Junge ohne den andern. Aber die Arbeit wird schwer, wenn einer dem andern das Wort nicht gönnt. „Es ist nicht mehr zum dabei sein", sagte Maria öfter. Manch eine hätte sich ihren Mann vorgeknöpft und ihm die Meinung gesagt, aber Frau Zumbrunnen hatte nie etwas anderes gelernt als zu gehorchen. Lediglich suchte sie zwischen dem Alten und dem Jungen zu vermitteln, wenn die Suppe überzukochen drohte.

Wer so lebt, lebt auf Erden wie in der Hölle. Nur selten trifft ein Lichtstrahl in ihr finsteres Loch. Wo andere Blumen sehen, wachst für sie nur Unkraut. Bei allem neiden sie das Glück derer, die dafür empfänglich sind. Hass und Missgunst leitet ihre Sinne. So sah es aus beim jungen Zumbrunnen. Der Alte suchte Trost in der Kirche und betete zu Gott für seinen verdorbenen Sohn.

Immerhin besserte sich die Situation ein wenig, wenn ihre Kühe auf die Handeggalp getrieben wurden. Das Besorgen der Kühe fiel weg und die übrigen Arbeiten konnte der Alte mit dem Knecht selber erledigen. Das war dann die Zeit, die Hans Zumbrunnen doch auch noch ein wenig geniessen konnte. Wie viele andere im Tal widmete er sich nun der Säumerei. Zwei Maultiere standen im Stall, die nun wie ihr Meister Beschäftigung fanden. Es gab genug Waren, die im Wallis vor allem in Brig gute Preise erzielten. Zumbrunnen hatte meistens Holzkohle und Salpeter geladen, welche in Brig den Mulis fast ab den Sätteln gerissen wurde. Offenbar standen jenseits der Alpen kriegerische Handlungen bevor. Es gab sogar Händler, die warteten oben auf der Grimsel, um vor allen andern die gesuchten Rohstoffe zu ergattern. Mit diesen handelte Zumbrunnen nicht, denn er wollte mit seiner Ware nach Brig, weniger des Verdienstes wegen. Er wollte sich dort vergnügen. Was ihm zu Hause entging, wollte er jeweils dort nachholen. Der grosse Warenumschlagsplatz, die vielen Säumer, die dort täglich kamen und gingen, lockten auch viele Dirnen an, die versuchten, den Männern einen Teil ihres Verdienstes abzujagen. Frauen, die billig zu haben waren und die man nach Gebrauch wieder zurückgeben konnte.

Drei Tage bis nach Brig, zwei Tage Lotterleben und drei Tage Rückweg. Das war die Abwechslung im tristen Leben von Hans Zumbrunnen. Das pro Sommer mindestens zehnmal. Dort konnte ihn der alte Frömmler nicht überwachen, und er lebte seine Triebe aus. Allein diese Reisen zu unternehmen war nicht nur langweilig, sondern auch gefährlich. Gleiches findet schnell zu Gleichem. So hatte Zumbrunnen einen gleichgesinnten Kollegen gefunden. Der war etwas weiter unten im Tal im Boden zu Hause. Mit ihm unternahm er jeweils seine Säumerreisen und danach die Lustbarkeiten in Brig. Weil sie unterwegs viel Zeit zum Plaudern hatten, kannte bald jeder das Leben des andern in und auswendig. Dieser Mann, Jörg Zahnd hiess er, hatte daneben noch ein anderes Laster. Eine Leidenschaft, die schwer zu bekämpfen ist. Das Wildern. Von einem an der Grimsel gefallenen Soldaten hatte er sich ein Gewehr angeeignet und stieg damit den Gämsen nach. Weiber und gestohlenes Fleisch, das war sein Leben.

Wenn er nicht gerade mit Zumbrunnen auf Säumertour war, schlich er dem Wilde nach. Weil er nicht der Einzige war, der sich auf diese Weise Fleisch verschaffte, waren die Gämsen selten geworden, und er musste sie hoch oben in den Bergen suchen, wenn er Erfolg haben wollte.

Das war nicht so einfach. Wer Gämsen jagen will, muss beim ersten Tageslicht bei ihren Einständen sein. Die waren in den Felsen unter den höchsten Gipfeln. Sie zu erreichen war nur in einem Fussmarsch von drei bis vier Stunden möglich. So müsste man in finsterer Nacht zur ersten Stunde aufbrechen. Das ging natürlich nicht, und die einzige Lösung war am Tag zuvor aufzusteigen und dann zu übernachten. Manchmal in einer alten halbzerfallenen Hütte oder geschützt unter einem grossen Stein. So blieb Jörg Zahnd oft einige Tage weg. Darüber wunderte sich niemand in seiner Familie. Den Bauernbetrieb führte sein Bruder mit seiner Frau, und Jörg sorgte für genügend Fleisch. Darüber regte sich in Guttannen niemand auf. Der Staat Bern hatte sich ja das Haslital fast gewaltsam einverleibt und es zum reformierten Glauben gezwungen. So richtete man sich lediglich einigermassen nach den zehn Geboten, wie sie in der Bibel standen und kümmerte sich wenig um die Gesetze, die Bern erlassen hatte. Die seien nur gemacht, um die Staatskassen zu füllen. So fiel es auch niemandem ein jemanden zu verklagen, wenn gelegentlich ein Happen Wild in seiner Pfanne landete.

Jörg Zahnd hatte nun schon eine Nacht oben unter den Felswänden unter einem überhängenden Felsblock verbracht. Er hatte einen alten Bock ausgemacht. Den wollte er erlegen. Weniger des Fleisches wegen. Es war mehr wie ein Spiel, das er unbedingt gewinnen wollte. Zweimal hatte er schon das Haupt hinter einem Kamm hervorgestreckt. Es war eine Frage der Zeit, wann er sich ganz zeigen würde. Wer Gämsen jagen will muss Geduld haben.

Ein Jäger, der auf der Lauer liegt sieht alles, was sich in seinem Gesichtskreis bewegt. Sei es eine Gämse oder ein Fuchs, ein Murmeltier oder gar ein Adler. Was er aber nun sah, war ein Mensch in etwa dreitausend Ellen Entfernung. Kriege ich nun einen Konkurrenten, fragte er sich, nahm schnell sein Glas, das er immer bei sich trug, und mit ihm sah er, dass es ein Mann war mit einem Tragsack aber keinem Gewehr. Der Mann verschwand in grossen Steinblöcken, und es war nichts mehr von ihm zu sehen. Es dauerte vielleicht eine Stunde, da trat er wieder aus dem Geröll hervor. Er schien eine schwere Last zu tragen, das sah man schon daran, dass er mit seinem Stock das Gleichgewicht halten musste. Schuss war keiner zu hören gewesen, aber man könnte dem Wild schliesslich auch Fallen stellen.

Weil über ihm kleine Steine rollten, achtete er sich dem Mann nicht mehr, weil er sich sicher war, dass Gämsen die Steine losgetreten haben mussten.

Der Bock war nicht dabei, und so verbrachte er eine weitere Nacht unter dem Stein.

Er fror, und so war er froh, als der Tag erwachte. Noch war es zu finster, um eine Gämse zu erkennen. So ass er vorerst ein Stück Brot, Käse und aus seiner Feldflasche kalten Tee. Kaum erkannte er rings die Konturen der Felsen, sah er auch schon wieder jenen Mann jenseits des Grabens den steilen Hang hinaufkraxeln. Was Teufels holt der Kerl. Das interessierte ihn nun plötzlich mehr als der Gämsbock. Wieder verschwand der Mann für eine knappe Stunde in den Felsblöcken, und wieder kam er nach einer Stunde schwerbeladen wieder hinaus. Der muss irgendwo eine Kristallkluft haben, schoss es ihm durch den Kopf. Was sollte er sonst Schweres hinuntertragen? Langsam stieg der Mann ab zur hintern Trifthütte. Dort führte er ein kurzes Gespräch mit der Sennerin, die sich offenbar am Brunnen frisch machte. Danach ging er über den Steg in die vordere Hütte, stellte dort seinen Tragsack ab und trug ihn in die Hütte. Es musste der junge Gafner sein.

21

Diesmal nahm Jörg Zahnd den Abstieg ohne Bock unter die Füsse. Seine Vermutung wollte er seinem Kollegen Hans Zumbrunnen mitteilen. Der verstand etwas von Kristallen, er nicht. Zuerst wollte er sich aber satt essen und ein wenig hinlegen.

Noch am gleichen Abend beriet er sich mit seinem Kollegen.

„So wie es aussieht könnte deine Vermutung stimmen, aber es wird schwierig sein die Stelle zu finden. Man müsste ihm auflauern und ihm heimlich folgen. Ich übernehme das, und wenn ich mehr weiss, werden wir zusammen die Kluft, falls es eine ist, ausbeuten."

„Der Gafner wird es merken und uns daran hindern."

„Der Alpsommer neigt sich dem Ende entgegen. Wir müssen warten bis sie abgefahren sind."

„Bis dann hat er vielleicht die Kluft ausgebeutet."

„Könnte sein, aber dann würde sie ja auch nicht viel hergeben."

Eigentlich dachte Zumbrunnen, wenn er die Kluft finden würde, so würde er dies nicht verraten und sie allein ausbeuten.

Fürs Erste wollte er hinauf auf die Trift und aus einem Versteck den Jungen Gafner beobachten. Der musste ja sicher die Kristalle, wenn es überhaupt solche waren, am Morgen früh holen. Später am Tag würde er seine Arbeit vernachlässigen und das tat der sicher nicht.

Für Zumbrunnen war klar, dass er auch irgendwo auf der Trift übernachten musste. Er wusste da einen alten, halb zerfallenen Heuschober. In dem würde er es aushalten. So sagte er zu seiner Mutter, er werde zwei, drei Tage wegbleiben. Die vermutete, er werde irgendwo eine Freundin haben, regte sich nicht sonderlich darüber auf und teilte dem Vater mit, dass Hans ein paar Tage abwesend sei. Jener brummte etwas in seinen Bart hinein wie: der sei ja ohnehin zu nichts zu gebrauchen und fand sich damit ab.

Zumbrunnen hatte Pech. Am ersten Morgen passierte überhaupt nichts. Was er nicht wusste, Matthias musste in der Hütte bleiben, weil eine Kuh kalben wollte.

Nun traf es sich so, dass Barbara, als sie beim Brunnen das Milchgeschir wusch, meinte oben im alten Heuschober bewege sich etwas. Ohne sich etwas anmerken zu lassen, ging sie in die Hütte und behielt den Schober durch das Fenster im Auge. Tatsächlich konnte sie nach kurzer Zeit einen Mann durch eine Lücke in der Wand erkennen, der offenbar mit einem Glas die Gegend auskundschaftete. Zwar vermutete sie, es sei der Zahnd, der Wilddieb. Aber es wäre trotzdem nicht gut, wenn dieser Thys sehen würde beim Aufstieg zu seinen Kristallen. So eilte sie schnell über den Steg und teilte jenem ihre Beobachtung mit. „Danke, es ist wichtig, dass mich niemand sieht. So bleibe ich vorläufig in der Hütte." So stieg er zwei Tage nicht hinauf und am dritten fiel Regen.

So nahm Zumbrunnen den Abstieg unverrichteter Dinge unter die Füsse. Warte nur, dich erwische ich schon. Er würde warten bis nach der Alpabfahrt und danach schon herausfinden, wo der Hase im Pfeffer liege. Der Gafner-Lümmel müsse doch sicher Spuren hinterlassen haben. Da waren erstens die Kristalle, die er haben musste und zweitens, wenn er dem verhassten Bürschchen schaden könnte, wäre es eine doppelte Freude.

Natürlich besprach sich Matthias mit dem Ätti und jener meinte, er sollte es für diesen Sommer bewenden lassen. Er habe ja schon einen ansehnlichen Haufen heruntergetragen.

Wer einmal vom Kristallfieber gepackt wurde weiss es. Matthias zog es an allen Haaren hinauf. Jedoch wollte er sich vorerst davon überzeugen, dass wirklich jemand im Heuschober gewesen war. Es war offensichtlich, hier hatte jemand mindestens eine Nacht verbracht, ein Nest im Heu und einige

Lebensmittelreste zeugten davon. Das hatte ihm gegolten, denn hier den Gämsen aufzulauern brachte nichts, die waren im Sommer weiter oben. So beschloss er den Rat des Grossvaters zu befolgen und nicht mehr hinaufzusteigen. Einige hundert Pfund hatte er ja schon in der Hütte, und der nächste Alpsommer kam bestimmt.

22

Die Freundschaft zwischen Bärbeli und Thys entwickelte sich langsam zu einer jungen Liebe. Wie schön, wenn man nur durch einen tiefen Graben über den ein Steg führt, getrennt ist. Wie schön, wenn man sich täglich sieht, wie schön sich in duftendes Gras inmitten von Alpenblumen hinzusetzen, sich die Hände zu halten und zu träumen. Obwohl Barbara keine schönen Kleider trug, nur für ihre Aufgabe als Sennerin zweckmässige, war doch darunter ein traumhaft schön entwickelter Körper zu erkennen. Wohl aus Ziegenmilch und Honig gemacht! Kaum zu glauben, dass ihr Kopf noch schöner sein konnte. Die schön geschwungenen Lippen! Dahinter eine Reihe schneeweisser Zähne. Die niedliche Stupsnase, darüber ein glänzendes braunes Augenpaar mit langen Wimpern und dann die gewellten braunen Haare sauber gekämmt.

Dieses Mädchen war nicht nur schön. Sie war auch sonst ein Wesen zum gernhaben. Ihre Stimme klang fast wie Musik. Auch war sie sonst reinen Herzens und konnte wohl kaum einer Fliege etwas zuleide tun. Manchmal sang sie vor der Hütte, wenn sie die Milchgefässe wusch. Das mochte Matthias besonders gern.

Obwohl der Senne an einem Sonntag auch seine Arbeiten wie melken und käsen verrichten muss, reduziert er sie auf das Wesentliche. Die Alten setzen sich dann meist vor die Hütte. Männer rauchen etwa ein Pfeifchen und Frauen stricken vielleicht eher an einem Socken.

Die zwei Jungen auf der Trift hingegen hatten sich ein Stück oberhalb der Hütte ins weiche trockene Gras gelegt. Rings blühten Blumen in allen Farben. Die Luft war von einem süssen Duft erfüllt. Das Ganze umrahmt von hohen Bergen zum Teil mit schneeweissen Spitzen und in ihren Runsen glänzten blaue Gletscher. Von unten aus dem Tal hörte man die junge Aare rauschen. Zwei junge Menschen in sinnlichstem Glück. Etwas schüchtern noch als mehr zu wagen als sich die Hände zu halten. Matthias hatte ein wenig die Augen geschlossen und stellte sich vor, Barbara hätte ihr Kleid abgestreift. Das brachte natürlich sein Blut zum Kochen, doch sie zu berühren getraute er sich nicht. Der Ätti hatte ihm ja erklärt, was daraus entstehen könnte. Die schöne Jugendzeit wäre vorbei, wenn er schon jetzt eine Familie gründen würde.

Viele hielten sich zwar nicht mehr daran, doch es wäre immer noch das Beste, mit körperlicher Liebe zu warten bis nach der Hochzeit. In diesem Sinne hatte Anne auch Barbara erzogen. Doch was war erlaubt und was nicht? Matthias dachte bei sich, etwa küssen dürfte man sich sicher, aber den Mut es zu wagen hatte er bisher nicht.

Mit einem Grashälmchen kitzelte Bärbeli Matthias, der immer noch die Augen geschlossen hatte, an der Nase. Der schlug nach einer Fliege und erwachte aus seinen Träumen. Zwei verklärte Augen schauten ihn an, und ein roter Mund war nicht weit von dem seinen entfernt. Er spürte ihren heissen Atem und sie fühlten beide das Gleiche. Ohne Worte trafen sich ihre Lippen zum allerersten Kuss. War das schön. Jedes meinte mit dem andern zu verschmelzen. So schön war es, dass sie es immer und immer wieder ausprobieren mussten, so lange, bis es Zeit wurde, die Tiere zu versorgen und zu melken.

23

Dieses Glück junger Liebe wäre den zwei Säumern Zumbrunnen und Zahnd in ihrer Jugend vielleicht auch einmal widerfahren, wenn sie es nicht aus Dummheit oder Unbedacht verspielt hätten. Jetzt waren sie unterwegs mit Ware nach Brig und gedachten ihre Triebe wie immer dort auszuleben. Dort waren Frauen billig zu haben, wenigstens die meisten. Es gab aber auch welche, es waren die Schönsten, die kosteten so viel, dass sie nur reiche Geschäftsleute, noble Herren und Offiziere bezahlen konnten. Das ärgerte vor allem Hans Zumbrunnen und er dachte bei sich, wenn er die Kristallkluft dieses Gafner-Lümmels finden würde, könnte er sich auch einmal eine dieser Schönheiten leisten.

Diesmal blieben sie drei Tage statt nur zwei in Brig und verprassten den grösseren Teil ihres Verdienstes mit leichten Mädchen, bevor sie den Rückweg mit je einem Fässchen Wein pro Muli antraten. In Guttannen machten sie nur einen Zwischenhalt, denn den Wein wollten sie nach Brienz bringen. Dort war ein Händler, der ihn gerne kaufte und dann mit einem Kahn über den See weiterbeförderte.

So blieben sie ziemlich lange weg, und in der Zwischenzeit hatte man Kühe und Geissen von der Trift hinuntergetrieben. Die von Zumbrunnen waren allerdings noch nicht von der Alp Handegg zurück. „Das trifft sich gut", dachte jener, „jetzt gehe ich Kristalle suchen." Zahnd lud schon am andern Tag seine Büchse und stieg diesmal am Ritzlihorn den Gämsen nach.

Zumbrunnen begann seine Suche bei der hintern Trift. Gafner würde ja sicher Spuren hinterlassen haben und über den Steg musste er. Jener hatte aber Ättis Rat befolgt und hatte jedes Mal möglichst einen anderen Weg gewählt. Allerdings gab es auch Stellen, die waren nicht zu umgehen, weil hier Felsstufen andere Möglichkeiten ausschlossen. Zumbrunnen suchte lange. Gafner hatte wenig Spuren hinterlassen. Allerdings brauchte er ja beim Absteigen seinen Bergstock, der mit einer Eisenspitze versehen war. So fand Zumbrunnen öfter diese typischen spitzen Löcher in Grasbändern und zwischen Blöcken, und die führten ihn nach langem Suchen doch zum Ziel.

Es raubte ihm fast den Atem, als er die Platte abgedeckt und in die Kluft abgestiegen war. Hier lagerte ein Vermögen. Etwa drei Ellen tief waren die Kristalle schon ausgebaut. Der kleinste Teil eines riesigen Fundes. Dahinter glänzte und glitzerte es von schönster Mailänderware und das Ende der Höhle, eine Kluft würde der Sache nicht gerecht, verschwand zuhinterst in der Dunkelheit. Werkzeug liess erkennen, dass die Höhle belegt war, und nach altem Recht gehörte sie auch demjenigen, der hier sein Werkzeug deponiert hatte.

Das kümmerte Zumbrunnen wenig. „Diesen grossen Zapfen dort werde ich gleich mitnehmen und hinuntertragen. Der Fund ist zu gross für mich allein, ich werde Hilfe brauchen. Ich muss zwar dann teilen, aber hier kriegen zwei mehr als genug. Ich werde mich mit Zahnd zusammentun."

Gierig ergriff er einen schweren Hammer und ein Spitzeisen, das bereit lag und löste mit wenigen Streichen einen wasserklaren grossen Zapfen, der mindestens sechzig Pfund wog. Den versorgte er in seinem Rucksack, verliess nicht ohne Mühe die Höhle und deckte alles wieder zu wie es gewesen war. Um besser in die Traggurten schlüpfen zu können, hob er den schweren Sack auf einen grossen Block. Er erschrak ab dem Gewicht, das er sich aufgeladen hatte, aber Kristallfieber lässt einem Dinge tun, die man normalerweise nie täte. Mit wackligen Beinen trat er den Abstieg an. Jeder, der in den Bergen eine Last zu tragen hat, benutzt einen Bergstock. Wenn hohe Stufen in den Felsen zu überwinden sind, wird er unverzichtbar.

Für den Abstieg hatte der Dieb wohl nicht den besten Weg gewählt. Schon schnell kam er in Schwierigkeiten. Ein Felsriegel versperrte ihm den Weg. Er fand aber darin eine Runse, die ihm begehbar schien. Von Stufe zu Stufe arbeitete er sich hinab, setzte den Bergstock auf die nächste und überwand so zwei Ellen grosse Absätze. Das Unglück geschah, als die Eisenspitze seines Stockes auf einer glatten Platte ausrutschte. Zumbrunnen, der sich darauf gestützt hatte, stürzte vornüber, schlug auf der Platte auf, und dabei zerschlug ihm der schwere Kristallzapfen das Genick. Hans war auf der Stelle tot.

24

„Wo ist auch der Bub wieder die ganze Zeit?" Die Frage stellte der alte Zumbrunnen an seine Frau.

„Er hat etwas von Kristallsuchen gesagt."

„Auch das noch. Als ob man sonst nicht genug zu tun hätte."

„Wenn du ihn nicht sein ganzes Leben lang so kurz angebunden hättest, wäre er vielleicht auch nicht so geworden."

„Ja, ja, ich bin immer an allem schuld!"

Als der Bub nach zwei Tagen immer noch nicht zu Hause war, machte sich vor allem die Mutter Sorgen. „Ich gehe zu Zahnds, vielleicht weiss der Jörg wo er hingegangen ist."

„Wenn du Pech hast, ist der auch weg."

Er war zufällig einmal daheim. Auf die Frage von Maria gab er nicht so gerne Auskunft. Er musste ja dabei ein Geheimnis verraten. Jedoch machte er sich auch Sorgen. Sein Kamerad war wirklich zu lange weg. So sagte er, er wisse wo Hans hinwollte. Er werde ihn gleich selber suchen.

Er versorgte sich mit Proviant und stieg so schnell er konnte auf die Trift. Hans musste sicher ob der hintern Trift gesucht haben. Vielleicht war er fündig geworden und baute Kristalle aus wie ein Besessener. Er musste lange suchen, denn die Runse, in der Zumbrunnen lag, war von nirgends her richtig einzusehen. Endlich fand er aber die Fundstelle, und von dieser aus konnte er der Spur seines Freundes folgen.

Bergler sind ein zähes Volk, aber Zahnd wurde es schwarz vor den Augen, als er seinen Kollegen in dieser steilen Runse sah. Den Anblick ertrug er nicht, besonders, weil noch Krähen davonflogen, die sich an der Leiche gütlich getan hatten. Da half nichts und niemand mehr. Er konnte nichts mehr tun als den Unfall im Tal melden. Er hatte nicht den Mut, sich gleich bei den Eltern von Hans zu melden; für das sei der Pfarrer da, dachte er und so meldete er den traurigen Vorfall dort.

Es fiel auch dem Herrn Pfarrer nicht leicht. Ausgerechnet dem Chorrichter und Präsidenten der Kirchengemeinde. Dieser Gang fiel ihm schwer, aber er gehörte wirklich zu den Aufgaben eines Seelsorgers.

Ein Unglück ist nie leicht zu ertragen, aber den einzigen Sohn zu verlieren ist wohl das Schlimmste. Es brach dem alten Zumbrunnen und seiner Frau das Herz. Zu was seien sie überhaupt einmal geboren worden. Hatten sie nicht ein gottesfürchtiges Leben geführt? Hatten sie nicht jeden Sonntag den Gottesdienst besucht? Hatten sie nicht jeden Verstoss gegen die zehn Gebote verurteilt und auch bestraft? So haderte vor allem die Frau mit Gott, während ihr Mann schon bald einmal an das Buch Hiob dachte und zu seiner Frau sagte, Gott wisse schon was er tue.

Die traurige Arbeit den Toten zu bergen übernahmen drei junge Männer und der Totengräber mit einem Hornschlitten.

Schnell sprach sich natürlich herum, weshalb Hans Zumbrunnen zu Tode gekommen war. Den Sturz hätte er sicher überlebt, wenn ihm nicht ein grosser, wasserklarer Kristallzapfen das Genick gebrochen hätte. Wo hatte er ihn gefunden? Er musste aus einer grossen Kluft stammen. In einer Kleinen gibt es keine so grossen Kristalle.

72

Das Unglück war tragisch, aber es hinderte die Männer, die die Strahlerei als Beruf ausübten nicht daran, nach dem Fundort zu suchen. Da das Unglück nicht weit davon geschehen war, wurden sie auch ziemlich schnell fündig. Sofort wurde klar, dass die Fundstelle belegt war und Zumbrunnen seinen Stein gestohlen hatte. Sehr schnell stellte sich auch heraus, dass die Höhle dem jungen Gafner gehören musste. Ein uraltes Gesetz besagte, dass eine Fundstelle demjenigen gehöre, der als erster dort sein Werkzeug deponiert habe. Da es sich aber um ein sehr grosses Vorkommen handelte, kam man zur Übereinkunft, man wolle dem Gafner Hilfe anbieten. Der könnte ja diese Kluft sonst in einem Menschenleben nicht ausbeuten.

Das Ereignis war auch an Matthias nicht spurlos vorbeigegangen. Dass ausgerechnet wegen seiner Kristallhöhle ein Mensch zu Tode gekommen war, betrübte ihn sehr, auch wenn er keinen Grund hatte, dem Verstorbenen nachzutrauern. Nicht nur er, auch Barbara hatte schlaflose Nächte. War ein Toter das Geld wert, das die Quarze einbringen würden? Jedenfalls konnten sie sich einstweilen nicht mehr über den Fund freuen.

25

So erhielt also Matthias Gafner Besuch von den zwei Strahlern Jürg Rufibach und Stefan Gander. Sie gratulierten ihm zu seinem Fund und rieten ihm, dem Zummbrunnen nicht nachzutrauern. Der sei lediglich für seine schlechte Tat bestraft worden. Ohne umschweifen boten sie ihm auch ihre Hilfe an. So wie sie es beurteilen täten, brauchte er allein fast ein Menschenleben, um diese grosse Höhle auszubeuten. Die Kluft gehöre selbstverständlich ihm, aber vielleicht könnten sie zusammenarbeiten. Ihr Vorschlag wäre, ihm würden die Hälfte der Einnahmen gehören und ihnen

Zwei je ein Viertel. Er müsse sich nicht sofort entscheiden. Er solle über ihr Angebot nachdenken.

Matthias beriet sich zuerst mit Barbara, aber auch mit seinen Eltern und vor allem mit dem Grossvater. Alle meinten, die Zusammenarbeit mit den zwei Strahlern fänden sie vernünftig.

Man habe auch noch nie Schlechtes von ihnen gehört. So setzte man auch schon bald einen Vertrag auf, in dem alles geregelt war. Noch im gleichen Herbst begann man mit der Arbeit.

Zwei bauten immer die Kristalle aus und einer trug sie in die Trifthütte. Jeden Tag ein anderer, weil das Hinuntertragen Schwerstarbeit bedeutete. Die Frage war auch, ob die Kristalle in der Hütte sicher seien. Da war man eher skeptisch. Jemand sollte sie mit Maultieren ins Dorf säumern. Vater Gafner bot sich an, diese Arbeit zu übernehmen. So war nun für alles gesorgt, denn er brachte auch gleich die notwendige Verpflegung mit hinauf. Vier Wochen gönnte ihnen der Wettergott noch, aber danach hinderte sie starker Schneefall am Weiterarbeiten. Auch der Pass war nicht mehr begehbar, und so kehrte Ruhe ein in dem kleinen Dorf.

26

Nur mit halbem Herzen besorgte Josef Zumbrunnen mit seinem Knecht seine Kühe und Rinder. Eigentlich sah er den Sinn seines Lebens nicht mehr ein, aber weil er gottesfürchtig war, versuchte er nicht zu hadern, im Gegensatz zu seiner Frau. Die konnte den Tod ihres Sohnes nicht verwinden. Sie war total verbittert und mutlos und war bald einmal kaum noch fähig ein einigermassen bekömmliches Mittagessen zu kochen. Augen, die keinen Glanz mehr hatten. Einen Mund, der sich niemals mehr zu einem Lächeln verzog. Das war für Zumbrunnen noch fast schlimmer als der Verlust seines Sohnes.

Was geschieht nach meinem Tod mit meinen Kühen, mit meinem Haus, Land und meinem Geld? Wer sind meine Erben? Etwa die entfernt Verwandten in Innertkirchen, die nie nach mir gefragt haben? Die sollen nichts erhalten, dafür werde ich sorgen. Aber wer denn sonst? Ihm fiel nichts ein als die Kirche. Die sollte alles erhalten, und einerseits damit arme Leute unterstützen oder solche, die durch eine Naturkatastrophe geschädigt wurden. Auch Anschaffungen für die Kirche, oder nötige Renovationen sollten daraus bezahlt werden können. So dachte er sich alles aus und wollte gelegentlich mit dem Pfarrer einen entsprechenden Vertrag aufsetzen.

Es ist gewiss kein aussergewöhnliches Ereignis, wenn der Präsident der Kirchengemeinde den Pfarrer sprechen will. So hiess er Josef eintreten, als jener mit gemischten Gefühlen an die Türe klopfte. Der Pfarrer wusste auch, dass Zumbrunnen einem Gläschen Roten nicht abgeneigt war und dachte eher an ein gemütliches Plauderstündchen. „Setz dich, mir scheint, dich drücken Sorgen. Das ist ja kaum verwunderlich. „Hier, nimm ein Glas Wein, das hilft dir vielleicht wieder auf die Beine. So sag, wo drückt dich der Schuh?" „Ach, die Arbeit geht mir nicht mehr aus der Hand, und meine Frau lässt sich fallen und hadert mit Gott. Mein Sohn ist für seine Sünde bestraft worden, aber eigentlich hat Gott damit meine Frau und mich bestraft. Weshalb? Haben wir nicht unser Leben lang nach seinen Geboten gelebt? Ist die Todesstrafe für das Stehlen eines Kristalls angebracht?"

„Versündige dich nicht Josef Gott weiss immer was er tut, und meinst du wirklich, du seiest ohne Sünde?"

Das trieb nun Zumbrunnen den Zorn ins Gesicht. Das getraute der Pfarrer ihm zu sagen, ihm dem obersten Chorrichter, der sich immer für Zucht und Ordnung eingesetzt hatte. Eigentlich war er gekommen, um der Kirche sein

75

ganzes Vermögen zu vermachen, aber ihm kochte die Galle über, und so schob er sein Vorhaben vorläufig auf.

„Ich meine, das ist vielleicht nicht die einzige Sünde, die dein Sohn begangen hat, und du warst sein Erzieher. Vielleicht hast du auch Fehler gemacht." Nun war es aber genug. „Bei dir finde ich keinen Trost!" Mit knappem Gruss verliess er die Pfarrstube und begab sich auf den Heimweg. Was hatte der Pfarrer damit gemeint, das sei nicht die einzige Sünde, die sein Sohn begangen habe? Wusste der Pfarrer mehr? Schon lange hegte er einen gewissen Verdacht. Seit der grossen Lawine und der Rettung von Anne und Barbara musste er immer daran denken, wie der Pfarrer seinem Buben auffordernde Blicke zugeworfen hatte, denen Hans jedes Mal ausgewichen war. Er wusste aber auch, dass der Pfarrer niemals ein Kind getauft hätte, ohne den Namen des Vaters zu wissen. War es sein Bub gewesen, und war sein Bub aus Angst vor ihm nicht dazu gestanden? Meinte etwa der Pfarrer deswegen, er sei auch nicht ohne Sünde? Dieser Gedanke beschäftigte ihn auf dem ganzen Heimweg und raubte ihm auch noch lange den Schlaf. Wenn dem so wäre, fiel ihm ein, wäre Annes Barbara ja sein Grosskind und es wäre nichts als billig, wenn sie seinen Besitz erben würde. Er würde den Pfarrer noch einmal aufsuchen. Dieser hätte bestimmt dem Mädchen versprechen müssen, den Vater des Kindes nicht zu verraten. Das würde der Pfarrer auch nicht tun. Aber es gäbe gewiss eine Möglichkeit, es trotzdem in Erfahrung zu bringen. Er erwog noch, alles vorher mit seiner Frau abzusprechen, verwarf aber den Gedanken wieder, weil er fand, ihr Zustand sei dafür vorläufig nicht geeignet.

So klopfte er zwei Tage später wieder an die Pfarrhaustüre. Dieser dachte, das verlorene Schaf kehre zurück und hiess ihn eintreten. „Du hast mich vor zwei Tagen ziemlich geschockt, aber vielleicht hat es doch Gott so gewollt. Ich denke, dich bindet ein Gelübde. Du musst wissen, wer der Vater der Barbara ist. Hättest du nicht versprechen müssen es niemandem zu verraten, hätte ich es als Chorrichter längst vernommen. Du brauchst dein Gelübde nicht zu brechen. Ich stelle dir eine Frage, die du mit nein beantworten kannst. Sollte das Gesagte aber zutreffen, sagst du einfach nichts. Die Frage lautet: War mein Sohn der Vater von Barbara?" Der Pfarrer wurde zuerst blass und erhielt danach einen hochroten Kopf. Nein konnte er nicht sagen. So sagte er eben nichts und Zumbrunnen wusste Bescheid.

„Weisst du, was das für mich und meine Frau bedeutet? Wir haben eine Erbin! Unser Leben war nicht umsonst!"

„Ich gratuliere dir zu deinem Grosskind", sagte der Pfarrer kleinlaut.

„Wollen wir es mit einem Glas Wein begiessen?"

„Nein, ich will nach Hause und es meiner Frau erzählen."

Zuerst war Maria noch mehr betrübt und dachte, was ihr Sohn eigentlich noch alles Schlechte angestellt habe und weinte wieder einmal still vor sich hin. Was musste sie wohl noch alles erleben. Sie wünschte sich, sie wäre zehn Fuss tief unter dem Boden. „Frau, hör endlich auf mit dem Gejammer, begreifst du denn nicht, wir haben ein Grosskind und damit einen Erben." Maria wurde zuerst totenblass und hätte sie sich nicht schnell auf einen Stuhl gesetzt, so wäre sie hingefallen. Endlich stammelte sie: „Das muss ich zuerst verkraften, Josef. Wir haben ein Grosskind! Ist das wirklich wahr?"

Nach langem kam wieder etwas Glanz in die Augen von Frau Zumbrunnen und ein Lächeln auf ihre Lippen. „Wollen wir es der Barbara sagen oder noch warten?"

„Das wollen wir uns noch gut überlegen, schlaf jetzt!"

Sie konnte aber nicht schlafen. Vieles ging ihr durch den Kopf. Wäre es für das Mädchen überhaupt gut zu wissen, wer sein Vater gewesen wäre und dass es ein kleines Vermögen erben würde? Endlich kam ihr ein Gedanke, den sie am Morgen ihrem Mann erläutern wollte und nun konnte sie einschlafen. Sie träumte, eine junge Frau würde spinnen in ihrer Stube, und auf dem Fussboden spielten drei fröhliche Kinder.

„Du, Josef, mir ist heute Nacht etwas eingefallen. Wir sind ja beide schon alt, und es wäre sicher keine Schande, wenn wir eine Haushalthilfe anstellen würden. Wenigstens im Winter, wenn alle Tiere zuhause sind. Nun habe ich gedacht, wir könnten die Barbara fragen. Wir würden sie behandeln, wie wenn es unsere eigene Tochter wäre. So könnten wir einmal sagen, sie sei uns so ans Herz gewachsen, dass wir ihr unseren ganzen Besitz übergeben möchten. Wäre das nicht eine gute Lösung?"

„Es freut mich Maria, dass du endlich wieder zu denken beginnst. Ich lasse es mir durch den Kopf gehen."

Er dachte darüber nach, und es schien ihm keine schlechte Idee. Die Frage wäre nur, ob Barbara das wollte. Vielleicht hätte sie Vorbehalte, weil Hans ja ihren Freund, den Matthias immer geplagt hatte und ihm am Schluss noch die Kristalle stehlen wollte. Was musste da das Mädchen für eine Meinung von seinen Eltern haben? In diesem Falle müsste man ihr doch erklären, dass wir ihre Grosseltern sind. Jedenfalls wolle er dafür sorgen, dass sie ihre rechtmässige Erbin werde.

„Ich werde sie fragen, aber wir sollten ihr vorläufig nicht sagen, dass unser Bub ihr Vater war. Höchstens könnten wir ihr später einmal sagen, wir hätten an ihr noch etwas gutzumachen."

Damit war auch Maria einverstanden und sie beschlossen, sie gemeinsam aufzusuchen und zu fragen.

Barbara war zwar etwas überrascht. Sie hatte aber schon lange daran gedacht, dass sie im Winter versuchen sollte, etwas Geld zu verdienen, damit sie später wenigstens die Aussteuer, Bettdecken und was man in einem Haushalt so alles braucht, selber bezahlen könnte. Bis jetzt war sie im Winter meistens am Spinnrad gesessen, hatte dabei zwar auch etwas verdient, aber nur wenig. So war sie nicht abgeneigt, das Angebot anzunehmen, aber sie müsse sich zuerst mit Anne absprechen. Die sei ja nun schon ziemlich alt. Vorläufig könne sie sich zwar schon noch selber helfen, aber wie lange wisse man nicht.

Man könnte es ja so halten, dass sie zuhause schlafen könnte. Dann wäre Anne wenigstens nachts nicht allein.

So besprach sich Barbara mit ihrer Grossmutter und die meinte, sie sollte das Angebot annehmen. Sie müsste sich ja nicht für ewig binden.

Barbara trat ihre Stelle schon am andern Tage an. Es war, als käme neues Leben in das von Trauer erschütterte Haus. Nicht lange, so hatten alle das Mädchen in ihr Herz geschlossen, sogar der alte Knecht. Sie fanden, sie sei freundlich und fleissig und sehe die Arbeit selber. Schon nach wenigen Tagen hätte sie niemand mehr missen mögen. Natürlich war es für Maria und Josef ihr Grosskind, und sie behandelten es auch so, nur dass Barbara nichts davon ahnte.

„Ich glaube, wir haben unseren Bub etwas zu streng erziehen wollen, was die Kirche und die Religion betrifft. Wir sollten bei Barbara nicht den gleichen Fehler machen."

„Ja, daran habe ich auch schon gedacht. Ich glaube auch nicht, dass es nötig ist, ihr diesbezüglich etwas beizubringen. Ich glaube, sie ist da auf dem rechten Wege."

Für Anne wurden dadurch die Tage schon etwas lang, aber sie wollte dem Mädchen nicht vor dem Glück sein. Dazu war sie ja ausser dem Pfarrer die Einzige, die wusste, wer der Vater von Barbara gewesen war. Vielleicht wusste oder vermutete es der alte Zumbrunnen auch und hatte sie deswegen angestellt. Diese Gedankengänge wollte sie aber für sich behalten.

Immerhin war sie froh, dass Barbara nach Feierabend nach Hause kam und sie wenigstens nachts nicht allein war.

27

Matthias war öfter dabei, wenn es die übrigen Arbeiten erlaubten, seine Kristalle zu reinigen, das heisst ihnen jeglichen Kluftlehm abzuwaschen. Erst jetzt zeigten sich viele Stufen in ihrer schönsten Pracht. So fand er zum Beispiel einen mit auf einem Kristall aufgewachsenen himbeerroten Fluorit. Er wusste, dass so etwas besonders begehrt war. Auch fand er unter dem Kluftlehm eine schöne Eisenrose. Er fand, sein Schatz werde immer wertvoller. Vielleicht sollte er dafür sorgen, dass man im Frühling bereits die ersten Stücke ins Wallis säumern sollte da dem Vernehmen nach die Preise sehr gut wären.

Wie bei Verliebten oft der Fall, pfiff oder trällerte er den ganzen Tag Lieder und konnte den Abend kaum erwarten. Anne hatte ihm nämlich erlaubt, sie am Abend zu besuchen. Das sei keine Sünde, nur ein Kind zeugen sollten sie um Gotteswillen noch keines, das rate sie ihnen aus Erfahrung. Die Zwei hielten sich daran. Zwar tauschten sie hunderte von Küssen und andere Zärtlichkeiten. Oft wollte ihre Lust auch fast überkochen. Sie verstanden sich aber zu beruhigen, wofür sie sich danach regelmässig schämten und bei sich dachten, ob dies denn nicht auch Sünde sei.

28

Längst hatten die Dorfbewohner erkannt, dass diese zwei jungen Leute zusammengehörten, und wenn sonst normalerweise solche Liebschaften kritisiert wurden, regte sich diesmal niemand auf. Barbara gehörte Matthias, er hatte sie und Anne ja vor dem sicheren Tod bewahrt und später auch vor diesem Gauner. Allerdings waren die Zwei noch ziemlich jung, um sich zu binden, und es könnte noch viel passieren, so dachte man.

Barbara half nicht nur in Küche und Haushalt, sie ging auch dem Bauer und seinem Knecht zur Hand. Sie tränkte zum Beispiel die Kälber. Das war ihre liebste Arbeit, und darüber freuten sich die zwei Männer ganz besonders. Beim Kühe melken braucht man sich ja nicht auf das Euter zu konzentrieren, und so richtete sie ihren Blick eher auf das anmutige Wesen, das den Kälbern den Kübel mit der Milch hinhielt. Dieses Mädchen mit den leuchtenden Augen, dem roten Mund, den braunen gewellten Haaren und den schneeweissen Zähnen, das auch seine weiteren gut geratenen Rundungen nicht mit Kleidern verdecken konnte, musste wirklich das Herz jedes Mannes erwärmen. Körperliche Liebe war zwar für die Zwei vorbei, aber das sei die schönste aller Blumen, dachten sie bei sich, und sie schämten sich nicht, sie immer wieder zu betrachten. So gar nicht, wie es sich für einen Chorrichter geziemt hätte.

Der Bäuerin ging es nicht anders. Manche Freudenträne war ihr schon heimlich über die Wangen gelaufen, wenn sie bei sich dachte, dieses hübsche, fleissige Mädchen sei ihr Grosskind.

Vor den einheimischen Burschen war Barbara von Annäherungsversuchen sicher. Die wussten um ihr Verhältnis mit Matthias. Nur gut, dass das Mädchen den Sommer jeweils auf der Trift verbrachte, denn den Säumern, die im Sommer teilweise in Guttannen übernachteten, wäre sicher weniger zu trauen.

Nebst den Kälbern waren der Barbara auch die Pferde und Maultiere ans Herz gewachsen. Wann immer sie Zeit dazu fand, brachte sie sie mit Striegel und Bürste auf Hochglanz. Die dankten es ihr mit Zutraulichkeit.

29

So kam der Frühling, und es hiess Abschied nehmen. Es war keine Frage. Barbara durfte eines der Mulis nehmen, um ihre Ware und auch Anne auf die Trift zu führen. Ohne Maultier hätte es die Grossmutter nicht mehr geschafft. Aber einmal oben, stellte sie wie immer ihren guten Ziegenkäse her.

Zwei Tage später trafen auch Thys und Ätti mit ihren Kühen ein. Der hoffentlich schöne Alpsommer konnte beginnen.

Oben bei der Kristallhöhle war der Schnee noch nicht geschmolzen, so dass die Strahler ihre Arbeit noch nicht aufnehmen konnten. Deshalb war man sich einig geworden, man könnte diese Zeit nutzen, um eine erste Ladung der kostbaren Steine nach Brig zu bringen. Der Weg über die Grimsel war schon begehbar, und so stand dem Vorhaben nichts im Wege. Vielleicht Wegelagerer, die sich ihren Teil auch immer wieder zu holen suchten. Die hätten allerdings Mühe, Kristalle zu verkaufen. Lieber hatten sie das Geld, das die Säumer dafür erhalten hätten. Die trugen aber meist keine grossen Summen bei sich, weil sie sich Wechsel ausstellen liessen. So hatten eben auch Wegelagerer und Räuber ihre Sorgen.

Jürg Rufibach und Stefan Gander kehrten nach fünf Tagen zurück und wussten zu berichten, dass sie die Kristalle für zwanzig Napoleon verkaufen konnten. Sie waren sehr zufrieden mit diesem Geschäft. Auch hatten sie auf dem Rückweg Mehl geladen. Mehl war in Guttannen immer Mangelware.

Sie gönnten sich einen Tag Ruhe, aber ein Blick Richtung Steinhüshorn sagte ihnen, dass sie nun ihre Arbeit in der Kluft wieder aufnehmen konnten.

Der Trog, indem sich der Einstieg befand, war zwar noch voll Schnee. Der würde sicher noch lange bleiben. Aber nach einem halben Tag war er weggeschaufelt und die Höhle zugänglich.

Die Kluft war so gross, dass man darinsitzen oder knien konnte ohne den Kopf einzuziehen.

Wenigstens nicht auf dem Bauch liegen, das sei schon ein ziemliches Glück, fanden sie. Allerdings, Kristalle auszubauen bedeutet Schwerstarbeit. Hatten sich nahe beim Einstieg die Kristalle leicht lösen lassen, wurde es beim weiteren Vordringen immer schwieriger, und sie mussten mit Hammer und Meissel vorsichtig gelöst werden. Dafür waren die Stufen und Zapfen in reinster Mailänderqualität und eher noch grösser als nahe beim Eingang. Wichtig war nun, dass ständig Talgkerzen brannten. Würden sie verlöschen, müssten die Strahler die Höhle sofort verlassen. Dies würde giftige Gase bedeuten oder Sauerstoffmangel. Allerdings konnten die Männer eine ganz schwache Luftströmung feststellen. Dies bedeutete, dass irgendwo im Hintergrund ein Riss sein musste, der an die Oberfläche führte. Ein Glücksfall!

Daneben war ein beliebter Spruch der Strahler, nehmt euch Zeit. Davon hat es genug, es kommt ja immer wieder neue. So verliessen die Strahler gerne in Zeitabständen von etwa zwei Stunden die Höhle, um ihre steif gewordenen Beine etwas zu bewegen und um etwa eine Zwischenverpflegung einzunehmen.

Strahlen ist nicht nur Schwerstarbeit sondern auch noch gefährlich. So geschah etwa Mitte Juli ein Unglück, das schliesslich noch glimpflich ablief. An der Kluftdecke hing eine etwa hundert Pfund schwere Stufe, die es zu bergen galt. Die Strohsäcke wurden unterlegt und darüber diskutiert, wo man die Meissel ansetzen wolle. Man fand einen kleinen Riss im Übergang vom Kristall zum Nebengestein. Hier setzte Jürg das Eisen an. Was die Zwei nicht ahnen konnten, geschah schneller als ein Kanonenschuss. Statt der Stufe löste sich ein ganzer Felsblock. Jürg hatte keine Gelegenheit darauf zu reagieren, und so wurde sein linkes Bein unter den mehreren Zentnern schweren Stein eingeklemmt. Schnell wollte ihm Stefan zu Hilfe eilen, aber wie sehr er sich auch bemühte, der Block war zu schwer. Jürgs Gesicht war schmerzverzerrt und unter dem Block verfärbte sich der Strohsack rot.

Zuerst war Stefan ratlos, doch dann entsann er sich der Holzkeile, von denen sie einige hatten, um sie manchmal in die Risse zu treiben. Die wollte er versuchen unter den Block zu schlagen und damit das Bein seines Kollegen zu entlasten. Hatten die Strohsäcke den Aufprall sicherlich etwas gedämpft, waren sie nun für das Vortreiben der Keile hinderlich. Stefan half sich, indem er mit seinem Taschenmesser die Säcke aufschnitt und so nun die Keile unter den Stein treiben konnte. Schon bald konnte er so den Druck auf Jürgs Bein etwas lindern. Er hätte aber den Block gerne so weit angehoben, dass er seinen Partner hätte hervorziehen können. Dies war leider unmöglich, auch nachdem er mehrere Keile übereinander vorgetrieben hatte.

„Wir müssen warten bis Matthias kommt. Mit seiner Hilfe werden wir dich befreien. Hast du starke Schmerzen?"

„Ja, es tut weh, ich glaube das Bein ist gebrochen."

„Nimm einen Schluck von diesem Hochprozentigen, das kann sicher nicht schaden."

Eigentlich habe er im Unglück wohl doch noch ein wenig Glück gehabt. Ein grosser Zapfen der Kristallstufe hatte sich nämlich knapp neben dem Oberschenkel in den Strohsack gebohrt. Hätte dieser die Schlagader getroffen, wäre Jürg wohl schon tot.

„Haben wir nicht vereinbart, wenn wir Hilfe brauchten, würden wir die weisse Fahne setzen?"

„Doch, daran habe ich nicht gedacht. Tu es, aber schnell."

Matthias war gerade daran, die Käse zu schmieren, als der Ätti in grosser Eile gelaufen kam. „Da ist etwas passiert oben, die weisse Fahne ist gesetzt! Lass alles liegen und steig hinauf. Ich gehe noch bei Barbara vorbei. Schwenke die Fahne, wenn ihr einen Schlitten braucht, das wird sie sehen. Ich werde ihr dann helfen so gut ich kann."

Matthias machte sich ohne Säumen auf den Weg und erreichte die Kluft in einer halben Stunde. Es brauchte nicht viele Worte und Erklärungen. Wie

84

die Hilfe erfolgen sollte war auch sofort klar. „Wir müssen den Stein seitlich anheben, sonst klemmen wir ihm das Bein noch mehr ein. Vor allem den Fuss kriegen wir sonst nicht frei. Nimm den Strahlstock, Matthias, und mache damit einen Hebel, unterlege ein Stück Holz."

„Ja, aber du musst immer unterkeilen was ich anhebe, sonst besteht die Gefahr, dass der Block zurückfällt und ihn erneut einklemmt!" Gottlob war genügend Spriessholz vorhanden, und Zoll um Zoll wurde Jürg aus seiner misslichen Lage befreit. Vorsichtig zogen die Kameraden ihn aus der Höhle. Dies bereitete zwar Jürg grosse Schmerzen, das sah man daran, wie er sein Gesicht verzog, aber Schmerzenslaut gab dieser keinen von sich.

„Wir müssen ihm das Bein fixieren. Es ist sicher gebrochen."

„Ja, aber mit was?"

„Jeder von uns hat einen Bergstock, damit muss es gehen."

Schnüre und Stricke waren auch vorhanden, und damit gelang es, das Bein einigermassen ruhig zu stellen.

„Und jetzt, wie weiter?"

„Einer von uns muss ihn tragen. Bis unter die Geröllhalde ist es nicht weit. Dort können wir ihn dann auf einen Hornschlitten verladen. Winke mit der Fahne. Ich habe mit dem Ätti vereinbart, dass er und Barbara auf dieses Zeichen mit dem Schlitten hinaufkommen sollen soweit es geht."

„Ich trage ihn, aber du musst mich mit dem Bergseil sichern, nur für den Fall, dass ich ausrutsche!"

„So wink du jetzt noch zuerst mit der Fahne!"

Das grösste Problem war nun, wie der Verunglückte aus dem Trog zu schaffen sei. Jürg war bedeutend schwerer als damals die Ziege. Mit dem Bergseil gelang auch das. Ohne Säumen lud nun Matthias Jürg auf den Buckel, so wie man eine Gämse trägt. Ein Bein hängt über den Rücken und das andere über die Brust, wird mit dem Arm umschlossen, und die Hand hält gleichzeitig auf der anderen Seite den Arm. Dass dabei der

Verunglückte ziemlich leiden musste, liegt auf der Hand, aber es ging nicht anders. Mit äusserster Vorsicht setzte Thys einen Fuss vor den andern, immer prüfend ob er auch sicheren Halt hatte. Oft musste ihn dabei Stefan stützen, aber endlich erreichten sie den zum Teil grasbewachsene Hang unter der Geröllhalde. Hier aber war Matthias am Ende seiner Kräfte. Stefan half ihm seine Last abzusetzen.

Mit dem Schlitten schien es zu klappen, nur brauchte es ebenfalls eine starke Leistung von einer jungen Frau und dem alten Ätti, den Schlitten hinaufzutragen. Stefan, der etwas weniger müde war als Thys, eilte ihnen zu Hilfe. Endlich war auch das geschafft, und Jürg konnte verladen werden.

So ein Hornschlitten ist ein sehr nützliches Gerät und hatte sich schon oft bewährt, wenn es galt, im unwegsamen Gelände etwas zu transportieren. Der von Anne und Barbara war besonders geeignet, weil er so schmal war, dass er auch über den Steg gezogen werden konnte. Oft hatte er dazu gedient, etwa eine verunglückte Ziege zu bergen.

Elle um Elle, ganz vorsichtig wurde nun der Verunglückte hinuntergezogen. Vor Annes Hütte wurde nun Halt gemacht und beraten, wie es nun weitergehen solle.

„Einer sollte so schnell wie möglich ins Dorf hinunter und ein Muli holen. Ich glaube, wir wären schneller, wenn wir den Schlitten selber hinunterziehen würden."

Manchmal ist das Schlechtere das Bessere, wenn man es gleichtut. Schnell ein Schluck Wasser vom Brunnen und schon ging es über den Steg und ohne Halt bei der vorderen Trift den Bergweg hinunter dem Dorfe zu. Es ist zwar nicht gerade leicht ohne Schnee einen Schlitten zu ziehen, doch es ist machbar, weil Hornschlitten nicht eine Sohle aus Eisen haben. Die besteht meist aus Holz der Hainbuche.

Den Ätti brauchte es nicht mehr. So schaute er und auch Anna oben zum Rechten während der Abwesenheit der andern. Ein Dorfbewohner erblickte die sonderbare Fuhre auf halbem Weg und beeilte sich, ihnen mit dem Muli zu Hilfe zu kommen. Das zog nun den Schlitten ohne Mühe, und so konnte Barbara auf die Alp zurücksteigen, denn Die Ziegen sollten ja auch noch gemolken werden.

Im Dorf führte man den Verunglückten gleich vor das Haus der Rufibach Marie, der Baderin.

„Tragt ihn herein, legt ihn da auf den Küchentisch!

Nebst dieser offenen Wunde und der vielen blauen Flecken ist das Wadenbein gebrochen. Ich will nicht selber entscheiden. Eigentlich müsste der Mann nach Meiringen in den Spittel. Dort können sie zwar nicht viel mehr machen als ich auch. Entscheidet selber."

„Ich möchte lieber hier bleiben."

„Auf deine Verantwortung!"

„Wo bist du zuhause?"

„Unten im Boden."

„Hast du dort eine Stube und ein Bett, in dem du es sechs Wochen aushältst?"

„So lange? Ich glaube schon."

„Dann bringt ihn gleich hinunter, ich werde ihn dort behandeln."

Die Baderin, ansonsten ein kratzbürstiges, unfreundliches Wesen beherrschte ihren Beruf zum Erstaunen. Allerdings brauchte sie dazu Hilfsmittel und schickte Männer aus, sie zu beschaffen. Einen grossen Bund Korberweiden, Tuchstreifen acht Zoll breit, davon mindestens fünfzehn Ellen, am besten von einem alten Leinentuch, dann zwanzig Pfund feinen Lehm und dazu vier Wadenbinden, von denen ja sicher jeder erwachsene Mann ein Paar hätte.

„Der Bursche wird vier Wochen auf seiner Pritsche liegen müssen ohne sich zu bewegen. Also macht unter seinem Hintern ein Loch und stellt einen Kübel mit Sägespänen darunter.

Grinst nicht so blöd, vielleicht seid ihr einmal in einer ähnlichen Lage. Beidseits neben das Loch legt zwei dünne Strohsäcke. Und nun zu dir armer Mann. Dich behandle ich hier auf dem Küchentisch. Zieht ihm die Hosen aus, aber vorsichtig."

„Ich lasse mir meine Hosen nicht ausziehen, du kannst ihnen meinetwegen ein Bein abschneiden."

„Dann sieh zu, wer dir deinen Beinbruch behandelt. Ich jedenfalls nicht."

So musste er sich in sein Schicksal fügen. Seine Mutter brachte ihm allerdings ein Tuch, mit dem er seine Scham bedecken konnte.

„So, nun muss ich zuerst die Fleischwunde behandeln. Wenn dein Bein einmal fixiert ist, komme ich nicht mehr dazu. „Ich reinige sie zuerst mit Branntwein, das wird brennen." Jürgs Gesicht war schmerzverzerrt, aber er biss auf die Zähne. „So, nun habe ich hier eine Gute Salbe aus besten Alpenkräutern. Das Ganze muss ich mit einem Lappen abdecken. Männer, der Lehm, den ihr mir gebracht habt, ist zu steif. Schüttet ein wenig Wasser dazu und knetet ihn durch. Steine darin sind nicht erwünscht.

So, nun muss ich das Bein strecken und drehen, bis der Knochen wieder aufeinanderpasst, das wird weh tun!"

„Autsch!"

„Es geht nicht anders, beiss auf die Zähne! Jetzt nicht mehr bewegen, ich glaube so ist es richtig. Nun brauche ich den Lehm und die Tuchstreifen!"

Sie bestrich sie nun dick mit Lehm und passte sie vorsichtig rings um das Bein an. „Nun die Weiden und die Binden. Die Weidenruten müssen vom Fuss bis zuoberst an den Oberschenkel reichen. Schneidet sie auf die richtige Länge." Diese verteilte sie nun rings um das Bein, so dass es aussah als steckte es in einem Rohr. „So, nun das ganze mit den Wadenbinden fixieren. Der Lehm wird von der Körperwärme hart werden und das Bein in der richtigen Lage halten, bis es geheilt ist."

„Und wie lange wird das dauern?"

„Du bist noch jung, sagen wir vier Wochen, dann wirst du vorsichtig mit Krücken gehen können."

„Danke Marie, was bin ich dir schuldig?"

„Bring mir ein gutes Fässchen Wein, wenn du wieder ins Wallis kannst, und solltest du nicht mehr gehen können, hätte ich ja nichts verdient!"

Sie liess noch ein Säcklein mit Teekräutern zurück. Davon müsse er täglich zwei Tassen trinken. Das fördere die Heilung.

30

Die Frage war nun, wie weiter. Nur einer in der Kluft arbeiten wäre zu gefährlich, und Matthias hatte ja noch die Kühe und den Käse zu besorgen. Man müsste jemanden finden, der bereit wäre zu helfen. Zwei junge Burschen aus dem Dorfe liessen verlauten, wenn sie dabei etwas verdienen würden, wären sie schon dabei, nur Erfahrung hätten sie keine. Man könnte es ja einmal versuchen, war die Meinung von Thys, die hätten ja einen guten Lehrmeister.

Die Zwei stellten sich wirklich gut an. Sie begriffen sofort das Wesentliche, und dazu fehlte es ihnen nicht an jugendlicher Kraft. So trug der eine meist die Kristalle in die Trift, und der andere half ausbauen, immer abwechslungsweise.

Da nun Matthias in der Kluft fast überzählig war, hatte er nun in der Alphütte ein Muli stationiert und transportierte mit ihm fast täglich eine Ladung Kristalle hinunter ins Dorf.

So hatten sie bis Ende September fast viertausend Pfund der kostbaren Ware eingelagert, die in Guttannen auf den Transport nach Brig wartete.

Nachdem nun der Alpsommer vorbei war, fand Matthias, er möchte nun auch wieder einmal in die Kluft und ausbauen helfen. Es traf sich gut. Man war gerade zu einer besonders schönen Fundstelle vorgedrungen. Stufen in diversen Grössen von ausserordentlicher Reinheit. Es funkelte wie ein Heer von Sternen im Schein der Talglichter. Die Männer waren ganz benommen von diesem Anblick. „Da sind wirklich kostbare Stufen dabei. Wir müssen ganz vorsichtig ausbauen, uns Zeit nehmen!"

„Ich habe ja schon einiges gesehen, aber dies übertrifft alles!", meinte Stefan. Nie hatten sie sorgfältiger gearbeitet. Stücke, die in Mailand zu Gefässen verarbeitet wurden, konnten trotz leichten Beschädigungen verwendet werden. Aber das hier waren Schaustufen. Sie würden in Schlössern und Herrenhäusern aufgestellt werden, unbearbeitet. Niemand würde es einfallen sie zu zerschneiden oder zu spalten.

So wurde jeder Meisselansatz und jeder Hammerschlag sorgfältig und lange überlegt, und auch der Transport hinunter in die Trift erforderte grosse Vorsichtsmassnahmen. Auch fanden sie, es wäre langsam an der Zeit, ihre Schätze rund um die Uhr zu bewachen. Denn es war nun weit übers Tal hinaus bekannt geworden, dass oberhalb Guttannen eine reiche Kluft ausgebeutet wurde, und es wäre nicht das erste Mal, dass Urner über den Pass kämen, um sich einen Teil der Beute zu holen.

Langsam, bedächtig wurde Stufe um Stufe ausgebaut. Eine schöner als die andere. Doch der absolut kostbarste Fund stand ihnen noch bevor. Matthias sah es zuerst, und sein Herz klopfte zum Zerspringen. Zwischen den schönen Spitzen lupenreiner Quarze sah er etwas leuchtend Hellrotes aufblitzen. Das musste ein Fluorit sein, ein Himbeerroter. Er hatte zwar noch nie einen gesehen, aber davon gehört. Aufgeregt rief er Stefan zu sich, er solle sich da etwas anschauen. „Sapperlot, das ist ein Fluorit, sicher der Grösste, den ich je zu Gesicht bekommen habe. Wenn wir den ganz herausbringen sind wir reich. Wenn er dazu noch auf einem schönen Quarz aufgewachsen ist erst recht."

„Wir sind viel zu aufgeregt. Bevor wir uns an die Arbeit machen, sollten wir uns beruhigen und etwas essen. Nach dem Stand der Sonne ist ja wohl Mittag."

Es dauerte gut vier Stunden, bis sie zu der Stufe mit dem Fluorit vorgedrungen waren. „Ein Geschenk des Himmels!", rief Stefan aus, und Matthias fand keine Worte. Schon die Quarze waren eine Augenweide. Drei Zapfen von reinstem Quarz je fast ein Schuh lang, angeordnet wie ein Stern, ringsum perfekt auskristallisiert und auf dem rechten Strahl ein Fluorit von kaum gesehener Grösse himbeerrot und durchscheinend.

„Ich war einmal in Brig, da bot ein Strahler aus dem Urserntal so etwas an, allerdings nur halb so gross. Die Händler überboten sich. Zuletzt kaufte ihn der Stockalper selber für zweihundert Napoleon!"

„Zweihundert Napoleon! Das kann nicht sein! Du bist verrückt!"

„Ich habe mit keinem Wort gelogen. Zweihundert Napoleon, ich hab es selber gesehen."

„Dann wären wir also jetzt reich!"

„Ja, wenn wir ihn schon nach Brig geschafft hätten."

„Vorerst wollen wir ihn bei Tageslicht anschauen. Wir schaffen ihn vorsichtig aus der Kluft."

Während ihn Stefan und einer der Jungs mit Wasser vom Kluftlehm befreiten, sass Matthias daneben, wie wenn er selber zu einem Kristall erstarrt wäre. Er konnte seine Augen nicht von diesem Prachtstück abwenden. Es war ihm zumute wie einem Burschen, der erstmals seine Geliebte in den Armen hält. Seine Sinne spielten beinahe verrückt, und wenn die andern von verkaufen und Reichtum redeten, sträubte sich sein Inneres dagegen. Diese Stufe würde er für sich behalten, von der könnte er sich nicht mehr trennen, glaubte er.

Die sei ihm zu kostbar, um dem Muli aufzuladen, befand er. Die werde er selber hinuntertragen. Das tat er auch gleich, gut ausgepolstert mit Moos in seinem Tragsack. Zu Hause legte er die Stufe nicht etwa zu den andern. Sie erhielt sogleich einen Ehrenplatz in seiner Kammer neben seinem Bett. Dabei bedachte er nicht, dass er ja die meisten Nächte bei Barbara verbrachte und dabei den Kristall eher selten zu sehen bekomme. So kam es wie es kommen musste. Er verbrachte die Nächte öfter in seiner Kammer und bestaunte statt zu schlafen seinen Kristall. Kann es sein, dass man wegen einem schönen Stein seine Geliebte vergisst? Es war tatsächlich wie eine Droge oder wie einen Rausch. Der Glanz dieser Stufe verdrehte ihm die Sinne.

Dies blieb natürlich Barbara nicht unbemerkt. Sie dachte zwar, das werde ihm schon wieder bessern und versuchte besonders lieb zu ihm zu sein. Auch besuchte sie ihn in seiner Kammer und lobte ihm seinen Fund, obwohl sie ein wenig eifersüchtig war. Jedenfalls, so dachte sie, der Stein sei ihm bald einmal wichtiger als der Herrgott.

Tatsächlich verbrachte er den Sonntagvormittag fast regelmässig in seiner Kammer statt in der Kirche.

Daran hatte mindestens einer im Dorf keine Freude. Es war der fromme Pfarrherr, der ohnehin Schwierigkeiten hatte, Kristalle in das Werk Gottes einzuordnen. Diese brachten ihm die ganze Schöpfungsgeschichte durcheinander. Alles was Gott geschaffen hatte, hatte doch ein Leben. Eine Pflanze, eine Blume, ein Baum, ein Mensch und die Tiere. Sie waren gewachsen aus der Erde, aus dem Regen und im Schein der Sonne erstarkt. Und diese Kristalle? Tote Steine und dennoch von bezaubernder Form. Tief in den Felsen in Klüften entstanden ohne je lebendig zu sein. Waren es Werkzeuge des Satans, der damit die Menschen zu verführen suchte? Das schien ihm das Wahrscheinlichste. Dazu kam, dass laut dem Buch Mose Gott die Welt in sechs Tagen erschaffen hatte, und diese Kristalle sollten Millionen Jahre alt sein.

Begann denn die Bibel mit einer Lüge? Das konnte er nicht glauben.

So war sein Verhältnis zu diesen Kristallen nicht das Beste, obwohl er wusste, dass sie dem Haslital doch auch bescheidenen Wohlstand gebracht hatten. „Doch was hülfe es den Menschen, wenn sie die ganze Welt besässen und nähmen dafür Schaden an ihrer Seele?"

Es war an einem schönen Abend im Oktober. Die letzten Sonnenstrahlen streiften die bunten Blätter der Bäume und die goldenen Nadeln der Lärchen. Barbara war daran, im kleinen Garten die letzten Rüben zu graben und war dabei in Gedanken versunken, als eine wohlbekannte Stimme ihr einen guten Abend wünschte. Soeben hatte sie an ihn gedacht und war zur Einsicht gekommen, sie müsste einmal ein Wörtchen reden mit ihm. Sie liess ihre Arbeit ruhen und winkte Matthias zu sich auf die Bank vor dem Häuschen, die er ihr einmal gezimmert hatte.

„Bilde ich es mir ein oder liebst du deinen Kristall bald mehr als mich?" Zuerst wollte er aufbrausen, besann sich aber anders und gab nicht sogleich eine Antwort. Plötzlich war es ihm, als hätte ihn jemand aus einem Traum wachgerüttelt. Er musterte Barbara vom Kopf bis zu den Füssen. Eine wunderschöne Frau war sie geworden. Dazu war es ein Wesen zum Anfassen. Zart und doch stark. Blut pulste durch ihre Adern, und die Augen versprühten den Glanz der Liebe. Und der Kristall? Er war auch schön, sehr schön, aber letztlich doch tote Materie. Kurz gesagt, die Augen gingen ihm auf, und er nannte sich ein Kamel, aber trennen von dieser Stufe würde er sich trotzdem nicht. Sie käme eben hinter Barbara an zweiter Stelle.

„Weisst du was? Ich schenke dir den Kristall!"

„Du brauchst ihn mir nicht zu schenken, sag nur, er gehöre uns beiden!"

Ein Kuss beendete dieses Gespräch und führte zwei Liebende erneut zusammen. Die Kristallstufe stand nun nicht mehr zwischen ihnen, war aber ausserdem für Matthias immer noch das Wichtigste auf der Welt.

31

Der Winter brachte zwar einen Haufen Schnee, war aber sonst angenehm, und das Tal wurde von grösseren Lawinen verschont. Die Schneedecke hatte sich gut verfestigt, und so hatten die Bewohner von Guttannen auf eine gemütliche Gangart geschaltet. Barbara fand manchmal, sie verdiene ja ihren Lohn kaum. Doch machte sie das alte Ehepaar allein durch ihre Anwesenheit glücklich. Matthias holte täglich in einem Heuschober das Heu für die Tiere, und dazwischen putzte er meistens Kristalle. Man wollte schliesslich nicht Kluftlehm ins Wallis führen.

So wurde es auch wieder Frühling, und schon bald begann die neue Alpzeit. Auch wurde wieder fleissig Kristall ausgebaut, und drei einheimische Säumer erhielten den Auftrag, schon einmal einen Teil der Ware nach Brig zu bringen.

Nicht ein jeder wird als Prinz geboren, nicht jeder ist ein wohlhabender Bauernsohn, und auch nicht jeder findet einen Schatz. Für viele ist das Leben hart. Nicht viel bleibt ihnen erspart. Eher trifft sie Unglück als Glück. Viele von ihnen fügen sich in ihr Schicksal, werden vielleicht Knecht bei einem Bauern, fast um Gotteslohn, oder billige Grubenarbeiter. Andere lehnen sich gegen ihr Schicksal auf. Sie sehen die Wohlhabenden mit Argwohn und finden die Welt ungerecht. Sie versuchen dies und jenes. Sie versuchen sich mit fleissiger Arbeit hochzuarbeiten. Sie möchten in eine Lehre als Handwerker, doch der verlangt Lehrgeld, das sie nicht bezahlen können. Viele sind zu stolz, um sich ihrem Schicksal zu beugen. Wen wundert's, dass sie sich manchmal zu Räuberbanden zusammenschliessen und so versuchen auch etwas von dem grossen Kuchen zu erhaschen. Das ist auch nicht leicht, und mancher hat dabei sein Leben am Galgen beendet.

Das war das Leben von Alois Mettler, den die Guttanner ja schon kennengelernt hatten. Er hatte sich der Bande von Jürg Imboden angeschlossen, die sich darauf spezialisiert hatte, Säumer zu überfallen und auszurauben. Das war nicht leicht, denn meistens waren zu viele unterwegs, so dass es zu gefährlich war einen Überfall zu wagen. Das konnte nur gemacht werden, wenn der Saumweg wenig begangen war. Dazu kam, dass sie lieber Geld als Ware gestohlen hätten, doch die Säumer liessen sich selten auszahlen und erhielten statt Geld einen Wechsel.

Nun war es so, dass Mettler und Imboden zwar redlich teilten, doch während Imboden sein Geld sorgsam scheffelte, vertat es Mettler mit leichten Damen. So kam es, dass sich Imboden eines Tages Maultiere kaufen konnte und sich so von einem Leben als Räuber verabschiedete.

Da sich Mettler, weil er kein Geld hatte, nicht an dem Unternehmen beteiligen konnte, trennten sich ihre Wege. Der eine wurde ehrenwerter Säumer und der andere blieb Räuber. Allerdings, wie er sein Diebesgut verwerten konnte war für Mettler kein Problem. Imboden bezahlte zwar nicht so viel, dass er nicht auch daran verdient hätte, aber immerhin genug, dass Mettler davon leben konnte.

Es ging eigentlich nicht um Mord und Totschlag. Eher um Einschleichdiebstähle. Etwa um einen Käse, um ein Stück geräuchertes Fleisch oder manchmal auch um eine Kristallstufe. Auch gesponnenes Garn liess er manchmal mitlaufen, was Frauen ganz besonders in Aufregung versetzte.

An listiger Verschlagenheit mangelte es dem Mettler nicht. Schliesslich wollte er die gestohlene Ware nicht tagelang mit sich herumtragen. So war er immer in Brig, wenn Imboden auch in Brig war, oder so auch in Meiringen. Dort machte er ausfindig, wann Imboden zur nächsten

95

Säumertour aufbrechen wollte, ging ihm voraus, stahl was er eben stehlen konnte und wartete an günstiger Stelle auf seinen Hehler. Das hatte schon seit Jahren so funktioniert. Die Bauern konnten ja ihren Käse nicht rund um die Uhr bewachen, und wenn aus den langen Säumerkolonnen einer gelegentlich austreten musste, fiel dies niemandem auf.

33

Es war an einem schönen warmen Sommertag anfangs Juli. Die Leute in Guttannen waren dabei das Heu einzubringen. Dazu brauchte es jeden und jede, die noch einigermassen gut auf den Beinen standen. Die Leute achteten sich der Säumer nicht, die fast als endlose Kolonne durch das Dorf zogen. Guttannen wirkte wie ausgestorben. So waren die Verhältnisse für Mettler günstig sich nach wertvollem Diebesgut umzuschauen. Auch er hatte gehört, dass der junge Gafner eine ausserordentlich wertvolle Kristallstufe gefunden hatte. Ob er sie wohl schon verkauft hatte? Wahrscheinlich nicht, denn die Strahler konnten sich nur schlecht von so etwas trennen. Da er ja das Dorf kannte, wusste er, wo er suchen musste. So trat er in das bekannte Seitengässchen, so als ob er dringend ein Geschäft verrichten müsste. Niemand achtete sich seiner. Die Haustüre aufzubrechen war ihm zu gefährlich, aber als Dieb wusste er, dass in den meisten dieser Holzhäuser eine Verbindung vom Stall zum Wohnraum bestand. So war es ihm ein Leichtes, durch den Scheunenteil in die Wohnung zu gelangen. Seelenruhig sah er sich um. Der junge Gafner war ja sicher auf der Alp und die andern bei der Heuernte. Schon bald entdeckte er das Kristallager hinter der Küche im Milchgaden. Es waren sicher Stufen dabei, die ihm einen schönen Batzen eingetragen hätten, aber eine so wertvolle Stufe, wie herumerzählt wurde, sah er nicht. Wo würde ich sie verstecken, wenn ich so eine hätte? Sicher in meinem Schlafraum! Die waren meistens im Obergeschoss. So ging er die hölzerne Treppe hinauf. Er fand drei Türen. Zwei davon waren unverschlossen, die dritte aber verriegelt mit einem starken Eisenschloss. Was wäre ein Dieb, wenn er nicht ein Bund Dietriche bei sich hätte? Nach nicht allzu langer Zeit war das Schloss geknackt, und den Kristall musste er nicht lange suchen. Sorgsam verstaute er ihn in seinem Tragsack. So wie er das Schloss aufgebrochen hatte, schloss er es auch wieder. Es könnte vielleicht lange dauern, bis der Diebstahl entdeckt würde. Der junge Gafner war ja auf der Alp, das wusste selbst ein Dieb. Der übernachtete sicher bei seinen Kühen.

Als wäre nichts geschehen, mischte sich Mettler wieder unter die Säumer, durch den nahen Wald an dessen südlichem Saum er eine halbzerfallene Hütte wusste, etwa vierhundert Ellen vom Saumpfad entfernt. Hier wollte er auf seinen Hehler warten. Er würde ihn rechtzeitig kommen sehen und unauffällig wieder an den Weg treten, Imboden fragen, ob er seinem Muli den Tragsack aufladen dürfe, und der Rest wäre ein Kinderspiel.

44

Jörg Zahnd war an diesem Morgen früh aufgestanden, das heisst eigentlich schon in der Nacht, etwa um die zweite Stunde. Er hatte vor zwei Tagen oben am Ritzlihorn gewildert und dabei auf der anderen Seite der Aare einen kapitalen Hirsch entdeckt. Den zu erbeuten zog es ihn an allen Haaren.

Wo er ihm auflauern musste, wusste er. Dort, wo er ihn hatte austreten sehen im Waldrand.

Hirsche sind sehr scheue Tiere, deshalb musste er seinen Ansitzort noch nachts und mit gutem Wind erreichen. Hatte ihn der Hirsch doch bemerkt? Jedenfalls trat er nicht aus. Als schon die ersten Säumer im erwachenden

Morgen unterwegs waren, gab er sein Vorhaben auf. Es war ihm jedoch nicht danach zumute, nach Hause zu gehen und sich dort an der Heuernte zu beteiligen. Sollte das sein Bruder mit seinen Eltern erledigen. Schliesslich war jener der Bauer und er daheim doch nur der Knecht. Dort in dieser halb zerfallenen Hütte würde er den Tag verbringen. Vielleicht würde er ein wenig Schlaf finden. In der späten Abenddämmerung könnte ja der Hirsch auch austreten.

Die Hütte war wirklich in einem denkbar schlechten Zustand und wohl schon lange nicht mehr benutzt worden. In der linken hinteren Ecke war sie so zerfallen, dass das Dach den Boden berührte, doch die dicken Schindeln boten wohl noch immer etwas Schutz vor dem Regen. Jedenfalls fand er im ebenfalls halb zerfallenen Obergeschoss noch ein wenig Stroh, um sich daraus ein Lager einzurichten.

Er war wohl ein wenig eingenickt, aber ein Poltern unter ihm liess ihn wieder aufwachen.

Was war das? Es könnte von einem Murmeltier stammen. Die suchten manchmal auch alte Hütten auf. Vorsichtig spähte er durch eine Spalte in den alten Stall hinunter. Schliesslich wäre so ein Murmeltier auch eine gute Beute. Es war kein Murmeltier, es war ein Mann, und er glaubte ihn auch zu kennen. Alle Guttanner hätten ihn wohl erkannt, wenn er zwischenzeitlich nicht einen Vollbart hätte wachsen lassen. Jörg Zahnd erkannte ihn aber trotzdem. Es war dieser Mettler, den man einen ganzen Winter in Ketten gelegt und dann im Frühjahr mit Schimpf und Schande fortgejagt hatte. Mittlerweile war auch bekannt geworden, dass dieser nun seinen Lebensunterhalt als Räuber verdiente.

Was hatte wohl dieser Kerl wieder ausgeheckt? Das wollte Zahnd herausfinden und tat alles, um sich nicht zu verraten. Der Bursche hatte sich in die alte Krippe gesetzt und war dabei, seinen wohl schweren Tragsack auszuziehen. Der werde wohl Diebesgut enthalten. Nicht lange und er wusste Bescheid. Mettler hatte wohl Lust seine Beute zu betrachten. Zahnd sah sofort, um was es sich handelte. Jeder Guttanner hätte den wertvollen Kristall erkannt. Alle wussten um den Fund, den Matthias Gafner gemacht hatte. Zahnd zitterte vor Aufregung. Ihm war sofort klar, dass er Mettler diese Stufe wieder abnehmen musste. Aber wie? Die kleinste Bewegung würde ihn verraten, und der Dieb würde die Flucht ergreifen. Es würde zu lange dauern, bis er vom Heuboden in den Stall hinunterklettern könnte. Das Beste sei zuzuwarten, ging es ihm durch den Kopf. So lange bis der Kerl aufbrechen würde. Er würde ihn soweit ziehen lassen, bis er ihn nicht mehr hören könnte, ihm dann folgen und mit seinem Gewehr zum Anhalten zwingen.

Zahnd musste noch ziemlich viel Geduld aufbringen. Ein Niesen oder ein Husten durfte er sich nicht erlauben.

Offenbar wartete Mettler hier auf jemanden. Jedenfalls trat er ziemlich oft unter die Türöffnung und schien den Saumweg zu beobachten. Den Kristall hatte er schon wieder eingepackt und den Rucksack verschnürt.

Fast zwei Stunden vergingen, da kam auf dem Saumpfad eine Säumerkollonne daher. Fünf Muli und drei Begleiter. Es mussten wohl die Hehler sein. Jedenfalls schlüpfte Mettler sogleich in seinen Tragsack und machte sich Richtung Säumerweg auf, der in etwa vierhundert Ellen Entfernung vorbeiführte. Hier der rechten Aareseite entlang, die sich da tief in die Felsen eingefressen hatte.

Als sich Mettler genügend weit entfernt hatte, sprang Zahnd schnell vom Heuboden in den alten Stall, natürlich nicht ohne seine Büchse. Er wollte den Schelm möglichst einholen, bevor er den Saumweg erreicht hatte. Er suchte immer möglichst in Deckung zu bleiben hinter Steinblöcken oder Latschen. Mettler hatte wohl keine Eile. Die Säumer, auf die er offenbar wartete, waren noch ziemlich weit zurück und sogar durch eine Baumgruppe verdeckt. Andere hatten die Brücke über die Aare bereits überquert und zogen Richtung Handegg weiter. Mettler stand nun dicht neben der Aare und suchte offenbar eine Gelegenheit, um sich hinzusetzen. Mit erhobenem Gewehr trat Zahnd hinter einem grossen Stein hervor und schrie, dass sich die Stimme überschlug: „Bleib stehen oder du bist ein toter Mann, du Hund, die kleinste Bewegung, und ich jage dir eine Kugel in die Brust."

Mettler, ein ziemlich hartgesottener Bursche erholte sich ziemlich schnell von seinem Schreck und schrie zurück: „Was ist in dich gefahren? Hast du einen Sonnenstich? Was habe ich mit dir zu schaffen? Du bist ja ein Schelm wie ich auch! Du brauchst dazu sogar noch eine Büchse!"

„Sei vorsichtig, die könnte leicht losgehen. Die Beute in deinem Rucksack ist zu schwer für dich. Die will ich dem rechtmässigen Besitzer zurückbringen. Zieh deinen Tragsack aus und stelle ihn vor dir auf den Boden, und dann lauf so schnell du kannst und wohin du willst. Tust du es nicht bald, knallt meine Büchse."

Wortlos und seelenruhig schlüpfte Mettler aus den Trägern, aber statt den Sack auf den Boden zu stellen, flog er in hohem Bogen in die reissende Aare. „Da hast du meine Beute", schrie er noch und floh in langen Sätzen. Zahnd stand da wie geohrfeigt. Der verfluchte Hund hatte soeben ein grosses Vermögen in die Aare geworfen, das schwerlich wieder geborgen werden konnte. Zuerst wollte er ihm eine Kugel nachjagen, liess es aber bleiben. Er wollte sich nicht an diesem Dreckskerl versündigen. Da er sich auch nicht gerne mit seiner Büchse auf dem Saumweg blicken liess, zog er sich zurück, kochend vor Zorn und Wut. Sollte er nun weiter dem Hirsch auflauern oder dafür sorgen, dass Matthias Gafner möglichst schnell von dem Unglück erfuhr? Er entschied sich für das Zweite. Vielleicht liesse sich ja der Tragsack noch aus der Aare fischen.

Von hier würde der schnellste Weg in die Trift über die Rotlaui und die Kammegg führen. Nicht gerade der einfachste, aber der schnellste Weg.

100

Jeder Wilddieb und jeder Jäger kennt es. Er kann stundenlang und manchmal sogar tagelang umherstreifen und findet kein Wild, aber wenn er einmal seine Büchse nicht bei sich hat oder auch sonst nicht schiessen kann, läuft ihm alles über den Weg. So stand in der oberen Rotlaui ein schöner Gemsbock blatt. Ohne weiteres hätte er ihn schiessen können. Das Blut kochte wieder einmal in seinen Adern. Nur mit Mühe konnte er sich zurückhalten. Aber er hatte Wichtigeres zu erledigen. Wie würde wohl Matthias auf seine Nachricht reagieren?

Jener sah schon lange jemanden auf dem selten begangenen Pfad von der Kammegg herkommen. Er glaubte auch schon, den Mann zu erkennen. Es musste Zahnd sein, der Wilddieb. Etwas sehr Aussergewöhnliches musste passiert sein. Sonst würde der nicht am helllichten Tag hier aufkreuzen. So erwarteten ihn Thys und Barbara, die gerade in der vorderen Trift einen Kübel ausleihen wollte, mit gemischten Gefühlen.

Matthias war mehr als geschockt, als ihm Zahnd schilderte, was vorgefallen war. Fast verlor er den Verstand. Es war ihm, als hätte ihn ein beschlagenes Muli an den Kopf getreten oder er wäre von einem herabstürzenden Felsblock getroffen worden. Weiss wie Kreide wurde sein Gesicht, und beinahe wäre er in Ohnmacht gefallen. Barbara versuchte ihn zu stützen, was ihr auch halbwegs gelang. Langsam begann auch das Blut in ihm wieder zu fliessen, und er fing an zu toben. „Du bist schuld", schrie er und meinte damit Zahnd. „Warum hast du den Kerl nicht erschossen, he? Du triffst doch sonst auch alles?" „Es war immerhin ein Mensch und ich bin kein Mörder. Dazu konnte ich nicht ahnen, dass er so etwas tun würde." Matthias war nicht ganz bei Sinnen und tobte weiter und liess keinen guten Faden am Überbringer dieser schlechten Nachricht. Irgendeinmal wurde es Zahnd zu bunt, und er liess wissen, wenn Thys so wolle, so zeige er ihm nicht einmal die Stelle, wo der Sack mit dem Kristall in der Aare liege. Dies und

101

mitfühlsames Zureden seitens Barbara brachte ihn doch endlich wieder einigermassen zur Vernunft.

Selber in die Aare zu steigen wäre reiner Selbstmord, meinte Zahnd, aber vielleicht liesse sich der Rucksack mit langen Stangen herausfischen. Dieses Ansinnen gab Matthias wenigstens eine leise Hoffnung und er begann zu planen.

„Barbara, steig zur Kluft hinauf. Sag den Zweien, sie sollen die Arbeit einstellen und für mich die Alp betreuen. Ich komme mit dir Jörg hinunter, damit du mir die Stelle zeigen kannst. Ich muss diese Stufe wiederhaben, koste es was es wolle.

„Thys, riskiere dafür nicht dein Leben, denk auch ein wenig an mich!" Würde er das tun? In letzter Zeit hatte Barbara oft das Gefühl, dieser Stein wäre ihm fast wichtiger als sie. Sie versuchte sich zwar nichts anmerken zu lassen. Aber in ihrem Herzen war sie gekränkt. Sie wusste, was diese Stufe für Matthias bedeutete, trotzdem hatte sie sich schon in schlaflosen Nächten gewünscht, er hätte sie nie gefunden. Nun war er weg, der Stein, der sich zwischen ihre Herzen geschoben hatte. Dass ihn Thys aus der Aare fischen könnte, daran glaubte sie nicht. Hoffentlich kam er bald wieder zur Vernunft. War es nicht der Herr im Himmel, der ihm diese Kristallkluft gezeigt hatte? War er nicht dadurch zu einem wohlhabenden Mann geworden? Statt dankbar zu sein vergötterte er diesen Stein. Sie schämte sich so zu denken, aber sie wünschte sich, der Kristall wäre für ewig verloren, und Matthias würde wieder so wie sie ihn immer geliebt hatte.

Noch vor dem Einnachten führte Zemp Matthias zu jener Stelle, wo Mettler seinen Sack mit der Stufe in die Aare geworfen hatte. Das milchigweisse Gletscherwasser hatte hier eine tiefe Rinne in den Granit geschliffen. Mit hoher Geschwindigkeit zwängte sie sich durch die Enge. Unmöglich, die Aare hier jemals zu betreten. Vielleicht im Winter, wenn wenig Schmelzwasser floss. Aber da wäre sicher Eis in dieser Runse. Matthias stand davor und versuchte seine Sinne zu ordnen. Eine lange Stange müsste er haben, mit einem eisernen Haken oder besser noch mit zwei. Die würde er von unten her durch die Aare hinaufziehen. Es müsste doch zu schaffen sein. Nur, wo eine so lange Stange hernehmen? Von der Esche müsste sie sein und vielleicht aus mehreren Teilen zusammengesetzt. Den Wagner und den Schmied, die müsse er aufsuchen, die könnten ihm bestimmt so etwas anfertigen. So bedankte er sich bei Zemp und suchte noch am gleichen Abend den Wagner und anschliessend den Schmied auf. Die begriffen sofort, zweifelten aber am Erfolg dieses Vorhabens. Die Haken würden sich laufend in den Steinen verheddern und dazu sei der Tragsack vielleicht schon längst von der Aare mitgerissen worden. Den Auftrag führten sie aber gerne aus, das gab schliesslich Verdienst.

Drei Tage lang versuchte nun Thys mit seiner Stange den Rucksack aus der Aare zu fischen. Es war wie der Schmied es vorausgesagt hatte. Es war schon schwierig, die Haken überhaupt genügend tief ins Wasser zu drücken, da sie durch die Strömung immer wieder angehoben wurden. Auch sonst befanden sich viele Hindernisse im reissenden Wasser und so musste Matthias einsehen, dass seine Bemühungen wahrscheinlich nie Erfolg bringen würden. Die Stufe war unwiederbringlich verloren.

Nun war seine Moral im Keller. Er konnte den Verlust nicht verwinden. Er wurde hässig und unfreundlich. Er fluchte mit den Tieren, ja er schlug sie sogar manchmal. Nicht nur Barbara, auch seine Eltern machten sich Sorgen. Barbara versuchte alles, um ihn umzustimmen. Sie versuchte es mit Zärtlichkeit. Sie ertrug ihn mit Geduld. Sie behandelte ihn fast wie einen Kranken. Bei allem aber begriff sie nicht, dass man wegen so etwas fast den Verstand verlieren konnte, besonders weil Matthias ja ohnehin nicht darben musste.

Endlich mischte sich in ihr Mitgefühl auch der Zorn, und sie beschloss ihn aus seinem Zustand wach zu rütteln. Sie hatte es bisher mit Liebe und

Geduld versucht. Ohne Erfolg. Vielleicht half da ein richtiges Donnerwetter. Sie musste es versuchen. Es war zwar nicht ihre Art, jemanden auszuschelten, aber sie sah keinen anderen Ausweg. So etwas will überlegt sein. Jeder Hieb muss sitzen, sonst bewirkt er nur das Gegenteil. Sie war ja noch oben bei den Ziegen und Matthias auch wieder auf der Alp. Seine Helfer schüttelten die Köpfe. Es war nicht mehr der Matthias, den sie kannten. Langsam überlegten sie sich, ob sie überhaupt noch für ihn arbeiten wollten.

Ein Rest von Anstand war ihm noch geblieben. Wie schon den ganzen Alpsommer kam er jeden Abend über den Steg und setzte sich zu ihr vor der Hütte auf die Bank. Da hatten sie immer munter zusammen geplaudert, waren lustig und hatten oft gelacht oder gar zweistimmig ein Liedchen gesungen. Er kam immer noch. Aber er sass mürrisch neben ihr und sprach kaum ein Wort. Bis jetzt hatte ihm dabei Barbara liebevoll die Hand gedrückt und es mit Geduld ertragen. Damit sollte es nun Schluss sein. Diesen Zustand konnte sie nicht mehr ertragen.

„Wie die Kühe friedlich weiden und wie die Herdenglocken klingen. Ein herrlich schöner Abend. Kein Wölklein am Himmel, bald schon werden die Sterne scheinen. Ich glaube, dies alles hat der liebe Gott gemacht. Noch viel mehr hat er gemacht. Er hat dir oben eine überaus reiche Kristallkluft gezeigt, die du nun ausbeuten kannst. Aber du bist undankbar. Du siehst dies alles nicht mehr. Mir scheint, der Teufel habe dich auf seine Seite gelockt, mit diesem blöden Stein. Komm zu dir Matthias. Du hast ob diesem Teufelszeug ja noch fast mich vergessen. Ich kenne dich nicht mehr. Du bist nicht mehr der Bursche, den ich einst so geliebt habe. Komm zurück auf diese Welt oder du verlierst mich auch noch. So ein Glück ist dir beschert worden, und du wirfst es weg wegen diesem verhexten Stein. Wie kann man nur so undankbar sein. Hast du nicht eine gute Gesundheit? Hast du nicht liebe Eltern? Du hast auch mich, wenn du willst. Du hast mehrere tausend

104

Pfund schönster Kristalle, und statt dankbar zu sein bist du halb übergeschnappt wegen diesem Fluorit. Komm zurück auf den Boden, oder du brauchst mich nicht mehr zu besuchen!"

Ohne Worte hatte Thys diese Hirnwäsche über sich ergehen lassen. Ohne Worte erhob er sich auch, überquerte den Steg und verschwand in seiner Hütte.

Der Ätti, der sich schon längst Sorgen gemacht hatte und den Unmut und die schlechte Laune von Thys nur zum Teil begriff, erschrak, als er das aschfahle Gesicht erblickte. Was war da wieder vorgefallen? Ohne nur ein Wort zu sagen und ohne eine gute Nacht zu wünschen, polterte Matthias die hölzerne Treppe hinauf und verschwand in seinen Gaden.

Frass sich Zorn oder Reue in sein Herz? Es war, als ob das Gute und das Böse zusammengegriffen hätten und jeder versuchte, den andern auf den Rücken zu werfen. Er hätte erwartet, dass Barbara ein wenig Mitleid mit ihm gehabt hätte. Stattdessen hatte sie ihm gedroht, ihn aus ihrem Herzen zu verbannen. Auch hatte sie ihm vorgehalten, der Fluorit sei ihm wichtiger gewesen als sie. War sie etwa noch froh darüber, dass er ihm gestohlen worden war? In all diese Gedanken begannen sich auch die andern zu mischen. Hatte sie am Ende Recht? Hatte er wegen diesem Stein seine Vernunft verloren? Dazwischen kamen ihm immer wieder Gedanken, Barbara sei ungerecht. Immerhin habe er ihr einmal das Leben gerettet. Kein Auge voll schlief er in dieser Nacht. Nein, Barbara wollte er nicht verlieren, und allmählich ging ihm auf, dass er kein Recht hätte, so undankbar zu sein. Nur, konnte das sein steinharter Haslitalerkopf so schnell zugeben? Das schien ihm noch der schwerste Gang zu sein. Aufzustehen, über den Steg zu gehen und Barbara zu sagen, sie habe Recht, er sehe es ein.

Gegen Morgen war er noch kurz eingeschlafen, und als er erwachte, war es höchste Zeit, die Kühe zu besorgen. Dabei beschloss er, den Kristall nun endlich zu vergessen. Dies bereitete ihm zwar einige Mühe, sah er ihn doch

105

immer wieder in seinem Geiste. Immerhin verspürte er eine Erleichterung und nahm wieder die Schönheit des erwachenden Morgens wahr.

Barbara wusste schon um seinen Zustand, als sie ihn über den Steg kommen sah. Seine Augen hatten den Glanz wieder gefunden, und auch sonst sah er aus, als wäre er neu geboren. Deshalb empfing sie ihn auch mit einem heissen Kuss. Worte blieben unausgesprochen. Sie waren nicht mehr nötig.

35

Auch unten im Tal hatte man sich Sorgen gemacht. Eigentlich war ja Matthias Gafner, obwohl erst einundzwanzig Jahre alt, in Guttannen eine Art Respektsperson. Sein Heldenmut blieb in Erinnerung in allen Köpfen. Dazu brachten seine Kristalle Arbeit und Verdienst ins Dorf. Nun war dieser Bursche, seit ihm seine Prachtstufe gestohlen worden war, nicht mehr zu erkennen. Mürrisch und verschlossen. Es schien, dass er sich über nichts mehr freuen konnte. Einige junge Burschen schmiedeten Pläne und wollten diesen Mettler suchen und ihm für alle Zeit den Garaus machen. Dass damit nichts an der Tatsache, dass die Stufe verloren war ändern würde, bedachten sie nicht. Einige zogen mit den Säumern nach Brig, fanden aber den Schelm glücklicherweise nicht.

Als nun der junge Helfer Kurt mit einer Ladung Kristalle vom Berg hinunterkam und zu berichten wusste, der üble Zustand von Matthias wäre wohl geheilt, waren alle froh.

36

Auf der Trift ging nun wieder alles seinen gewohnten Gang. Allerdings war es nun ein wenig trocken, und die Weiden waren ziemlich abgegrast, so dass die Kühe und Ziegen nicht mehr auf ihre volle Milchleistung kamen. Dafür gab es von dieser fetten Milch sehr guten Käse.

Man traf sich nun wieder oft zu einem Jass oder auch nur zu einem gemütlichen Schwatz.

Manchmal blieben auch die jungen Helfer Kurt und Arnold über Nacht oben und schliefen im Stroh. Ihnen blieb natürlich auch nicht verborgen, zu was für einer schönen Frau Barbara herangewachsen war. Wegen ihrem Verhältnis zu Matthias war für sie aber alles klar. Allerdings sich an ihrem Anblick zu erfreuen war nicht verboten, sowenig wie man den Blick von einer schönen Blume abwendet. Sie fanden, Matthias sei alles Glück der Erde beschert und sahen nun, wie er es wieder zu schätzen wusste. Es schien ihnen, darüber seien sogar die Kühe und Ziegen froh und selbst die Murmeltiere, die hinter der Hütte ihren Bau hatten. Denen konnte vor allem Arnold in seiner Freizeit nicht genug zugucken, besonders die Jungen hatten es ihm angetan.

37

So ging der Alpsommer wieder einmal zu Ende, und Kühe und Ziegen wurden ins Tal getrieben. Sowohl Ätti und Anne seufzten und meinten, das sei nun wohl ihr letzter Alpsommer gewesen, und Anne wischte sich eine Träne aus dem Gesicht.

Für die Strahler folgte aber auf den Sommer ein schöner Herbst, und sie arbeiteten fleissig weiter. Zwei in der Kluft, einer trug die Stufen in die Hütte und einer brachte sie mit dem Muli ins Tal. Dies taten sie so lange, bis eines Morgens die Berge und Alpen bis hinunter in die Trift weiss überzuckert waren. So wurde vor allem der Pfad hinunter in die Hütte zu glitschig, und es wurde Zeit die Kluft zu verschliessen und die Arbeit für dieses Jahr zu beenden.

38

Nur eine Woche blieb Barbara daheim bei Anne, so lange bis alles wieder ordentlich eingerichtet war, dann nahm sie ihre Arbeit bei Zumbrunnens wieder auf. Matthias seinerseits trug sich mit dem Gedanken, einmal selber mit einer Ladung Kristalle nach Brig zu gehen. Die Säumer wussten viel zu erzählen und es war zu begreifen, dass ein junger Mann sich das wenigstens einmal ansehen wollte. Barbara drohte ihm aber mit erhobenem Zeigfinger, er solle ihr dort ja nicht untreu werden. Darauf erwiderte Thys, er werde es langsam satt, die Frauen nur anzusehen, statt sie einmal richtig in die Arme zu nehmen.

„So heirate mich doch, dann kannst du mit mir machen was du willst!"

„Das würde ich ja gerne, aber ich habe bisher immer gedacht, ich sei dir nicht gut genug!"

„Ja, ich habe schon oft von einem Schöneren geträumt. Von einem, der nicht nach Kühen und Stallmist duftet!"

„Spass beiseite, aber wir sollten wirklich daran denken, bald einmal zu heiraten!"

„Ist das ein Antrag?"

„Ich kann mich leider nicht so vornehm ausdrücken."

„Heiraten tut man im Frühling, wenn alles zu neuem Leben erwacht, aber es ist eigentlich der Brauch, dass man sich vorher verlobt."

„Daran habe ich auch schon gedacht."

„Am Sonntag ist Erntedankfest, da könnten wir ja zusammen in die Kirche und unsere Verlobung verkünden lassen."

„Einverstanden. Sagst du es dem Pfarrer?"

„Das will ich machen."

In Guttannen hatte es sich bereits herumgesprochen und so war die kleine Kirche bereits fast zum Bersten voll, als Barbara und Matthias in ihren schönsten Sonntagskleidern eintrafen. Allerdings hatte man ihnen in der vordersten Bankreihe respektvoll Plätze reserviert. Die Zwei hatten zwar ein wenig Hemmungen, so weit vorne zu sitzen und der Mittelpunkt der ganzen Versammlung zu sein.

Die Glocke, die seinerzeit die Berner Regierung den Guttannern gespendet hatte, man munkelte zwar, man habe sie mit Steuern selber bezahlt, schien den Zweien an diesem Sonntag besonders schön zu klingen.

Der Pfarrer eröffnete die Predigt mit einem Gebet und hatte dann für diesen Anlass einen etwas sonderbaren Text gewählt. Was hatte denn das Erntedankfest mit dem Gebot, du sollst keine anderen Götter neben mir haben, zu tun? Besonders ältere Frauen wunderten sich darüber, doch begriffen sie schnell. Er begann damit, wie sie Gott in diesem Jahr mit reichen Gaben beschenkt habe. Doch statt dafür zu danken, komme es leider immer wieder vor, dass zum Beispiel dem Bauer plötzlich eine schöne Kuh wichtiger sei als der liebe Gott, obwohl er sie doch letzten Endes von ihm erhalten habe. Das seien eben die falschen Götter, die oft regelrichtig angebetet würden. Dabei heisse es an anderer Stelle: Was hülfe es dem Menschen, wenn er die ganze Welt besässe und nähme dabei Schaden an seiner Seele? „Entschuldige, dass ich dich direkt anspreche, Matthias Gafner. Gott hat dir eine Kluft mit wunderbaren Kristallen geschenkt, doch einer davon wurde dir zum Götzen. Er wurde dir wichtiger als alles in der Welt. Ein Schelm hat dich vor grossem Schaden an deiner Seele bewahrt.

Sei dankbar dafür, und verzeihe diesem doch wahrscheinlich armen Menschen. Wir sind alle froh, dass du wieder zurückgefunden hast und wollen nun heute eure Verlobung feiern."

So direkt angesprochen in der Predigt schämte sich Matthias sehr. Barbara konnte es ihm nachfühlen und drückte ihm fest die Hand, doch dem Pfarrer böse sein konnten sie nicht, schliesslich hatte er nicht Unrecht.

Zur Feier des Tages hatten Matthias und Barbara im Bären ein Mittagessen bestellt. Eingeladen waren Anne, Ätti und seine ganze Familie. So stand nun für alle fest, dass Barbara und Matthias ein Paar waren, durch nichts und niemand mehr zu trennen. Durch nichts und niemand?

39

Seit einigen Tagen hatte sich nun Matthias auf eine Säumerreise nach Brig vorbereitet. Er hatte seine schönsten Kristalle sorgfältig verpackt und zum Verladen fertig gemacht. Einmal selber ins Wallis und nach Brig war schon lange sein grösster Wunsch. Für den Rückweg, so hatte es Barbara gewünscht, solle er Tuch für die Aussteuer laden und vielleicht sogar für einen Hochzeitsrock. Das wolle er gern besorgen, versprach ihr Thys.

Weil Frauen meistens etwas ängstlicher sind als Männer, manchmal bei einer Sache auch ungute Gefühle haben, mahnte sie ihren Verlobten ja auf sich aufzupassen. Besonders in Brig, so habe sie gehört, halte sich viel Räuberpack und Gesindel auf. Sie solle nicht Kummer haben, meinte Thys, schliesslich seien schon Tausende nach Brig gezogen und wieder zurückgekehrt.

Es war zwar schon anfangs November, das Wetter war aber gut und es zogen täglich noch Hunderte über die Grimsel. So begab sich auch Matthias mit fünf Packtieren und zwei Säumern, seinem Onkel und Kurt Vonalmen, der ihm schon beim Ausbauen geholfen hatte, auf den Weg.

Der Saumpfad auf die Grimsel ertrug keine Hast. Niemand trieb die Tiere zur Eile. Ruhig schritten die Mulis über die teilweise schrägen Felsplatten und über die an verschiedenen Orten in den Fels geschlagenen Stufen. So erreichten sie in etwa sechs Stunden das Hospiz. Die Maultiere hatten für diesen Tag ihre Arbeit getan, wurden von ihrer Last befreit und hier eingestellt. Spittler boten hier ein einfaches Nachtessen und waren darum besorgt, dass jeder Säumer ein einigermassen sauberes Nachtlager vorfand. Hier wurden auch die Zölle für die Berner Seite erhoben, je nach Gewicht und Wert der Ware.

Nach dem Morgenessen, meistens bestehend aus einem Stück Käse und einer Kachel Hafergrütze, ging die Fahrt weiter. Zuerst das steile Wegstück bis zur Passhöhe, das in etwa einer Stunde zu bewältigen war.

Sicher mehr als die Hälfte der Säumer waren Innerschweizer, die Sprinz geladen hatten, einen Käse, der in Mailand sehr begehrt war. Die zogen mit ihrer Ware nicht nach Brig, sondern über den Griespass. Dies, um ihren Käse ohne Zwischenhandel direkt vor Ort zu verkaufen.

Das waren hartgesottene Burschen, und ihre grösste Aufmerksamkeit galt gutem Schuhwerk, dessen Pflege nie vernachlässigt sein durfte.

Es herrschte ein reger Verkehr über die Grimsel. Die Zolleinnahmen, die sich daraus ergaben, waren nicht gering. Das meiste davon musste allerdings wieder in den Wegunterhalt und das Schneeschaufeln im Vorsommer gesteckt werden. Immerhin brachte das auch vielen Haslitalern und auch Gommern einen willkommenen Nebenverdienst.

Der Tag zeigte sich von seiner besten Seite. Stahlblauer Himmel. Die Berge ringsum wie frisch gewaschen. Die höchsten davon bereits mit neuem Schnee überzuckert. Nur ganz wenige der Säumer kannten ihre Namen. Eher die Strahler. Die mussten ja wirklich über das Aaremassiv Bescheid wissen, wenn sie erfolgreich sein wollten. Denn zum Beispiel die begehrten Rauchquarze waren nur in grosser Höhe zu finden, so etwa an den

111

Zinggenstöcken, und der Name Amethystkähle deutete darauf hin, dass die Möglichkeit Amethyste zu finden hier gegeben war.

Bis weit hinauf wurden Schafe und Ziegen geweidet, und dort wo nichts mehr wuchs, versuchten eben die Strahler ihr Glück. Verwegene Männer der rauesten Sorte, die manchmal sogar in diesen hohen Bergen die Nächte verbrachten. Nicht selten kam dabei einer zu Tode. Man sagte von ihnen, sie hätten das Kristallfieber, denn trotz allen Gefahren zog es sie immer wieder hinauf.

Die Säumerei war ebenfalls nicht gefahrlos, doch bei etwas Vorsicht liessen sich Unfälle vermeiden. Sie bedeutete Arbeit und Verdienst. Ob die Männer aber, die zum Teil schon hundert Mal über den Pass unterwegs waren, die traumhafte Aussicht noch wahrnahmen ist nicht so sicher. Hingegen Matthias, der noch nicht oft oben auf dem Pass war, lachte das Herz.

So blau wie der Himmel, so blau war auch der Totensee. Die weissen Riesen spiegelten sich darin. Gerne hätte er ihre Namen gewusst. Die markantesten konnte ihm ein älterer Säumer, der neben ihm herschritt, erklären. So sah man im Osten das Furkahorn, den Galenstock, den Rohnegletscher, auch das Nägelisgrätli und die Gerstenhörner. Im Süden das Mittaghorn, den Griespass und das Blinnenhorn. Weiter unten im Wallis sehe man die Mischabelgruppe und sogar das Matterhorn, erklärte der Mann. Der Nächste im Westen sei das Siedelhorn. Unten sei der Unteraargletscher. Der hohe Berg, der zuhinterst alles überrage, sei das Oberaarhorn, und über dem Unteraargletscher sehe man den Brunberg. Viel mehr wusste der Mann auch nicht. Wenigstens war es einer, der sich an dieser schönen Aussicht noch freuen konnte.

Etwa tausend Ellen vom Pass aus stieg der Weg noch leicht an, bevor er langsam gegen das Goms abfiel. Der Saumweg war hier gut angelegt, mehr über Moore und Alpweiden als über Felsen und Steine. Das war sowohl für die Saumtiere wie auch für die Männer fast wie eine Erlösung. Weiter unten

112

wurde das Gelände wieder steiler, und es galt noch viele Richtungsänderungen zu durchmessen, bevor man die fast ebene Talsohle des Goms erreichte. In Obergesteln trennten sich nun die Wege. Die einen zogen Richtung Griespass und die andern in Richtung Brig. Auch wurden hier die Zölle für das Goms erhoben.

Die meisten Säumer gönnten sich hier eine Rast bevor sie weiterzogen. Auch Matthias und seine Helfer nahmen in einem Gasthaus eine kleine Zwischenverpflegung zu sich.

Nun hiess es aber weiter, wollte man Brig noch vor dem Abend erreichen. Noch stand ein Marsch von mindestens acht Stunden bevor.

40

Das Goms unterschied sich erheblich vom Haslital. Die Talsohle war viel breiter und im Gegensatz zur Berner Seite wuchs hier sogar Getreide. Auch waren die Hänge soweit als möglich mit allerlei Gemüse und Kartoffeln bepflanzt. Allerdings waren die Parzellen sehr klein. Weiter unten sah man sogar Kirsch- und Obstbäume.

Es dunkelte bereits, als Matthias mit seiner kleinen Karawane in Brig eintraf. Schon von weitem hatten sie den imposanten Stockalperpalast gesehen. Welcher mächtige Herr musste den wohl erbaut haben? Vorerst passierten sie ein paar einfache von der Sonne gebräunte Holzhäuser, bevor sie vor einem grossen Gebäude, so einer Art Markthalle, anhielten. Hier herrschte trotz vorgerückter Stunde ein reger Betrieb. Worüber sich Thys wunderte, jedoch nicht aber seine Helfer, die schon öfter hier waren, war, dass man gleich mit den Mulis oder Pferden die Halle betrat. Zunächst beim Eingang befand sich eine Art Marktstand, an dem Getränke, vor allem Wein, Brot und getrocknetes Fleisch oder Wurstwaren erstanden werden konnten. Zwar

113

ein wenig teuer, fand Matthias, doch um den gröbsten Durst und Hunger zu stillen den meisten Säumern willkommen. Dahinter warteten die Händler mehr oder weniger geduldig, bis die Säumer sich verpflegt hatten. Ein Mann sprach sie an, was sie geladen hätten und wies sie dann an die entsprechenden Käufer. Der Mineralienhandel befand sich in der hintersten rechten Ecke. Dort waren Tische aufgestellt, auf denen man seine Ware zur Prüfung auslegen konnte. Direkt von den Maultieren oder Pferden auf die Tische, das ersparte das Herumtragen. Die Stufen und Zapfen von Matthias erregten schon bald grosse Aufmerksamkeit bei den Händlern, aber auch bei Leuten, die sich damit begnügten die Kristalle zu bestaunen. „Ja, das ist gute Ware", meinte ein Händler. „Ihr habt Glück, Kristalle sind zurzeit gesucht in Mailand. Ich biete einen Napoleon für zwei Pfund." „Danke für das Angebot, aber wir wollen noch ein bisschen herumhorchen." Schon bald bot einer einen Napoleon und einen Gulden, und so überboten sich die Händler, und schlussendlich verkaufte Matthias für einen Napoleon und fünfzehn Kronen. Eine schöne Summe für tausend Pfund Kristall! Nur einen Bruchteil dieses Geldes liess sich Thys auszahlen, und für den Rest erhielt er einen Wechsel.

Unterdessen war es spät geworden, Zeit eine Schlafstelle zu suchen. Da gab es drei Möglichkeiten. Da war in erster Linie die Säumertaverne. Viele Säumer verbrachten den Abend und die Nacht dort, besonders die, die etwa ein amouröses Abenteuer suchten. Dort warteten die Damen, die das älteste Gewerbe der Welt betrieben. Andere fanden aber, sie gehörten nicht dort hin. Ihnen war Hurerei vielleicht des Glaubens wegen untersagt, vielleicht waren sie verheiratet oder verlobt oder hatten ganz einfach Hemmungen. Die fanden Unterkunft in Zurbriggens Schlafhaus. Dann war da noch das goldene Lamm. Dort verkehrten eher die Wohlhabenden und Bessergestellten. Dort war es verboten, dafür sorgte die Wirtin, Damen in die sauberen Zimmer zu nehmen. Allerdings gab es dort auch welche, nur die hatten selber Zimmer mit einer Badegelegenheit, waren gut angezogen und sauber und sehr wählerisch mit ihren Freiern und dafür sehr teuer. Wer wirklich ungestört schlafen wollte und genug Geld hatte wählte dieses Haus.

So kam es, dass der Onkel und Vonalmen noch gerne etwas erleben wollten, also die Säumertaverne wählten und Matthias sich für das goldene Lamm entschied. Dort sass er zwar nicht lange allein an einem Tisch. Schon beim Nachtessen setzte sich eine wirklich gutaussehende Dame zu ihm und wusste Matthias sofort in ein Gespräch zu verwickeln. Was sie wollte verstand er schnell, und er musste wirklich sein wildes Pferd zügeln, um der Versuchung zu widerstehen. Er erklärte der jungen Frau aber, er stehe kurz vor der Heirat und möchte seiner Braut nicht untreu werden. Immerhin ein Glas Wein würde er gerne mit ihr trinken. Das taten sie auch, worauf die Dame meinte, da könne man nichts darwider halten und gesellte sich gleich zu einem anderen Herrn, bei dem sie wohl mehr Erfolg hatte.

Gut ausgeruht und nicht allzu früh traf man sich am Morgen wieder in der Markthalle. Es galt nun einzukaufen, denn kein Säumer kehrte ohne Ware ins Haslital oder auch in die Innerschweiz zurück. So kauften sie vor allem Mehl und Kartoffeln, in Guttannen Mangelware. Dazu ein Fässchen roten und ein Fässchen weissen Wein. Da der Onkel und Vonalmen noch ein wenig in Brig zu verweilen wünschten, belud man die Mulis noch nicht. Sie waren in einem grossen Mietstall eingestellt und gut versorgt. Matthias begriff, dass die Zwei, wenn sie schon einmal aus ihrem engen Tal herausgekommen waren, auch noch ein wenig bleiben wollten. Er selber würde aber höchstens noch einmal übernachten. Er könnte sich gewiss einer andern Säumertruppe anschliessen. Ihn zog es nach Hause und zu Barbara. Allerdings, um Tuch für die Aussteuer und für die Hochzeitskleider zu kaufen, dazu nahm er sich Zeit. Einfach war das nicht, vor allem Tuch für den Hochzeitsrock zu kaufen bereitete ihm Schwierigkeiten. „Warte, junger

Mann, ich hole meine Frau, die weiss da besser Bescheid", meinte der Tuchhändler. „Du kannst diesen Mann besser beraten als ich, er braucht Tuch für einen Hochzeitsrock." „Ja, es gibt da Tuch in allen Preislagen vom einfachen Leinen bis hin zu Seide, Samt und Damast."

„Der Preis spielt keine grosse Rolle, ich habe Kristalle verkauft!"

„Ah, ihr seid derjenige, der zurzeit in der Markthalle für das Tagesgespräch sorgt!"

„Wird schon so sein."

„Ist ihre Braut gross oder eher klein?"

„Etwa einen Kopf kleiner als ich."

„Schlank oder eher etwas, sagen wir, kräftig?"

Matthias musste grinsen bei dieser vorsichtig gestellten Frage.

„Sie ist schlank und sehr hübsch."

Nun nahm die Frau einen grossen Bogen Papier und entwarf darauf mit einem Bleistift mit grosser Geschicklichkeit eine Braut in einem wunderbaren Hochzeitskleid.

„Hatten Sie an so etwas gedacht?"

„Fabelhaft, das sieht wirklich gut aus."

„Haben Sie in ihrem Dorf eine Schneiderin, die das nähen könnte?"

„Ich glaube schon."

„Dann suchen wir nun noch den richtigen Stoff aus."

Matthias verstand nicht viel von Tuch, und so vertraute er der Verkäuferin. So geschickt wie die zu sein schien, würde es schon richtig sein.

„Es muss nun noch gut verpackt werden, denn nass werden sollte es nicht, ich schlage vor, damit sie nicht so lange warten müssen, dass sie es am Abend etwa um die sechste Stunde abholen könnten.

Matthias lud nun seinen Onkel und Vonalmen ein zu einem ausgiebigen Mittagessen im goldenen Lamm. Ein gutes Glas Wein dazu durfte auch nicht fehlen. Die Zwei erzählten nicht, was letzte Nacht so alles passiert sei, und

Thys wollte es auch nicht wissen. Anschliessend an das Mittagessen stellte Thys an seine Helfer die Frage, ob er ihnen den Lohn gleich auszahlen solle oder erst zu Hause.

„Gib uns genügend Sackgeld und den Rest daheim. Die Nächte hier sind ziemlich teuer."

„Ich will euch keine Moralpredigten halten, aber ein bisschen Vorsicht wäre immer gut."

„Gilt auch für dich, wir haben gehört, im goldenen Lamm herrschten auch nicht lauter gute Sitten!"

„Da seid nur unbesorgt, ich lasse mich nicht verführen."

„Das täten wir auch nicht, wenn wir zu Hause so ein Mädchen hätten!"

Die Pakete mit dem Tuch nahm er zu sich ins Schlafzimmer. Die Sachen waren ihm zu teuer, um es in der Markthalle zu lassen.

Schon kurz nach dem Mittagessen zogen schwarze Wolken auf. Einer unheimlichen Walze gleich schoben sie sich durch das ganze Tal, und dann begann es zu regnen wie aus Kübeln gegossen. Dazu sank die Temperatur bedenklich tief, und Matthias hatte Angst, es könnte den Pass einschneien, und er würde dann auf unbestimmte Zeit im Wallis blockiert sein. Das wäre das Dümmste, das ihm passieren könnte. Obschon er zeitig sein Schlafgemach aufsuchte, konnte er nicht einschlafen. Dauernd lauschte er dem Regen, der unvermindert weiter prasselte. Selbst das Rauschen der nahen Rotte war so stark, dass man sich beinahe fürchten musste.

So schnell wie das Unwetter gekommen war, so schnell verzog es sich auch wieder. Nur, die Kämme der Berge waren nun mit Schnee bedeckt, und kleine Bäche waren zum Teil zu reissenden Flüssen angeschwollen. Ob wohl der Pass noch offen sei, war die bange Frage, nicht nur von Thys, auch von anderen Säumern. Schon bald aber schien wieder eine wärmende Sonne und erweckte Hoffnung.

Matthias beschloss, vorerst einmal nach Obergesteln zu reisen. Dort würde er schnell erfahren, ob der Pass noch begehbar sei. So belud er schon früh am Morgen sein Muli und verabschiedete sich mit den besten Wünschen von seinen Kameraden. Der Weg war durchwegs nass und teilweise glitschig, aber bei angenehmer Temperatur und Sonnenschein kam er gut vorwärts. So erreichte er am späteren Nachmittag Obergesteln und traf dort auf Säumer, die vom Pass herkamen und zu berichten wussten, es läge zwar Schnee, aber die Grimsel wäre noch gut passierbar. Ein älterer Mann meinte zwar, es hätte sehr viel Schnee in höheren Lagen. Man sollte sich der Lawinen achten.

So stellte Thys sein Muli in den Mietstall. Er hatte ohnehin geplant hier zu übernachten. Denn an einem Tag von Brig aus das Grimselhospitz zu erreichen war kaum möglich. Er leistete sich ein gutes Nachtessen und streckte seine müden Glieder schon bald in einem warmen Bett, ein Luxus, den sich nicht alle Säumer leisten konnten.

Eine ganze Anzahl Säumer hatte ebenfalls hier übernachtet und belud nun wie Matthias ihre Tiere, um rechtzeitig aufzubrechen. Vom Griespass her wehte ein lauer Südwind, der auch für diesen Tag gutes Wetter versprach. So machte man sich auf den Weg. Viele Säumer kannten sich und erzählten sich oft ihre Erlebnisse. Alles in allem eher eine gemütliche Bergfahrt. Sie querten aber Bäche, die stark angeschwollen waren. Daraus liess sich schliessen, dass in höheren Lagen viel Schnee schmolz.

Das unterste Stück des Saumpfades war ziemlich steil und führte im Zickzack den Hang hinauf. Es gab auch manchmal kleine Probleme, wenn man mit Säumern, die talwärts zogen, kreuzen musste, denn der Pfad war schmal und oft war ausweichen nicht möglich. So musste der Vernünftigere oft warten und den andern an einer günstigen Stelle vorbeiziehen lassen. Dies verzögerte natürlich den Anstieg erheblich.

Trotz allem hatte man nun schon ziemlich an Höhe gewonnen, und Matthias war mit seinem Tier an der Stelle angelangt, wo der Pfad fast auf gleicher Höhe bleibend das sogenannte Chietal, einen wüsten Graben durchquert. „Noch durch dieses Tobel, dann sind wir, wenn ich mich richtig erinnere, auf sanfterem Gelände." Was war da los, dass die Tiere auf einmal unruhig wurden. Lammfromme Mulis fingen plötzlich an zu bocken, wollten den Entgegenkommenden nicht Platz machen und waren sichtlich nervös. „Da stimmt etwas nicht", meinte ein älterer Mann, der versuchte, direkt vor Thys sein Muli anzutreiben. Nun befiel die Unruhe auch die Säumer, Es schien als zittere die Luft vor Spannung. Noch bevor man etwas sah, schrie einer: „Da kommt eine Lawine, schnell aus dem Graben!" Und schon hörte man ein unheimliches Donnern, das in unglaublicher Geschwindigkeit näherkam. Die Erde zitterte, und eine unheimliche Druckwelle schoss vorerst talwärts. Männer versuchten verzweifelt, ihre Tiere aus dem Graben zu treiben. Einigen gelang es auch. Andere kamen nicht mehr vorwärts, weil der Pfad durch Mulis und Treiber verstopft war. Zurück, zurück schoss es Matthias durch den Kopf. Er wendete sein Tier, aber schon waren die Schnee und Gesteinsmassen da. Mit lautem Donnern und todbringender Gewalt. Beinahe hätte es Thys geschafft, aber er wurde vom Saum der Lawine erfasst und in Sekundenschnelle in die Tiefe gerissen. Angst hat in so einer Situation keinen Platz. Jedes Lebewesen versucht sich zu retten, wie sich ein Ertrinkender an einen Strohhalm klammert. Nicht an einen Strohhalm klammerte sich Matthias, aber an die Halfter seines Mulis. Das war das Letzte, das er noch empfand, dann schwanden ihm die Sinne.
Tief unten im Graben kam die Lawine zum Stillstand. Ein Gemisch aus Schnee, Steinen und Holz.
Benommen standen diejenigen, die sich gerettet hatten oder den Graben schon vorher durchquert hatten am Rand, blass im Gesicht und kaum zu einer Handlung fähig. Die Katholiken bekreuzigten sich und die andern

brummten ein Unservater. Endlich fragte einer: „Hat jemand gesehen wie viele es erwischt hat?"

„Es waren fünf, ich hab es genau gesehen."

„Was tun wir jetzt?", meinte ein anderer.

„Denen kann niemand mehr helfen, seht euch nur die Steine und das Holz an. Da hat niemand überlebt. Wir würden uns nur unnötig in Gefahr begeben."

„Ich bin auch dieser Meinung. Die werden erst zum Vorschein kommen, wenn im Frühling der Schnee schmilzt."

„Dankt Gott, dass ihr nicht da unten liegt und zieht weiter."

41

In Guttannen blickte manch einer, der seine Angehörigen auf dem Säumerweg wusste, besorgt gegen den Pass und gegen die hohen Berge, die tief verschneit zu sein schienen. So auch Barbara. Doch kamen immer noch Männer, die die Kunde brachten der Pass sei noch begehbar.

Nur, Matthias hatte versprochen, nicht mehr als zweimal in Brig und einmal in Obergesteln zu übernachten. Wenn dem so wäre, müsste er gestern zurückgekommen sein. Allerdings konnte es verschiedene Gründe für eine Verzögerung geben, und Mutter Zumbrunnen riet Barbara, sich nicht unnötig Sorgen zu machen. Dieser wurde es aber zusehends enger um die Brust. Eine sonderbare Angst hatte sie befallen, und so oft sie sich trösten wollte, so oft war dieses Gefühl wieder da. Bis jetzt hatte sie sich nie überlegt, wie aus ihrem Kameraden aus der Kindheit ihr Geliebter geworden war. Unbemerkt hatte er seinen Platz in ihrem Herzen gefunden, und sie konnte sich ein Leben ohne ihn nicht vorstellen. So bat sie in der stillen Kammer, Gott möge Matthias begleiten und vor Gefahren bewahren. Um

Sorgen zu vergessen ist Arbeit das Beste. So schnurrten nach dem Versorgen der Tiere bei Zumbrunnens unermüdlich die Spinnräder.

42

Einen Tag später als erwartet meinte Barbara bekannte Stimmen zu hören und eilte schnell ans Fenster.

Tatsächlich sah sie Sami Gafner und Kurt Vonalmen und vier Packpferde bei Gafners halten, die von Vater Gafner und seiner Frau offenbar begrüsst wurden. Schnell schlüpfte Barbara in eine Jacke und eilte hinaus, um die Ankömmlinge zu begrüssen. „Wo habt ihr Matthias gelassen?", fragte sie und ihre Augen glänzten. Die Zwei schauten sich entsetzt an und erwiderten: „Ist er nicht hier? Er ist einen Tag vor uns aufgebrochen!"

„Nein, er ist noch nicht gekommen", entgegnete Vater Gafner mit sorgenvoller Miene und Böses ahnend. Nun wurden die zwei Säumer blass wie Kreide. Onkel Sami hielt sich an einem Muli fest, sonst wäre er hingefallen, und Kurt Vonalmen schrie es fast hinaus: „Mein Gott, mein Gott, das darf nicht sein." Entsetzt packte ihn Barbara. Sie hätte nicht fragen müssen, sie wusste es schon, sie fühlte es, aber sie rüttelte ihn. „Was habt ihr, was ist geschehen? Sag es mir."

„Matthias ist einen Tag vor uns aufgebrochen!" Immer wieder unterbrach er sich, weil er schluchzen musste. „In Obergesteln sagten Säumer, es wären im Chietal fünf Männer von einer Lawine verschüttet worden, und nun ist Matthias nicht hier. Mein Gott, mein Gott, wie kannst du so etwas zulassen!" Nach dieser Auskunft brach Barbara mit einem Aufschrei ohnmächtig zusammen.

„Könnte es nicht sein, dass Matthias helfen wollte und so zurückgeblieben ist?"

121

„Mach dir keine falschen Hoffnungen." Ein fremder Säumer war zu ihnen getreten. „Ich hab den Lawinenkegel gesehen. Da wäre jede Hilfe zwecklos gewesen!"

So etwas verbreitet sich in einem kleinen Dorf schnell. Schon bald stand die halbe Bevölkerung um Gafners Haus. Frauen trugen Barbara in ihre Kammer, wo sie von der Frau Pfarrer und anderen Frauen betreut wurde. Die beiden Säumer Sami und Kurt brauchten auch Hilfe. Andere entluden die Saumtiere und banden sie in den Stall. Eine Frau brachte die Kunde zu Anna. Anna war gebrechlich und zum Teil bettlägerig geworden. „Armes Kind", sagte sie. „Warum muss das Unglück auch über sie kommen?"

Trauer im ganzen Dorf. Besonders natürlich auch bei Familie Gafner. Einen Sohn zu verlieren ist schwer. Manche Träne floss. Ausgerechnet Matthias, der geachtetste junge Mann von ganz Guttannen. Barbara lag, meist bewacht von Magdalena in ihrem Bett und hatte den Blick mit gläsernen Augen zur Decke gerichtet. Niemand wusste, ob sie bei Sinnen war oder geistesgestört. Wieder einmal strich ihr Frau Zumbrunnen liebevoll über ihre Stirne. Drei Tage hatte sie nun schon bei ihr gewacht. „Armes Kind. Der Herrgott wird dir deine Wunde heilen, und ganz am Ende wirst du Thys wieder finden oben im Himmel. Du musst jetzt etwas essen. Ich habe dir ein Süppchen und etwas Tee gemacht. Probier! Sonst verlieren wir dich auch noch! Komm, setz dich ein bisschen auf." Nun kollerten Tränen über Barbaras Wangen, und sie richtete ihren Blick auf ihre Pflegerin. Jene seufzte leise und dachte bei sich, sie ist doch noch bei Verstand. Sie half ihr, sich ein wenig aufzurichten und flösste ihr wie einem Kind etwas Suppe ein. Dasselbe tat sie mit dem Tee. „So, und nun versuche ein wenig zu schlafen, das wird dir gut tun."

Den Bräutigam und den Sohn jenseits der Grimsel in einem Lawinenkegel zu wissen, der die Leichen sicher erst im Frühling freigeben würde, tat besonders weh. Manchmal ist es aber der Schmerz, der heilt. Barbara war eine starke Frau und sass auch wieder am Spinnrad. Doch alle vermissten ihr frohes Lachen und ihr munteres Plaudern. Manchmal, wenn sie nachts doch ein wenig schlafen konnte, träumte sie, sie sässe mit Matthias oben in der Trift auf der Bank vor der Hütte. Es war ihr, als spürte sie seinen Atem und seine Wärme. Für sie ein wunderschöner Traum. Wenn nur das Erwachen nicht wäre. Mit der Zeit träumte sie diesen Traum mit offenen Augen weiter. Wenn er am Ende überlebt hätte? Und jetzt im Goms eingeschneit wäre. Der Pass war ja nun geschlossen.

43

Langsam, ganz langsam begann sein Gehirn wieder zu arbeiten. Allerdings drehte sich alles in seinem Kopf, und es war ihm nicht bewusst wo er war und was geschehen war. Immerhin begann Matthias wieder zu denken. Nach einiger Zeit fühlte er auch heftige Schmerzen. Ganz als wäre es ein Traum, erinnerte er sich daran, wie ihn die Lawine mitgerissen und er sich an das Muli geklammert hatte. War das nun die Hölle, in der er wegen seiner Undankbarkeit gelandet war? Sicher war es die Hölle. Wenn er auch noch lebte, würde er hier langsam zu Tode kommen. Besser wäre, es würde nicht zu lange dauern. Er hatte keine Hoffnung, sich befreien zu können. Allerdings musste er sich in einem Hohlraum befinden. Er konnte atmen und tief unter sich hörte er Wasser rauschen. Den Oberkörper und die Arme konnte er sogar bewegen, aber die Beine waren eingeklemmt und das eine schmerzte furchtbar. Allmählich konnte er ertasten, dass er unter dem Muli lag. Er fühlte seine Vorderbeine, und es gab sogar noch ein wenig Wärme ab. Allmählich überdachte er seine Situation. Immerhin sollte er versuchen sich zu befreien, schon wegen Barbara. Es schien ihm aber hoffnungslos. Auch fehlten ihm die Kraft und der Mut. Zwar versuchte er seine Beine freizubekommen, aber es gelang ihm nicht, und dazu tat es höllisch weh. Es wurde auch merklich kühler, weil der tote Körper des Mulis langsam die Wärme verlor. Er wollte die Hoffnung und den Versuch sich zu befreien schon aufgeben, da gewahrte er über ihm einen hellen Flecken im Schnee, der sein eisiges Grab sogar ganz schwach beleuchtete. Das gab ihm nun Mut. Hätte er nur ein Werkzeug, um in diesem steinharten Schnee zu graben! Die Beine müsste er vor allem freibekommen. Daran zu ziehen gab er schnell auf, denn es bereitete ihm grosse Schmerzen, vor allem das linke Bein. Immerhin bedeutete Schmerzen auch Leben. Trotz allem versuchte er es erneut, und als er bemerkte, dass er sein rechtes Bein ein wenig bewegen konnte, hatte er plötzlich Hoffnung. Hätte er nur ein Werkzeug, mit dem er in diesem steinharten Schnee graben könnte! Er tastete nach seiner linken Hüfte. Vielleicht war sein Säbel seine Waffe, die jeder Säumer mit sich führte, um Banditen und Räuber abzuschrecken, noch vorhanden. Sie war da, liess sich aber nicht aus der Scheide ziehen. Immer wieder versuchte er daran zu rütteln, und allmählich bekam er ihn doch frei. Die Anstrengung bescherte ihm aber heftige Kopfschmerzen, so dass er dazwischen immer wieder ausruhen musste. Er müsste zuerst versuchen seine Beine frei zu kriegen. Da er tief unter sich Wasser rauschen hörte, vermutete er, dass sich unter ihm ein Hohlraum befinden musste, durch den vielleicht der abgegrabene Schnee in den Bach fallen würde. So begann er vorsichtig, vorerst sein rechtes Bein freizulegen. Die Eisklötze die er mit seinem Säbel absprengen konnte waren zwar klein, nicht viel grösser als ein Taler. Er hörte sie aber hinunterrollen und im Wasser aufklatschen. Das gab ihm Hoffnung. Das Gefühl für die Zeit hatte er verloren. Es mussten wohl Stunden vergangen sein, doch endlich war sein rechtes Bein frei. Es schien auch nicht gebrochen zu sein, hatte aber wohl ein paar Fleischwunden. Nun aber wurde die helle Stelle über ihm zusehend dunkler. Wahrscheinlich, er vermutete es, sei es Abend geworden. Trotzdem beschloss er aber weiter zu graben. Um sein eingeklemmtes Bein nicht zusätzlich zu verletzen, tastete er die Stelle, an der er sein Werkzeug ansetzen wollte immer zuerst mit der linken Hand ab. Um ihn war nun totale Finsternis. Das würde eine lange Nacht, doch auch die ging vorbei. Sein bescheidenes Licht begann wieder zu leuchten, und er sah wieder ganz schwach die Umrisse seines Gefängnisses. Allmählich kriegte er auch Hunger. Da wäre ja Fleisch vorhanden, dachte er bei sich. In seinem Hosensack fand er sein Messer. Mit ihm löste er am Maultier ein Stück Haut ab und schnitt darunter dünne Streifen Fleisch, die er nun kaute. Eine karge Mahlzeit, aber genug zum Überleben. Sein linkes Bein steckte immer noch fest, es schien ihm aber möglich, es doch noch frei zu bekommen. So arbeitete er weiter. Es war nicht nur im steinharten Schnee gefangen, es schien ihm auch noch unter einem Stück Holz eingeklemmt zu sein. Immerhin musste das Blut noch zirkulieren, dachte er, sonst würde es ihn ja nicht mehr schmerzen. Ein wenig Glück im Unglück hatte er nun auch noch. Ein grösseres Stück Eis brach ab und kollerte offenbar durch den vorhandenen Hohlraum in den Bach. Sofort merkte er, dass nun das Bein nicht mehr so fest sass, und nach etwa einer Stunde war es frei.

Wie nun weiter? Über sich sah er die helle Stelle im Schnee, aber wie er sie erreichen könnte, wusste er noch nicht. Es war zwar offensichtlich ein enger Kanal zwischen zwei Holzstücken vorhanden, aber zum Durchschlüpfen zu eng. Einmal mehr tastete er alles ab und merkte plötzlich, dass unten gar nicht Holz war, sondern etwas aus Fell und Fleisch. Ein Bein seines Mulis! Er musste das Bein abtrennen und versuchen, es in den Bach zu stossen. Den Knochen konnte er sicher nicht durchtrennen. Er musste ein Gelenk finden. Glücklicherweise hatte er schon öfter geholfen ein Tier zu schlachten. Er fand auch eine Stelle, die ihm geeignet schien. Das Fleisch war auch nicht sonderlich hart gefroren und sein Ansinnen gelang. Nun müsste er sich hinaufziehen können. Irgendwo müsste er etwas finden, um sich daran zu halten. Das fand er. Ein Aststummel ragte in den Hohlraum, der fast wie ein

125

Kamin zu der hellen Stelle führte. Den erreichte er mit seinen Händen. Sich daran hochzuziehen und sein offenbar gebrochenes Bein nachzuziehen bereitete ihm grosse Schmerzen. Dazu musste er versuchen mit seinem anderen Bein einen Halt zu suchen. Sonst würde er ja immer wieder zurück rutschen. Endlich gelang auch das, und er erreichte mit seinem Säbel die helle Stelle und stiess ihn fest dagegen. O Wunder, er sah den blauen Himmel. Schnell hatte er nun das Schlupfloch vergrössert und unter grossen Schmerzen und letzter Kraft konnte er sich aus dem eisigen Grab befreien. Geblendet und total benommen fand er sich in einer halben Elle tiefem Neuschnee. Das nahm er noch wahr, aber dann wurde es schwarz vor seinen Augen und er fiel in Ohnmacht.

Als er wieder erwachte, sah er unter sich einen steilen, mit allerlei Buschwerk bewachsenen Hang. Dazu stellte er fest, dass er am Rande des Lawinenkegels war. Die Sonne stand schon etwas tief. Er musste sich schnell retten, denn eine Nacht im Freien wäre wahrscheinlich der sichere Tod. Es war ihm sofort klar, dass er nicht aufrecht gehen konnte. Er musste versuchen abzurutschen. Unten im Tal sah er Häuser. Wenn er die erreichen könnte! Den Kopf talwärts, so konnte er sein gebrochenes Bein nachschleppen. Er bewältigte zwar ein gutes Stück, aber seine Schmerzen waren so gross, dass er wieder das Bewusstsein verlor.

44

Bei einem braunen Holzhaus am Dorfrand von Obergesteln hackte Gottfried Zimmermann Brennholz. Ohne grosse Eile. Wozu auch. Der Winter war lang im Goms, und er hatte Zeit, viel Zeit! So legte er gerade seine Axt auf den Scheitstock und stopfte sich seine Tabakpfeife.

Dazu betrachtete er den von der Abendsonne beschienenen Südhang. Manchmal sah er dort etwa eine Gämse oder sogar einen Hirsch. Was Teufels kam dort Merkwürdiges heruntergekrochen? Ein verletztes Tier? Immer ein paar Ellen und dann lag es wieder still. „Mein Gott, das ist ja ein Mensch. Hanna komm, sieh dir das an. Da hat sich offenbar einer aus der Lawine befreit." Seine Frau trat zu ihm. „Tatsächlich!"

„Wir müssen helfen!"

„Ach, was willst du, der macht's nicht mehr lange!"

„Wir sind Christenmenschen, ich lebte auch nicht mehr, wenn mir die Walser in Morasco nicht geholfen hätten!"

„Ich meine nur, wir hätten sonst noch genug Sorgen!"

„Sag was du willst, ich nehme den Schlitten und hole ihn."

Gerade trat der Nachbar aus der Stalltüre. Dem rief er zu: „Hast du das gesehen? Da hat sich einer aus der Lawine befreit!"

„Tatsächlich, ich helfe dir, wir müssen ihn herunterholen!"

Am besten eignete sich dazu der altbewährte Hornschlitten. Immerhin brachte das Unterfangen die beiden Männer zum Schwitzen, denn der Hang war steil, und es dauerte doch fast eine halbe Stunde, bis sie den Verunglückten erreicht hatten.

„Atmet er noch?", war die bange Frage.

„Ja, er atmet!", die Antwort.

Vorsichtig hoben sie den Bewusstlosen auf den Schlitten und sicherten ihn mit einem Seil. Zum Hinunterfahren mussten sie eher bremsen als ziehen, aber Bergler sind ausserordentlich geschickt im Umgang mit diesem Gerät.

Unten beim Haus warteten bereits Hanna und ihre Nachbarin. Nicht weil sie gross helfen wollten, mehr aus Neugier.

„Der stinkt ja zum Himmel!", rief Frau Zimmermann, und die Nachbarin hielt sich die Nase zu.

„Der kommt mir so nicht ins Haus!"

„Nein, aber wir ziehen den Schlitten in den Stall, dort ist es warm. Wir decken ihn zu mit Pferdedecken, und dann hole ich den Bader. Ich nehme das Pferd und den Schlitten."

„Wer wird wohl unsere Auslagen bezahlen, der Bader kommt sicher nicht umsonst", brummte Hanna.

Der Bader molk zwar gerade seine Kuh, zögerte aber sonst nicht lange, ergriff die Tasche mit seinen Instrumenten, schlüpfte in eine Jacke und sass auf. Der Mann genoss einen guten Ruf. Arzt war er zwar nicht, aber er hatte zwei Jahre im Heer von Napoleon gedient und war dort dem Regimentsarzt als Helfer zugeteilt. Dort hatte er viel gelernt und kaum eine Verletzung gab es, die er auf den Schlachtfeldern nicht erlebt und nach Möglichkeit behandelt hatte. Oft selbstständig, ohne den Regimentsarzt, der dauernd überlastet war.

Ohne Umschweifen besah er sich den Patienten.

„Wir brauchen warmes Wasser, um ihn vorerst zu waschen. Frauen an die Arbeit."

„Soweit haben wir schon gedacht", erwiderten diese, „es kocht bereits."

„Ausziehen. Ich glaube, die Kleider kann man gleich verbrennen."

„Ja, aber die Taschen wollen wir noch vorher durchsuchen." Keine angenehme Sache, denn alles war verklebt.

„Hier ist ein Lederbeutel, ziemlich schwer."

„Öffne ihn doch!"

„Mein Gott, da sind Goldmünzen drin!"

„Komm, schütte sie da auf das Stallbänklein!"

„Es sind dreissig Napoleon und einige Kronen!"

„Lasst euch nicht gelüsten", meinte der Bader. „Das Geld gehört diesem Mann oder wenn er stirbt seinen Erben. Wir wollen uns nicht versündigen. Der Mann wird unsere Auslagen schon bezahlen. Ich vermute, er ist reich, sonst würde er nicht so viel Geld mit sich herumtragen.

Die meisten Säumer lassen sich nicht den ganzen Betrag bar auszahlen. Es könnte sein, dass er noch irgendwo einen Wechsel hat. Habt ihr seine Kutte schon durchsucht?"

„Tatsächlich, hier ist etwas in weiches Leder gehüllt."

„So sieh nach, pack es aus!"

„Es ist ein Blatt Papier mit einem Namen und Zahlen drauf, liess du es Gottfried, ich kann nicht lesen."

„Es ist ein Wechsel und er gehört einem Matthias Gafner aus Guttannen. Da ist eine Zahl. Mein Gott, kann das sein? Fünfhundert Napoleon ist da aufgeschrieben."

„Zeig her!" Es war der Bader, dessen Interessen nun auch geweckt waren.

„Tatsächlich, es ist ein reicher Mann. Ich habe schon von ihm gehört. Er soll eine grosse Kristallkluft gefunden haben."

Nun war Hanna Zimmermann plötzlich eine ganz andere geworden. Hatte sie bis jetzt alle Handreichungen widerwillig erledigt, konnte sie nun ihre Hilfe fast nicht mehr genug anbieten. Sie sah nun lauter Vorteile darin, diesen jungen Verunglückten zu beherbergen.

Matthias hatte für einen Augenblick die Augen aufgeschlagen. Verschwommen nahm er Menschen und Tiere wahr, dachte kurz, er sei nun gerettet, bevor ihm die Sinne wieder schwanden.

Der Bader hatte nun einen Bottich voll warmen Wassers erhalten und den Mann sorgfältig gereinigt und abgetrocknet. Danach nahm er aus seiner Tasche eine Flasche mit einer Flüssigkeit und reinigte damit die offenen Wunden. Dabei brummte er, das linke Bein sei gebrochen er hoffe aber, er könne es flicken. Wenn nicht, müsste er es amputieren.

„Vorerst muss ich es zurechtdrehen und ruhig stellen. Eingipsen darf ich es noch nicht. Zuerst müssen die offenen Wunden etwas ausheilen. Daneben gefällt mir sein Zustand nicht so recht. Ich nehme an, er wird eine Lungenentzündung kriegen. Frau Zimmermann, hier hast du einen Beutel mit Tee. Brüh einen Krug voll an. Wir wollen sehen, ob wir ihm etwas davon einflössen können.

Nun verband der Bader seine Wunden, und anschliessend versuchte er das Bein zurechtzudrehen. Dabei stöhnte Matthias laut auf, doch zum Bewusstsein kam er nicht.

„So, ich glaube, so passen die Knochen wieder aufeinander. Jetzt fixiere ich das Bein. Er darf es nicht bewegen. Man könnte ihn vorläufig hier im Stall lassen aber gut zudecken und gebt ihm wenigstens ein Kopfkissen."

Unterdessen war auch der Tee zubereitet. Mit einem Löffel versuchte der Bader ihm davon einzuflössen, was ihm halbwegs gelang.

„So, ich komme morgen wieder. Ich bringe ein Feldbett mit einem Loch, damit er sein Geschäft im Liegen verrichten kann. Ein Kübel mit Sägespänen werdet ihr wohl auftreiben können. Ich werde mein eigenes Pferd und den Schlitten nehmen. Behüte euch Gott."

45

Es war finsterste Nacht als Matthias Gafner endlich sein Bewusstsein wieder erlangte. Wo war er? Was war mit ihm geschehen? Er hörte ein Kalb blöken. Stroh raschelte, ein Pferd wieherte leise. Also war er in einem Stall. Er hatte warm und trotzdem einen Schüttelfrost. Sein Bein schmerzte eher mässig, aber er empfand einen Schmerz auf der Brust, und das Atmen bereitete ihm Mühe. Offenbar hatte man ihn zusammengelesen und in diesen Stall gebracht. Gott, die müssen mich zu Hause für tot halten, fuhr es ihm durch den Kopf. Hoffentlich würde Barbara nicht sterben vor Kummer. Er schlief wieder ein und träumte immer wieder, Barbara trage ein schönes Hochzeitskleid und warte vor der Kirche auf ihn.

Hanna Zimmermann konnte in dieser Nacht den Schlaf auch nicht finden. Hatten sie am Ende einen Goldesel im Stall. Hoffentlich würden sie ihn durchbringen. Dafür betetet sie einen Rosenkranz, derweil ihr Mann selig schlief.

Der Bader fuhr am Morgen schon frühzeitig mit seinem Schlitten vor. Man möge ihm das Pferd ausspannen und in den Stall stellen, rief er. Danach begab er sich sofort zu seinem Patienten. Der war zu seiner Freude ansprechbar, nur leider, was er vermutet hatte war eingetroffen. Der hatte eine Lungenentzündung.

„Kopf hoch, junger Mann, das kriegen wir schon hin. Aber du musst kämpfen. Vorerst müssen wir nun das Bein versorgen. Ich habe Gips bei mir, nur rundum eingipsen darf ich es noch nicht. Ich muss die Wunden überwachen können. Aber ich mache dir eine Schale. Die wird dir dein Bein ruhig halten. Nur aufstehen kannst du so nicht."

Gottfried und Hanna Zimmermann schauten dem Bader nun interessiert zu, wie er lange Tuchstreifen durch den Gips zog, anschliessend in warmes Wasser legte und so um das Bein von Matthias eine passgenaue Schale formte. Oben offen. Das Bein könnte entzünden, die Wunden könnten eitern, und wenn es total eingegipst wäre, könnte es sogar absterben. Als dies geschehen war, befahl der Bader man wolle nun den Mann vorsichtig auf das Feldbett legen und ins Haus tragen. Ob sie eine freie Kammer hätten.

„Ja, das haben wir. Unser Sohn hat Handgeld genommen und wird wohl vorläufig nicht zurückkehren." So trug man nun das Feldbett in dessen Kammer, wo der Medizinmann seine offenen Wunden behandelte.

„Nun zu der Lungenentzündung. Die wird die Heilung nicht begünstigen. Es ist wichtig, dass er viel von diesem Tee trinkt. Drei Löffel davon angebrüht mit einem Liter Wasser. Täglich mindestens zehnmal eine Tasse voll. Daneben von diesem Öl auf die Brust und mit einem Tuch abdecken. Er sollte langsam auch wieder ein wenig essen. Hafersuppe wäre gut. Mehr kann ich im Moment nicht tun. Ich schaue morgen wieder vorbei."

Am zweiten Tag kam der Bader erst um die Mittagszeit.

„Das Bein gefällt mir nicht schlecht, aber der Mann hat Fieber. Eine Lungenentzündung nimmt während sieben Tagen zu. Wenn er die überlebt ist er gerettet. Er hat nun Fieber. Lüftet die Kammer gut, und gebt ihm ja genügend Tee. Die Auflage auf der Brust solltet ihr dreimal am Tage erneuern. Der Mann hat ein starkes Herz. Ich glaube, er wird durchkommen."

„Wie geht es dir?", wollte der Arzt am dritten Tag wissen.

„Ich habe Sorgen. In Guttannen werden alle glauben, ich sei tot. Wenn man sie nur benachrichtigen könnte!"

„Da kann ich dir leider nicht helfen. Der Pass ist ja geschlossen, und die Postreiter kommen meist den ganzen Winter nicht ins Goms. Dazu käme ein Brief höchstens bis nach Meiringen, weil Guttannen ja sowieso von der Umwelt abgeschnitten sein wird. In Brig hätte es einen Telegraphen, aber es herrscht im Goms grosse Lawinengefahr und so wird niemand nach Brig gehen wollen. Dazu hat Guttannen sicher keinen Telegraphen. Es nützt alles nichts. Es kann vier Monate dauern, bis du deine Angehörigen erreichen kannst. Die Freude wird ja umso grösser sein, wenn der Totgeglaubte zurückkehrt."

„Mein Gott, was wird Barbara leiden und auch meine Eltern und der Ätti." Das war seine grösste Sorge, nur ändern konnte er nichts daran.

Der Arzt, so nannte ihn Thys, liess ihn wissen, dass er nun nicht mehr alle Tage vorbeikommen werde. Die Schmerzen der Lungenentzündung würden noch etwa vier Tage zunehmen. Wenn er hohes Fieber habe, solle ihm Hanna ein feuchtes Tuch auf die Stirne legen und immer viel Tee trinken. Das sei das Wichtigste. Wenn er die nächsten vier Tage überlebe, was er fest glaube, sei er gerettet. Nur müsse er sich danach noch genügend lang erholen, sonst könnte er einen bleibenden Schaden davontragen.

Tatsächlich nahm nun das Stechen auf der Brust ständig zu und auch die Atemnot. Dazu bekam er hohes Fieber, und wenn er manchmal doch einschlief, hatte er schreckliche Träume, und Hanna sagte ihm, dass er im Schlaf schreie und manchmal tobe. Der vierte Tag ging vorbei und Matthias war noch am Leben. Nun sah auch der Bader wieder nach ihm. Der war vor allem auch mit seinem Bein zufrieden. Etwa in einer Woche werde er es rundum eingipsen. Danach könnte er in ein paar Tagen vorsichtig aufstehen. Natürlich brauche er Krücken. Nun hätte er noch ein Anliegen. Er habe auch seine Sorgen. Ob er für seine Aufwendung aus seinem Ledersäcklein einen Napoleon nehmen dürfte?

„Nimm meinetwegen zwei, du hast es redlich verdient."

Hanna hatte es gehört und freute sich, einen so grosszügigen Mann betreuen zu dürfen. Sicher würde er gegenüber ihr auch nicht knauserig sein.

Matthias begann auch wieder zu essen und kam zusehends zu Kräften, aber auch sein Kummer wurde immer grösser. Könnte er doch nur Barbara und seinen Angehörigen mitteilen, dass er am Leben sei! Das schien jedoch unmöglich zu sein, und er musste sich damit abfinden. Dafür sollte er seinen Rettern und Pflegern danken und vor allem für ihre Hilfe entschädigen. So rief er Hanna zu sich und fragte sie, ob zwei Napoleon pro Woche für seine Pflege und das Essen genügen würden? Das sei mehr als genug, meinte diese und strahlte über das ganze Gesicht.

Wie versprochen kam der Bader nach einer Woche und versorgte das Bein endgültig in einem Gipsverband. Nach etwa fünf Tagen könne er vorsichtig aufstehen, meinte er.

46

Josef Zummbrunnen war kränklich geworden und konnte die anstehenden Arbeiten nur noch mit Mühe erledigen. Maria seufzte oft und dachte dabei, er habe halt das Alter erreicht. Es wäre nun Zeit, Barbara aufzuklären, aber um ihren Betrieb weiter zu führen, brauchte sie einen Mann, und ihr Geliebter lag im Goms unter einer Lawine. Konnte sie zur grossen Trauer, unter der das Mädchen litt, ihr offenbaren, sie sei ihr Grosskind? Sollten sie ihr jetzt sagen, dass ihr Heimwesen einmal ihr gehören werde? Dass ihr verunglückter Sohn sich an ihrer Mutter derart versündigt habe? Sie fand den Mut vorläufig nicht dazu.

Barbara half im Stall so gut sie nur konnte, tränkte die Kälber, striegelte die Maultiere und das Pferd, mistete sogar den Kühen und doch blieb einiges liegen, so dass man endlich beschloss, einen weiteren Knecht anzustellen. Die Wahl fiel auf Kurt Vonalmen den Burschen, der zuletzt Matthias ins Wallis begleitet hatte. Es sei ein angenehmer und fleissiger Bursche, hiess es im Dorf. Zuhause war er neben seinen zwei älteren Brüdern fast überzählig und war auch sofort bereit diese Stelle anzutreten.

Kurt erwies sich als ein Bursche, der sich nicht vor der Arbeit scheute. Niemand musste ihm befehlen. Alles ging ihm leicht von der Hand, und schon sass Barbara wieder vermehrt am Spinnrad. Allerdings die Kälber tränken war ihre liebste Arbeit und die verrichtete sie weiterhin. Verstohlen beobachtete sie Kurt dabei und dachte, das sei das schönste Mädchen unter dem Himmel. Wenn sie nur nicht in Trauer wäre. Besonders die grossen, traurigen Augen hatten es ihm angetan. Natürlich war jetzt nicht der Zeitpunkt um sie zu werben. Das wäre das Dümmste das er tun könnte, dachte er. Jedoch wollte er sich von seiner besten Seite zeigen. Irgendeinmal würde sie ihren Schmerz verwunden haben, und dann wäre vielleicht seine Zeit gekommen.

Vater Zumbrunnens Zustand verschlechterte sich von Tag zu Tag. Er wurde bettlägerig und hätte gerne die Sache mit dem Hof und Barbara geregelt. Er

bat seine Frau, Barbara doch nun aufzuklären. So schnell konnte sich Maria
aber nicht dazu entschliessen. Würde sie die richtigen Worte finden? Würde
sie Barbara erneut in Trauer stürzen?

47

In Obergesteln, beim Ehepaar Zimmermann erholte sich Matthias
zusehends. Schon humpelte er täglich ein wenig herum und dachte daran
sich schon bald nützlich zu machen. Holz hacken wäre sicher eine Arbeit für
mich, dachte er bei sich. Hanna meinte aber, er solle sich nur noch ein wenig
schonen, nicht dass die Mühe des Baders plötzlich umsonst gewesen wäre.

Vieles war anders hier und für einen Reformierten ungewohnt. Das merkte
Thys schon beim langen Gebet vor jeder Mahlzeit: Gegrüsset seist du Maria
voller Gnaden. Am Sonntag lud ihn auch niemand ein den Gottesdienst zu
besuchen, nicht etwa, weil er dadurch ihre Kirche entweiht hätte. Der Grund
war ein anderer. Die Gommer versteckten ihre Mädchen vor den Bernern,
aber in der Kirche wäre er, weil ja alle den Gottesdienst besuchen mussten,
auf sie getroffen. Das musste zwingend verhindert werden, denn einmal
hatte so ein Reformierter einfach ein Mädchen entführt und war nie mehr
mit ihr zurückgekehrt. Vor ihm wären die allerdings sicher, denn er hatte
jenseits des Passes seine Barbara, seine Verlobte, und liess das Hanna auch
wissen.

Endlich war er nun soweit, dass er für kurze Zeit Brennholz hacken konnte.
Das lenkte ihn wenigstens ein wenig ab von trüben Gedanken, die ihn sonst
fast Tag und Nacht verfolgten. Hoffentlich würde Barbara nicht sterben vor
Kummer.

Allmählich merkte er auch, dass Zimmermann trotz seiner einfachen
Behausung kein armer Mann sein konnte. Neben dem Wohnhaus befand sich

135

eine lange Scheune, in der Gottfried viel Zeit verbrachte. Als nun Matthias allmählich seinem Bein so viel zutrauen konnte, stach ihn die Neugier und er humpelte hinüber zu dem Nebengebäude. Er wunderte sich nicht schlecht, als er die Türe öffnete. In einem sauberen ordentlichen Stall standen vier Maultiere, ein Pferd und zwei Kühe. Gottfried Zimmermann, der gerade das Pferd striegelte, lächelte, weil er sah wie Thys grosse Augen machte und erklärte ihm, er sei eben Händler, Fuhrhalter und Säumer. Er handle vor allem mit Käse, der in Mailand sehr gefragt sei. Den bringe er selber über den Griespass nach Italien. Er habe auch ein Käselager drüben im Speicher. Wenn er Treppensteigen könne, könne er es sich einmal ansehen. Dort lagerten mehr als zweihundert Käse, die gepflegt sein wollten. Wenn er wieder einmal richtig auf den Beinen sei, hätte er für ihn Arbeit genug.

Noch bescheidener als Gottfried Zimmermann lebte seine Frau Hanna. Die müsste man unter solchen Umständen schon fast als geizig bezeichnen, dachte Matthias. Aber gegen ihn war sie sehr umsorgt, wohl seit sie bemerkt hatte, dass er auch wohlhabend sei.

So verging Tag um Tag und Woche um Woche. Bald schon erwies sich Matthias eher als guter Knecht denn als Pflegebedürftiger. Er half im Stall und im Käselager, schaufelte den Weg frei und hackte Brennholz. Diese Arbeiten hatte allerdings Zimmermann bis jetzt ohne Knecht bewältigt.

48

Obschon die Leute im Dorf sehr darum besorgt waren, dass zwischen diesem Berner und ihren Mädchen ja kein Kontakt möglich sei, schauten doch jene verstohlen hinter den Vorhängen hervor und bemerkten, was für ein toller Bursche da aus der Lawine gekrochen sei. Besonders einem Mädchen im Nachbarhaus brachte ein Blick auf Thys das Blut fast zum

Kochen! Sicher hätte sie ihm das Fenster aufgemacht, wenn er daran geklopft hätte und das Fenster sich überhaupt hätte öffnen lassen. Davon blieb aber Matthias unberührt. Seine Gedanken waren bei Barbara. Nachts träumte er von ihr und bei Tag manchmal sogar mit offenen Augen.

49

Vater Zumbrunnen wurde von Tag zu Tag schwächer. Er verliess das Bett nur noch, um seine Sache zu verrichten.

„Ich mache es nicht mehr lange", sagte er zu seiner Frau. „Es muss jetzt sein, ich will noch erleben wie Barbara unseren Hof erhält. Du musst sie jetzt aufklären. Sonst tue ich es. Aber von Frau zu Frau wird es sicher besser sein." Nach einer schlaflosen Nacht nahm nun Maria ihr Herz in beide Hände. Alles hatte sie sich gründlich überlegt, aber als es soweit war, kam ihr alles durcheinander. Sie stotterte und fand die richtigen Worte schlecht.

Beide Frauen sassen am Spinnrad.

„Ich muss dir ganz etwas Wichtiges sagen", begann Frau Zummbrunnen. „Unser Bub, Gott möge ihm verzeihen, und seine Strafe hat er wohl erhalten. Er hat sich an deiner Mutter schwer versündigt. Vielleicht hatte er auch zu viel Angst vor seinem Vater."

Nun wurde Barbara leichenblass und begann am ganzen Körper zu zittern. Was, was erzählte da Frau Zummbrunnen.

„Ja, ich kann es dir nicht ersparen. Unser Bub war dein Vater!" Mehr brachte sie nicht mehr hervor. Tränen liefen ihr wie kleine Bäche über die Wangen. Barbara sass geschockt hinter ihrem Spinnrad und konnte nicht glauben, was ihr Maria da erzählt hatte. Hatte sie Fieber? Das konnte doch nicht wahr sein. Endlich fand Frau Zumbrunnen die Sprache wieder. Wir haben es nicht gewusst, aber nach dem grossen Lawinenniedergang, der

137

Pfarrer hat immer unseren Bub angeschaut, als dich und Anna niemand retten wollte, und der ist seinem Blick ausgewichen. Seither hatte mein Mann einen Verdacht und hatte endlich den Pfarrer zu Rede gestellt, der es ja hatte wissen müssen, sonst hätte er dich nicht getauft. Jener hatte deiner sterbenden Mutter gelobt, dass er alles für sich behalten wolle. Mein Mann hat mit dem Pfarrer gesprochen. Er wusste, dass dieser an ein Gelübde gebunden war. Aber er war klug und sagte dem Pfarrer, er müsse nichts verraten. Er stelle ihm nur eine Frage, die er mit Nein beantworten könne. „War unser Bub der Vater von Barbara?" Nein durfte der Pfarrer nicht sagen, also wussten wir Bescheid. Du bist unser Grosskind, und da wir keine anderen nahen Verwandten haben, erbst du unseren ganzen Besitz. So können wir vielleicht die Sünden unseres Sohnes teilweise wieder gutmachen. Dazu freuen wir uns ungemein, dass wir ein Grosskind haben. Nur so hat unser Leben noch einen Sinn.

Das war zu viel für Barbara. Wortlos verliess sie die Stube, begab sich in ihre Kammer, kniete vor dem Bett nieder, drückte den Kopf in die Decke und weine bittere Tränen. So würde sie nun Besitzerin der grössten Liegenschaft von Guttannen und der Mann, dem sie versprochen war, lag im Goms tot unter einer Lawine!

Nach geraumer Zeit öffnete sich die Tür ihrer Kammer, und leise trat Maria herein. Mein Mann verlangt nach dir. Er möchte seinem Grosskind und seiner Erbin die Hand drücken und dir seinen Segen wünschen. Barbara wischte sich die Tränen weg und folgte Frau Zumbrunnen, nun ihrer Grossmutter, völlig benommen.

Zitternd reichte der Grossvater die Hand. „Kannst du unserem Buben verzeihen?" Barbara nickte, Worte fand sie keine.

„Ich mache es nicht mehr lange. Holt den Pfarrer, ich will mit ihm zusammen ein Testament machen, damit alles rechtens ist. Es ist mir ein grosser Trost, wenn ich unseren Hof und alles in den Händen unseres

Grosskindes weiss. Dafür will ich Gott danken, und dir Barbara wünsche ich meinen Segen und alles Gute." Die lange Rede hatte Hans stark angestrengt. Barbara, sichtlich gerührt, drückte ihm die Hand und sagte einfach: „Danke Grossvater."

Schon am Nachmittag erschien der Pfarrer. Zumbrunnen diktierte seinen letzten Willen, und der Pfarrer schrieb alles auf. Es gelang Josef noch, mit zitternder Hand seine Unterschrift unter das Dokument zu setzen. Zwei Tage später schloss er seine Augen für immer.

Die Beerdigung fand unter grosser Teilnahme der Dorfbewohner statt. Zumbrunnen galt ja als ausserordentlich frommer Mann, war Kirchenrat und Chorrichter. Da hatte sich der Pfarrer schon eine ganz gute Lobrede und Predigt einfallen lassen müssen. Wie üblich trafen sich danach die Guttanner zum Leichenmahl im Bären. Nachdem man noch einmal all die guten Taten von Hans Zumbrunnen gelobt und Maria kondoliert hatte, drehte sich nun unter vorgehaltener Hand das Gespräch darum, wer nun wohl diesen Hof erben werde. Natürlich bleibe er ja vorerst im Besitz von Maria. Daran könne niemand rütteln, doch man müsse auch an die Zukunft denken. „Ja, da müsse wohl irgendwo im Gadmental schon jemand sein, der sich die Finger lecke!", meinte einer. „Ja, wenn's ums Erben geht, kommen immer Leute zum Vorschein, die sich vorher keinen Deut um einen gekümmert haben", meinte ein anderer. Barbara, die etwas von den Gesprächen gehört hatte, war froh, dass vorläufig niemand die Wahrheit erfahren hatte.

Zur Trauer um Matthias kam für Barbara noch der Tod von Josef Zumbrunnen. Die dauernde Sorge, wie sie als Frau diesen grossen Landwirtschaftsbetrieb leiten solle, beschäftigte sie Tag und Nacht. Widerstrebend kam sie zur Erkenntnis, dass sie dazu einen Mann haben müsste.

Zurzeit konnte sie sich aber nicht vorstellen, einen anderen Burschen als Matthias zu lieben.

Musste sie ihm nicht auch noch nach dem Tod treu bleiben? Falls er im Himmel sei, müsste es ihn doch sehr traurig stimmen, wenn er sie an der Seite eines anderen sähe. Diese Gedanken liessen sich einfach nicht vertreiben.

Maria Zumbrunnen konnte sich natürlich als Frau gut in Barbaras Zustand versetzen. Sie dachte auch fortwährend daran, wie sie ihr helfen könnte. Sollte sie ihr sagen, sie müsse nun Matthias einfach vergessen. Sie verstehe ihre Trauer, doch die mache ihren Liebsten nicht lebendig. Bei einer Trauung sage der Pfarrer die Worte: „Bis dass der Tod euch scheide." Der Herr habe so entschieden und damit müsse sie sich abfinden. Endlich, sie sassen beide am Spinnrad, fasste sie sich Mut und sprach mit ihr genau mit diesen Worten.

„Du hast Recht, aber ich kann mich immer noch nicht damit abfinden. Manchmal geht mir durch den Kopf, Matthias sei gar nicht tot. Ich weiss, dass es Irrsinn ist. Aber die Gedanken sind einfach da. Daneben weiss ich natürlich, dass ich diese Liegenschaft nie ohne Mann werde bewirtschaften können. Aber vorläufig kann ich mich für keinen entschliessen."

„Such nicht zu weit, ich glaube Kurt wäre ein guter Bursche. Fleissig und anständig."

Barbara hatte wohl gemerkt, dass sie Kurt gefallen würde. Er behandelte sie auch mit grossem Respekt und Anstand ohne sie dabei zu belästigen. Gutaussehend war er auch, das konnte sie nicht abstreiten. Doch so kurz nach dem Unglück konnte sie ihm ihr Herz nicht öffnen. Dass er sie wegen des Hofes begehren würde, konnte nicht sein, denn dass sie die neue Besitzerin sei, konnte er nicht wissen. Das wussten nur der Pfarrer, Maria und sie.

Kurt seinerseits hatte Barbara schon längst in sein Herz geschlossen. Dieses anmutige Wesen, das er täglich betrachten durfte, musste er für sich gewinnen. Zwar wusste er, dass er Geduld haben müsse. Aber irgendeinmal müsste sie doch Matthias vergessen und ihre Trauer überwinden. Er würde bereit sein und ihr alle erdenkliche Liebe schenken. Vorläufig freute er sich an ihrem Anblick, an all ihren körperlichen Vorzügen und ihrem angenehmen Wesen, wenn sie ihm im Stall half und Kälber tränkte.

50

In Obergesteln, wie auch im ganzen Goms war eine Menge Schnee gefallen. Da und dort donnerten Lawinen ins Tal. Glücklicherweise kannte man aber die Züge, und so konnten grössere Schäden vermieden werden. Allerdings wirkten die Dörfer wie im Winterschlaf. Männer begaben sich höchstens vom Wohnteil in den Stall und Frauen zeigten sich überhaupt nicht ausser Haus. Matthias beschäftigte sich etwa mit dem Freischaufeln der Wege zwischen den Häusern oder auch mit Brennholz spalten. Dabei sah er oft die Nachbarstochter verstohlen hinter dem Vorhang herausgucken. Um nicht unfreundlich zu sein, hob er jeweils seine Hand zum Gruss, war dabei aber darauf bedacht, dass es ja niemand sehe.

Dieses Mädchen hatte Träume. Noch nie hatte sie sich zu einem Burschen so hingezogen gefühlt. Nur schon wenn sie ihn irgendwo erblickte, schlug ihr Herz wie wild. Sie wusste ja, dass es eine Todsünde wäre, einen Reformierten zu heiraten. Aber könnte er sich nicht umtaufen lassen? Könnte sie sich nicht von ihm schwängern lassen. Dann müsste er sich umtaufen lassen und sie heiraten. Solche Gedanken gingen ihr täglich und vor allem auch nachts durch den Kopf und raubten ihr den Schlaf. Damit es nicht soweit kommen konnte, dafür sorgte die Mutter!

An den langen Abenden sass Matthias meistens mit Zimmermanns in der warmen Stube. Gottfried hatte viel zu erzählen von seinen Säumer Reisen nach Mailand, und Matthias seinerseits erzählte von Zuhause, von ihrer Alp

Trift, von der Kristallhöhle, die er gefunden hatte und die immer noch nicht fertig ausgebeutet sei. Natürlich erzählte er auch, dass er verlobt sei und seine Braut sich sicher fast zu Tode gräme, weil sie glaube, er sei umgekommen.

„Das ist eine dumme Geschichte, hoffentlich ist sie stark genug, um dies alles zu ertragen", meinte Hanna.

Zimmermann erzählte auch mehr als einmal, die beste Säumer Tour sei jeweils die erste im Frühjahr sobald der Griespass offen sei. Da warteten die Mailänder regelrichtig auf Käse. Nur habe er immer Mühe genug Säumer aufzutreiben, weil doch im Frühjahr die Bauern selber viele Arbeiten zu erledigen hätten.

Er sagte es nicht direkt, aber Matthias verstand den Wink nur zu gut. Etwa so: Wir haben dich gerettet und aufgepäppelt. Als Gegenleistung könntest du mich mit der ersten Säumer Kolonne nach Mailand begleiten. Einerseits hatte er ja Gottfried und Hanna Zimmermann sehr viel zu verdanken und es wäre sogar angebracht, dass er ihnen diesen Dienst erweisen würde, doch Griespass und Grimsel waren meist gleichzeitig wieder begehbar, und er konnte den Tag kaum erwarten, an dem er nach Guttannen zu Barbara und seinen Leuten zurückkehren würde. Da war guter Rat teuer. Fast Tag und Nacht dachte er darüber nach. Wenn er Gottfried Zimmermann nicht nach Mailand begleiten würde, wäre das eine grosse Undankbarkeit und nicht mit seinem Gewissen vereinbar. Aber es würde bedeuten, dass er mindestens drei Wochen später nach Hause zurückkehren könnte. Da dann die Säumerei über die Grimsel längst im Gange war, würde man ihn endgültig für tot halten.

In einer schlaflosen Nacht glaubte er die Lösung gefunden zu haben. Einen Brief musste er schreiben an Barbara und ihn den ersten Säumern, die vom Goms über die Grimsel zogen, mitgeben. Barbara würde dann begreifen,

142

dass er zum Dank für seine Rettung und Pflege Gottfried Zimmermann nach Mailand begleiten musste.

So verstrichen Tage und Wochen. Matthias machte sich nun auch im Stall und im Käselager nützlich. Ende Februar öffnete Frau Holle noch einmal ausgiebig ihre Tore und deckte alles ellenhoch zu mit der nun unliebsamen weissen Pracht. Da gab es wieder zu schaufeln und die Dorfgassen begehbar zu machen.

Die anderen Dorfbewohner grüssten ihn freundlich und es schien ihm, sie wüssten diese Arbeit zu schätzen.

Mitten im Dorf war der Dorfbrunnen, bei dem sich die meisten Leute ihr Wasser holten. Hier galt es besonders viel Schnee wegzuräumen. In Gedanken war Matthias zu Hause bei Barbara, was ihn nicht daran hinderte fleissig zu schaufeln. So kam es, dass er kaum bemerkt hatte, dass des Nachbars Tochter am Brunnen ihren Eimer füllte. Fast wäre er erschrocken. Nicht wegen der jungen Frau, aber wegen ihrem Blick, ihren Augen. So sah wohl ein Mädchen aus, das zu allem bereit wäre. „Die ist in mich verknallt", dachte er bei sich und grüsste sie freundlich. Den Gruss erwiderte sie, aber alles andere blieb ihr im Halse stecken. Was hatte sie sich doch in langen Nächten ausgedacht, was sie diesem Burschen alles sagen wollte, wenn sie ihn einmal aus der Nähe sähe. Wie sie mit ihm in ein Gespräch kommen wolle. Und nun hätte sie Gelegenheit dazu, aber sie zitterte wie ein Espenlaub. Sie glaubte, dieser Matthias, wie sie ihn nannten, müsste sehen wie ihr Herz fast ihre Bluse sprengen wollte. „Wie heisst du eigentlich?", fragte sie Thys.

„Regula", war die knappe Antwort, bevor sie mit hochrotem Kopf ihren Eimer ergriff und mit ihm im Haus verschwand ohne sich noch einmal umzublicken.

„Du weisst, dass daraus nichts werden darf", sagte die Mutter, die sie beobachtet hatte, zu ihr, als sie zurück im Hause war. Das Mädchen gab darauf keine Antwort, sie war ein Trotzkopf!

„Diese Nacht wird die hintere Kuh kalben, wir müssen ihr wachen. Willst du mich dabei ablösen? Du musst nicht, wenn du nicht willst."

„Das wäre mir noch! Selbstverständlich löse ich dich ab, Gottfried. Du musst mir nur sagen wie oft."

„Ich übernehme die erste Wache, und dann lösen wir uns alle drei Stunden ab bis es soweit ist."

„Falls ich nicht erwachen sollte, kommst du mich wecken!"

„Ja, du mich auch."

Matthias brauchte nicht geweckt zu werden, denn er benutzte die Zeit, um an seinem Brief zu schreiben. Nach drei Stunden erschien er im Stall wie abgemacht.

„Sie ist noch nicht ganz so weit", meinte Gottfried, „aber wir werden ihr sicher helfen müssen. Sie trägt ein grosses Kalb. Hol mich sobald du die Beine siehst."

Kaum eine halbe Stunde war vergangen. In Gedanken versunken sass Matthias auf dem Stallbänklein, als ein Knarren der Stalltüre ihn aufschreckte. Mit Entsetzen sah er Regula, eingehüllt in einen Mantel, den Stall betreten, ein Körbchen am Arm.

„Ich habe gesehen, dass du Stallwache hast, und da habe ich gedacht, dass du vielleicht ein Glas Wein und etwas Gesellschaft ertragen könntest."

„Mein Gott, wenn das deine Mutter merkt!"

„Ja, dann erschlägt sie mich, aber das Risiko nehme ich in Kauf."

Sie stellte ihren Korb neben Thys auf das Stallbänklein, entnahm ihm eine Flasche mit Rotwein und einen Becher.

„Hoffentlich bist du mir nicht böse, ich konnte einfach nicht schlafen."

„Böse kann ich dir nicht sein. Bist du in mich verliebt?"

„Ja, sehr!"

„Du weisst, dass daraus nichts werden kann!"

„Ich glaube, da gäbe es schon einen Weg:"

„So, glaubst du?"

„Du könntest dich doch umtaufen lassen!"

„Deine Eltern wären trotzdem nicht einverstanden."

„Es gibt Vorkommnisse, da wird eine Heirat unumgänglich."

Sapperlot, die würde sich von ihm schwängern lassen. Womöglich noch in dieser Nacht. Jetzt müsste er ihr klaren Wein einschenken. Allerdings, es war ein hübsches Mädchen, und seine Sinne regten sich auch dementsprechend.

„Ich will dir nicht wehtun, Regula, aber ich muss dir sagen, dass ich verlobt bin und meine Braut in Guttannen auf mich wartet!"

Nun wischte sich das Mädchen die Tränen ab und blieb für eine Weile stumm. Sie gab sich aber noch nicht geschlagen und meinte, die sei vielleicht unterdessen gestorben vor Kummer oder habe einen andern.

„Hoffentlich nicht, aber wenn dem so wäre, käme ich über die Grimsel und würde dich holen, aber mach dir keine grossen Hoffnungen. Achtung, ich sehe die Beine des Kalbes. Ich muss den Bauern holen. Es ist besser, du gehst nach Hause. Es ist nicht gut, wenn dich jemand sieht."

Zusammen verliessen sie den Stall. Er reichte ihr noch die Hand und wünschte eine gute Nacht.

Ein hübsches Mädchen auf dem Präsentierteller in einem warmen Stall neben einem Haufen sauberem Stroh! Matthias war fast ein wenig stolz, dass er sein Pferd hatte zügeln können. Schnell holte er nun den Bauern. Mit bereitgelegten Stricken zogen sie nun an den Beinen des Kalbes. Sie kamen dabei fast ins Schwitzen, denn es war wie vermutet ein grosses Kalb. Ein Stierkalb. Mit sauberem Stroh rieben sie es trocken und legten es danach vor die Kuh, damit sie es lecken konnte. All diese Arbeit machte Thys keine grosse Mühe, war er doch als Bauersohn schon oft bei der Geburt eines Kalbes dabei gewesen.

Allmählich wurde die Arbeit, die der Lawinenberner, wie sie ihn nannten, im Dorf geschätzt.

Das Misstrauen gegen ihn schwand, nur die Mädchen wurden immer noch vor ihm geschützt, was er eher schmunzelnd zur Kenntnis nahm. Zimmerman empfahl ihm, sich doch einmal bei Marie Heinen zu melden. Das sei eine Wittfrau und hätte wahrscheinlich Hilfe bitter nötig. Das tat er, und nun spaltete er seit Tagen Brennholz für dieses alte, dürre Mütterchen. Ihre fast überschwängliche Dankbarkeit war ihm Lohn genug. Allerdings, das Glas Wein, das sie ihm jeden Abend offerierte, lehnte er nicht ab.

So verging die Zeit, und Matthias begann die Tage zu zählen. Am Abend schrieb er an seinem Brief ausführlich, wie es ihm ergangen sei und wie er sich verpflichtet fühle Gottfried Zimmermann nach Mailand zu begleiten. Er hatte zwar erwogen, bei erster Gelegenheit über die Grimsel nach Hause zu gehen und sofort wieder zurück ins Goms zu kehren. Er verwarf aber diesen Gedanken, weil wohl Zimmermann nicht so lange auf ihn warten würde.

Inzwischen war es April geworden und man begann, die Saumwege freizuschaufeln. Das war eine Arbeit, die durch die Zollbehörde bezahlt wurde und war den Dorfbewohnern ein willkommener Nebenverdienst. Matthias merkte, dass er dabei nicht so sehr willkommen war, weil er dadurch den andern einen Teil ihres Verdienstes weggenommen hätte. Dafür gab es im Dorf Arbeit genug. Der Stallmist musste ausgebracht werden und die kleinen Äcker zum Bepflanzen vorbereitet.

51

In Guttannen verbrachte man den Winter auf ähnliche Weise. Barbara war tagsüber bei Zumbrunnens beschäftigt, schlief aber nachts meistens zu Hause, weil Mutter Anna kränkelte. Zwar stand sie noch täglich auf und verrichtete kleine Hausarbeiten, aber die Ziegen hatte Barbara zu Zumbrunnens in den Stall gebracht, so dass sie mit den andern Tieren versorgt werden konnten. Niemand wusste vorläufig, dass sie eigentlich nun die Bäuerin war. Sie konnte sich auch noch kaum in Gedanken damit abfinden und jedes Mal, wenn ihr einfiel, um diese Liegenschaft zu bewirtschaften, müsste sie einen Mann haben, wurde ihr ganz schwer zumute, und immer wieder befiel sie Trauer.

Kurt Vonalmen erwies Barbara alle nur erdenklichen Gefälligkeiten. Er hatte sich offensichtlich in Barbara verliebt und tat alles, um sich in ein gutes Licht zu rücken. Aus den Gefälligkeiten wurde Werbung. Barbara tat aber so, als merkte sie nichts. Dabei war ihr aber schon oft der Gedanke gekommen, dass es wahrscheinlich doch das Gescheiteste wäre, wenn er ihr Mann würde, doch Liebe empfand sie keine, und solange sie Matthias im Goms tot unter einer Lawine wusste, kam so etwas ohnehin nicht in Frage.

Fast wie im Winterschlaf zeigte sich das Bergdorf. Was andringender Arbeit zu tun war hatte man schon längst erledigt. Lawinen brauchte man einmal nicht zu befürchten. Der Schnee hatte sich gut gesetzt und verfestigt. So verbrachten die Bauern und Säumer die meiste Zeit in den Ställen. Nie waren die Tiere sauberer als in dieser Zeit. Da wurde gestriegelt und gebürstet, man hätte meinen können, es gäbe demnächst einen Schönheitswettbewerb. Oft hatte man auch Zeit für einen Besuch in Nachbars Stall und traf sich so zu einem Schwatz. Einige, die die klirrende Kälte nicht so sehr fürchteten, nahmen den kurzen Weg in Kauf und statteten dem Bären einen Besuch ab. Was gibt es gemütlicheres als eine Pfeife zu rauchen und dazu einen Jass zu klopfen. Neue Nachrichten aus der weiten Welt vernahm man keine. Dafür mussten die Vorkommnisse im Dorf eingehend erörtert werden. Zum Beispiel wollte Studers Hans wissen die Sonnseiten Käte wäre wieder schwanger, oder Schläppis Hund sei gestorben. Ein anderer wusste, dass Gafners beste Kuh Zwillinge erhalten habe. „Nimmt mich Wunder", meldete sich Schlüechter Kobi, „wie es eigentlich weiter gehen soll mit Zumbrunnens Hof. Maria wird ihn niemals allein bewirtschaften können."

„Sie hat immerhin einen guten Knecht."

„Ja ,und eine gute Magd dazu."

„Ich glaube trotzdem nicht, dass sie so weiter Bauern kann, schliesslich ist sie auch schon ziemlich alt."

„Da werden schon irgendwo Erben sein, die es nicht erwarten können, dass sich für Magdalena die Himmelstore öffnen!"

„Du sagst es, du sagst es!", meinte der Hinterhaus Res, der schon wieder ein bisschen über seinen Durst getrunken hatte.

Einer sagte nichts und hing eigenen Gedanken nach, die vorläufig niemand zu wissen brauchte. Adolf Schläppi hiess er und war der zweitgrösste Bauer im Dorf.

Man wechselte nun das Thema. Für Gafners sei es auch schwer, dass der Matthias in einer Lawine umgekommen sei. Dort sei nun auch einer zu wenig, um im Sommer die Trift zu bestossen. Ausgerechnet Matthias musste es treffen. Wäre er doch nur einen Tag länger in Brig geblieben, aber er konnte es nicht erwarten, wieder bei Barbara zu sein. „Ja, es heisst, er habe ihr in Brig noch den Hochzeitsrock gekauft. Die Liebe sei ihm zum Verhängnis geworden", fand man.

In der hintersten Ecke der Gaststube sass ein Mann, den zwar alle kannten, aber ihm lieber nicht zu nahekamen, denn er stank widerlich. Es war der Salpetersieder Emmer, der bei diesen tiefen Temperaturen auch nicht arbeiten konnte. Er hätte dazu viel zu viel Holz verbrannt. Deshalb hatte er sich im Bären eingenistet, nicht gerade zur Freude der Wirtin. Ein eigenwilliger Kauz war er, aber nicht geizig. Das musste er auch nicht sein, denn Salpetersieder verdienten recht gut. Was tat dieser Mann den ganzen Tag? Essen und trinken. Essen wenig und trinken viel. Er pflegte zu sagen, es sei ein Fehler im Schöpfungsplan, dass man das Essen nicht trinken könne. Wenn er wie meistens etwas angetrunken war, glaubte er mehr zu wissen als normale Leute. Er behauptete, er könne in die Zukunft schauen und wahrsagen. So prophezeite er oft Dinge den ängstlichen Leuten die Haare zu Berge steigen liess. Seine Visionen unterstrich er noch mit heftigen Faustschlägen auf den Tisch. Natürlich hatte er das Gespräch der übrigen Gäste mit verfolgt. Nun stand er auf, schlug mit der Faust auf den Tisch und brüllte es fast, sie sollten ja nicht glauben, der junge Gafner sei tot. Er habe ihn gesehen letzte Nacht, wie er drüben im Goms bei einem Mädchen gelegen sei. Der werde zurückkommen und noch einiges durcheinander bringen in Guttannen, da wette er seinen Kopf darauf. So, jetzt wisst ihr es und schlug nach dieser Prophezeiung abermals mit der Faust auf den Tisch.

Die Wirtin schalt ihn einen Esel. Er rede wieder einmal dummes Zeug. Jedermann wisse, dass Matthias tot sei, und Tote müsse man ruhen lassen.

Da goss der Emmer ein Glas Wein hinunter, brummte etwas in seinen Bart hinein und verlangte einen neuen Schoppen.

Die anderen Gäste tippten sich an die Stirne und schüttelten die Köpfe.

Adolf Schläppi hatte kaum zugehört, denn er entwarf in seinem Kopf einen Plan, der darauf abzielte, wie er es anstellen könnte das Zumbrunnen Heimwesen zu ergattern. Vielleicht wenn er der Maria ein Wohnrecht bis zum Lebensende einräumen würde. Viel bieten würde er nicht, aber ihr einreden, es käme ja in gute Hände, und das sei viel wert. Josef wäre sicher auch damit einverstanden, wenn er noch etwas sagen könnte.

Mit diesem Vorschlag ging er schon anderntags zu Frau Zumbrunnen und brachte ihr ein paar Würste von dem Schwein, das sie vor drei Tagen geschlachtet hatten. Natürlich lud ihn Maria ein zu einem Glas Wein Das gab dem Schläppi die Gelegenheit, wie er sie geplant hatte. Sie habe sicher Sorgen, wie sie den Betrieb weiterführen wolle. Er an ihrer Stelle würde sich zur Ruhe setzen und den Hof verkaufen oder verpachten. Käufer würde sie sicher schon finden und wenn nicht, er würde den Hof sofort übernehmen und könnte ihn auch bezahlen.

Das waren deutliche Worte. Maria hatte schon damit gerechnet, dass Schläppi nicht wegen den Würsten gekommen sei. Das hatte dieser Geizkragen bisher ja nie gemacht. Wie sollte sie sich nun verhalten? Früher oder später käme ja doch alles ans Tageslicht, und Schläppi würde sicher nicht der Einzige sein, der ihren Hof begehren würde. Also wäre in diesem Falle die Wahrheit das Beste. Nur hätte sie lieber zuerst Barbara gefragt. Die war allerdings gerade zu Hause bei Anne.

„Wir haben das anders geregelt, Adolf. Niemand hat es bisher gewusst als der Pfarrer und seit einiger Zeit wir. Barbara Zingg ist unser Grosskind, und ihr haben wir alles verschrieben und ich glaube nicht, dass sie dir den Hof verkauft."

Schläppi stand da wie vom Blitz getroffen. Erstens war ihm der Fisch entschlüpft und zweitens raubte ihm diese Neuigkeit den Atem. Es dauerte eine Weile bis er Worte fand, und das waren nur noch wenige. „Damit hat niemand gerechnet. So sei es!" Damit wünschte er einen guten Tag und schlich davon wie ein geschlagener Hund. „Wundert mich nur, dass er die Würste nicht wieder mitgenommen hat!"

Glücklicherweise kam gerade Barbara zurück, so dass sie ihr erzählen konnte was geschehen war. Das war gut so. Es war zwar dem Mädchen peinlich aber nicht zu ändern. Natürlich verbreitete sich diese Kunde wie ein Lauffeuer durch das Dorf. Kein halber Tag war vergangen und jeder wusste Bescheid, auch Kurt Vonalmen. Der dachte aber bei sich, er werde den Unwissenden spielen, denn Barbara sollte nicht glauben, dass er sie wegen des Hofes heiraten möchte. An so etwas hatte er ja auch nie gedacht.

Von nun an betrachteten die Dorfbewohner Barbara aus einer Mischung zwischen Respekt und Neid, und manchmal wurde auch offen darüber diskutiert, wer nun wohl der Glückliche sein würde, der diese reiche Frau ehelichen könnte. Auch dachten einige Abergläubige, nachdem der Emmer gebrüllt hatte, Matthias sei noch am Leben, es könnte doch sein, dass er zurückkäme, wenn der Pass wieder offen wäre.

52

Unterdessen war es März geworden und die Sonne hatte schon die Kraft, an den sonnigen Hängen den Schnee zu schmelzen. Das war die Zeit, in der jede verfügbare Kraft sich mit einer Schaufel bewaffnet, dem Schnee auf dem Saumpfad zu Leibe rückte. Auch hier, wie im Goms war es ein geschätzter Nebenverdienst, der aus den Wegzöllen bezahlt wurde. Ganz ungefährlich war diese Arbeit nicht, denn es war schon vorgekommen, dass an Hängen der Schnee nachgerutscht war und Arbeiter begraben hatte. Die Frauen waren darum besorgt, ihren Männern eine ordentliche Zwischenverpflegung mit auf den Weg zu geben. Meist Tee mit etwas Rotwein, dazu Brot, Speck und Käse. Auch eine Flasche mit einem klaren Wässerchen durfte nicht fehlen und weil es aus Äpfeln gebrannt war, sagten sie jeweils zueinander: „Kommt, wir nehmen noch ein Äpfelchen!"

53

In Obergesteln war die gleiche Arbeit angesagt. Allerdings kamen auch Männer aus den Nachbardörfern, denn immerhin musste sowohl der Grimselpass wie der Griespass geöffnet werden. Dazu hatten die Gommer noch ein anderes Problem. Die jungen Burschen, fast alle die auch nur annähernd entbehrt werden konnten, hatten sich bei den Napolitanern als Söldner verdingt. So waren in diesen Dörfern die Mädchen in einer grossen Überzahl, und ihre Mütter hatten die grösste Mühe, die von der katholischen Kirche diktierte Ordnung aufrecht zu erhalten, besonders wenn dann die Säumer unterwegs waren. Das war ja vorerst nicht der Fall, aber nicht nur Regula hatte ein Auge auf diesen von der Sonne gebräunten Berner geworfen. Manch ein Mädchen träumte abends im Bett wenn es doch diesen Burschen in die Arme schliessen könnte. Manchmal drohte ihr Blut zu kochen, und sie übertraten heimlich die Gebote der Kirche und schämten sich nachher ihrer Sünden.

Dies blieb von Matthias nicht unbemerkt, brachte ihn aber lediglich zum Schmunzeln. Er hatte andere Sorgen. Oben im Graben schmolz die Lawine. Sie würde Leichen freigeben. Tote Menschen und auch Tiere. Der Kirchenrat war zusammengetreten, und man vertrat die Meinung, auch wenn es nicht Katholiken seien, müsste man sie doch in geweihter Erde begraben, nur ausgraben könne man sie nicht, man müsse warten, bis sie die Lawine freigebe. Einer meinte, da müsste man täglich nachschauen. Sonst wären sofort die Krähen und auch Füchse da. Das könnte doch der Berner übernehmen, befanden sie, und so fiel diese unangenehme Aufgabe Matthias zu.

Täglich stieg er nun den steilen Hang hinauf und kontrollierte den Lawinenkegel. Eine Woche hatte er schon hinter sich, aber es war noch keine Leiche zum Vorschein gekommen. Am zweiten Montag aber entdeckte er einen Schuh, und als er ein bisschen daran zog, merkte er sofort, dass da mehr dran war. Für diesen Fall, so war es ausgemacht, musste er den Totengräber zu Hilfe holen. Das tat er, und zusammen mit ihm beluden sie den Hornschlitten mit Werkzeug und zogen ihn den steilen Hang hinauf. Der Schnee war pickelhart, und dazu mussten sie vorsichtig arbeiten, denn sie wollten die Leiche nicht verletzen. Weil der Mann im Schnee konserviert war, war der Anblick nicht besonders schlimm. Aber Thys schoss natürlich der Gedanke durch den Kopf, es hätte ja auch ganz gut ihn sein können. Den Leichnam verstauten sie in einem grossen Sack, luden ihn auf den Schlitten und brachten ihn so ins Dorf und auf den Totenacker. Dort schaufelte der Totengräber das Grab, und als es tief genug war holten sie den Geistlichen. Der sprach ein kurzes Gebet, bekreuzigte sich und empfahl den Verunglückten dem lieben Gott.

Es dauerte volle vier Wochen, bis alle vier Leichen gefunden waren. Das viele Holz, das im Lawinenkegel lag, behinderte die Bergung erheblich.

Als alle beerdigt waren zimmerte Matthias vier Grabkreuze, nur mit einer Jahrzahl, da er ja die Namen nicht wusste.

Das Unglück, das die Lawine verursacht hatte, war damit aber noch nicht endgültig gelöst. Da waren ja auch noch mindestens ein Pferd und nach Augenzeugen fünf tote Mulis drin. Da das Wasser aus diesem Graben im Sommer zur Bewässrung der Felder und Äcker gebraucht wurde, konnte man die Kadaver nicht dort belassen. So brachte man, wenn das Eis wieder ein Tier freigegeben hatte, an den Beinen Seile an, und Männer aus dem Dorf zogen die Kadaver den Steilhang hinunter und entsorgten sie dort in einer Grube, die zu diesem Zwecke ausgehoben worden war.

Man überlegte sich noch, diese Arbeit gehörte doch eigentlich auch zum Unterhalt des Saumweges, und die Zollbehörde könnte sie auch entgelten. Das Ansinnen stiess auf Widerstand, letztlich wurde aber doch eine kleine Entschädigung bewilligt.

54

Ende Mai war es nun endlich soweit. Die Grimsel und der Griespass wurden als offen erklärt.

153

Zwar lag oben auf den Pässen noch viel Schnee, doch der war hart und die Tiere sanken nicht ein. Da wo der Weg aber über Felsen und abschüssige Stellen führte, hatten die Männer gute Arbeit geleistet.

Schon bald begann ein emsiges Treiben. Die ersten Säumer Richtung Grimsel kamen durchs Goms hinauf. Darauf hatte Matthias gewartet. Schnell holte er seinen Brief und begab sich damit in die Säumertaverne. Dort fragte er einen jüngeren ihm zuverlässig erscheinenden Burschen, ob er nach Guttannen unterwegs sei. Als dieser bejahte, fragte er ihn, ob er ihm nicht einen Brief mitgeben könnte. Dieser lachte und meinte, etwa ein Mass Wein sollte ihm dabei schon herausschauen. Soviel wäre es ihm wert, meinte Thys, gab ihm den Brief und einen Taler dazu. Fast fiel ihm ein Stein vom Herzen als er dies erledigt hatte. Schnell begab er sich wieder zu Zimmermanns, um dort beim Bereitmachen der Ware, die am Morgen früh geladen werden sollte, zu helfen.

55

Der neue Tag war noch nicht ganz erwacht, wurden den Mulis und dem Pferd bereits Käse aufgeladen. Dem Pferd, den vier eigenen Mulis und den drei zugemieteten. Zwei weitere Säumer waren ebenfalls eingetroffen, erfahrene Männer, die Gottfried schon öfter geholfen und begleitet hatten. Der eine hiess Abraham und wurde nur Hämel genannt und der andere Moritz. Man musste zeitig aufbrechen, wenn man vor dem Abend Ponte erreichen wollte, wo die meisten Säumer übernachteten. Worüber sich Matthias wunderte war der Umstand, dass für jeden Mann ein Gewehr an einem Pastsattel hing. Ob das wirklich nötig sei, fragte er verwundert. In der Lombardei gebe es viele Spitzbuben, meinte darauf Moritz, und da müsse man sich Respekt verschaffen. Ob sie denn die Gewehre schon einmal gebraucht hätten, wollte Thys wissen. Schon, aber nicht so oft, war die Antwort. Nach einem ausgiebigen Morgenessen machte man sich auf den Weg. Sie waren nicht allein. Ein ganzer Zug hatte sich Richtung Griespass auf den Weg gemacht. Schon bald kamen sie durch das Aeginental zum Weiler Loch. Dort hatten bereits die ersten Säumer, die von weit hergekommen waren, übernachtet und waren dabei, ihre ausgeruhten Tiere zu beladen. Von da ging der Saumpfad durch ein etwas flacheres Gelände zur Steinbrücke bei Ladstafel. Nun wurde es steiler.

Einige Säumer hielten sich an den Schwänzen ihrer Mulis fest und liessen sich ziehen. Nur an den gefährlichsten Stellen wurden die Tiere an der Halfter geführt. Oben auf der Altstafel wurde es wieder flacher. Hier musste der Bach über Steinbrücken überquert werden, bevor man den Gletscher erreichte. Nun wurden die Tiere an der Halfter geführt, weil es gefährlich war, von der markierten Route abzuweichen. Die anderen Säumer wussten zu berichten, wie ein junges übermütiges Muli ausgebrochen war, und im nächsten Moment in einer Gletscherspalte verschwand. Welch ein herrlicher Tag. Ein stahlblauer Himmel umrahmte die vielen hundert weissen Berggipfel, die von hier aus zu sehen waren. Hämel und Moritz schienen es nicht so sehr zu beachten, denn was Matthias zum ersten Mal sah hatten sie schon oft gesehen. Nach der Überquerung des Gletschers gab es einen Halt. Den Tieren wurden die mitgeführten Kopfsäcke mit einer Portion Hafer angelegt. Geschickt stellten diese meist den Sack auf einen grossen Stein, um so an ihr Futter zu gelangen. Die Männer verzehrten ein Stück hartes Wallisserbrot, dazu Trockenfleisch und aus einer Feldflasche Tee mit etwas Wein. Sie waren nicht die Einzigen, die hier einen Halt einlegten. Nicht wenige kannten einander von früheren Fuhren. Und unter ihnen wurde manch ein erlebtes Abenteuer wieder aufgefrischt. Etwa wie sie am Pass vom Nebel überrascht wurden und kaum noch die Wegmarkierungen fanden.

155

Nun hiess es absteigen, ziemlich steil, durch viele Windungen zuerst ins Val Morasco und danach ins Eschen- oder Fermazatal. Durch erste Valsersiedlungen, meist entlang der Toce oder Valser Deutsch Chärbach erreichten sie ihr Tagesziel Pomat. Hier wurden vorerst die Tiere von ihrer Last befreit und in einen langen Mietstall gestellt, bevor man sich in der Taverne ein einfaches Mal gönnte. Den Schlaf konnte Matthias nicht so recht finden. Immer wieder fragte er sich, ob nun wohl Barbara seinen Brief erhalten habe, und ob sie vielleicht vor Schreck gestorben sei. Jedenfalls sei es sicher nicht einfach zu begreifen, dass ein Totgeglaubter lebendig sei. Vielleicht wäre sie nun auch zornig, weil er es vorgezogen habe, seinen Retter nach Mailand zu begleiten, statt sofort bei erster Gelegenheit zurück zu ihr zu kommen.

Das Ziel des zweiten Tages war Domodossola. Matthias bestaunte die vielen schmucken Valserdörfer mit ihren typischen Holzhäusern und den schmucken mit Heiligenbildern bemalten Kirchen. Nach einer Steilstufe kamen sie nun in ein bewaldetes Gebiet. Einige weitere Stufen waren noch zu überwinden, und nachdem sie noch eine wilde Schlucht durchquert hatten, kamen sie durch eine grosse Schwemmebene noch ziemlich früh am Abend nach Domodossola. In diese Stadt vereinigten sich die Wege vom Simplon und vom Griespass. Da war einiges los am Abend. Grölende Burschen zogen angetrunken durch die Strassen. Säumer, die etwas erleben wollten. Frauen kreischten, Hunde bellten, und lange war ans Schlafen nicht zu denken. Erst bald gegen Morgen kam die Stadt zur Ruhe. Gottfried, Hämel und Moritz kannten das alles schon, und sie rieten Thys, er solle mit ihnen kommen auf ein Glas Wein. Sie fanden eine einigermassen saubere Schenke und unterhielten sich dort mit einem Würfelspiel. Es wäre ein gemütlicher Abend geworden, wenn da nicht ein paar grölende Burschen die Gaststube betreten hätten und sofort begannen, die anderen Gäste zu belästigen. „Kümmere dich nicht darum", riet ihm Moritz, der sah wie

Matthias das Blut in den Kopf stieg. Thys wollte den Rat befolgen, doch als sich einer dem wie ihm schien anständigen Mädchen, das sie bedient hatte, die Kleider vom Leibe reissen wollte, konnte er nicht mehr zuschauen. Er stand auf, packte den Burschen am Kragen und wollte ihn hinausschmeissen. Der Kerl setze sich zur Wehr und bekam sofort Hilfe von seinen Kumpanen. Das liessen nun auch Gottfried, Hämel und Moritz nicht zu. Bedächtig erhoben sie sich von ihren Stühlen, und nun entbrannte ein wüster Kampf, in den auch noch der Wirt eingriff, der um seine Einrichtung bangte. Sieger waren diesmal Matthias mit seinen Männern, vielleicht weil die Radauburschen vom Wein oder Schnaps geschwächt waren. Einer nach dem anderen wurde auf die Strasse geschmissen und schwor Rache. Als die Aufregung vorbei war, spendierte der Wirt noch ein Glas Wein und einen kleinen Imbiss, und anschliessend begab man sich zur Ruhe.

„Nun kommen wir in die Lombardei", meinte Gottfried beim Frühstück. „Von jetzt an dürfen wir unsere Tiere und die Ware nachts nicht mehr allein lassen! Wir werden Wache halten müssen. Man könnte Mailand von hier aus in zwei Tagen erreichen. Man müsste aber zwei mal zwölf Stunden marschieren. Das wäre zu viel für die Mulis. So machen wir lieber drei Tage daraus und können es deshalb etwas gemütlich nehmen." Niemand hatte dagegen etwas einzuwenden, obschon Matthias am liebsten schon in Guttannen bei Barbara gewesen wäre.

Die Berge im Rücken und vor sich eine ausgedehnte Ebene, wie sie sich der Bergler Thys nie hätte vorstellen können. Dazu brannte die Sonne schon heiss vom stahlblauen Himmel, für die vier Säumer ungewohnt, der Sommer hatte ja noch kaum begonnen. Stundenlang marschierten sie durch riesige Getreidefelder, die die meisten schon Ähren getrieben hatten.

Die wechselten sich ab mit Kartoffeläckern, in denen sie Bauern sahen, deren Ochsen kleine Pflüge zogen, die zugleich die Erde lockerten und Furchen zogen. Diese Bauern müssen sehr reich sein, glaubte Matthias, aber

157

Gottfried belehrte ihn, das Land gehöre den Grossgrundbesitzern und die, die es bebauten, hätten es nur in Pacht. Wenn geerntet werde, gehöre die Hälfte den Grundbesitzern, ohne dass sie einen Streich dafür gearbeitet hätten. So sei das hier. Ziemlich ungerecht.

56

Das fand auch Carlo Bodini. Sein Urgrossvater war einer dieser Pächter gewesen, auch sein Grossvater und sein Vater. Die hatten gearbeitet von früh morgens bis spät am Abend und hatten dabei kaum genug verdient, um ihre Familien zu ernähren, während ihr Grundbesitzer von Jahr zu Jahr reicher wurde. Von diesem Unrecht hatte Carlo genug. Er hatte seine Eltern und Geschwister verlassen und beschlossen Räuber zu werden. Schnell hatte er ein paar Gleichgesinnte gefunden. Sie beschafften sich Waffen und begnügten sich vorerst damit, Säumer Kolonnen aufzuhalten und einen Wegzoll zu verlangen. Bei Androhung von Gewalt gelang das, zumal die Säumer lieber den verlangten eher geringen Obolus bezahlten, als sich mit diesen Schelmen anzulegen. Vom Erfolg beflügelt wurde aber die Bodini Bande, wie sie schon bald benannt wurde, immer dreister und frecher. Sie stellten Forderungen, die die Säumer nicht mehr bezahlen wollten und konnten. Das führte dazu, dass nun die Säumer bei sich bietender Gelegenheit überfallen wurden und es oft dabei sogar Tote gab. Wohl waren Carabinieri beauftragt den Säumer Weg zu bewachen. Die besserten aber ihren kargen Lohn damit auf und machten oft gemeinsame Sache mit den Banditen. Jene getrauten die Säumer nicht zu überfallen, wenn sie sich in langen Kolonnen befanden. Das wussten auch die Säumer, und so blieben sie so viel wie möglich zusammen. Nun, die Räuber waren erfinderisch. Es gab zahlreiche Orte, an denen Strassen- oder Brückenzölle entrichtet werden mussten. Hier klappte die Zusammenarbeit zwischen Banditen und der Polizei besonders gut. Die Carabinieri hielten oft den ganzen Verkehr auf, indem sie vorgaben, die Ware kontrollieren zu müssen und sich dazu reichlich Zeit nahmen. So entstand eine Lücke, die den Banditen genügte, einen Transport zu überfallen. Sie waren plötzlich da, bedrohten die Säumer mit Schusswaffen, stahlen oft die Ware samt den Tieren und verschwanden damit in einem Maisfeld oder in einem Olivenhain. Die herbeigerufenen Polizisten fanden natürlich meistens nichts. Eine weitere List Beute zu machen ergab sich bei den Tavernen, in denen die Säumer übernachteten. Für eine tüchtige Portion Schlafpulver im Wein sorgte meistens der Wirt.

Natürlich wussten auch die Säumer allmählich über diese Machenschaften Bescheid, doch weil die Bande einmal hier und ein andermal in einer ganz anderen Ecke ihr trauriges Handwerk betrieb und an Einfällen nicht verlegen war, machten sie trotz allem fette Beute.

57

Am ersten Tag in der Lombardei kamen sie ohne Zwischenfall an ihren ersten Etappenort, der Borgomareno hiess. Gottfried wusste hier eine Taverne, wo er schon oft genächtigt hatte. Er kannte auch den Wirt und hielt ihn für einen ehrlichen Mann. Hier entluden sie ihre Tiere und stellten sie in den Mietstall. Darauf liessen sie sich ein gutes Nachtessen auftragen. Der Wirt setzte sich zu ihnen und nach den üblichen Fragen nach dem Befinden und der geladenen Ware erzählte er, dass er in letzter Zeit mehrmals Schwierigkeiten gehabt habe, indem während der Nacht gestohlen worden sei. Keine grossen Sachen. Etwa einen Käse oder so etwas. Er glaube nicht, dass es sich um eine Bande handle. Eher um einen armen Hungerleider. Vielleicht sollten sie ihren Käse bewachen. Er selber könne dazu im

Moment keinen zuverlässigen Mann stellen. Der Wirt sprach in gebrochenem Deutsch, doch Gottfried hätte fast ebenso gut italienisch verstanden.

„So, geht das schon los", dachte Matthias bei sich, meldete sich aber gleich für die erste Wache.

„Du musst warten bis dich einer von uns ablöst, es darf keinen Unterbruch geben!"

„Schon gut, hoffentlich erwacht einer!" Er möchte noch ein bisschen das Städtchen anschauen, es ist ja noch heller Tag. „Mach nur, komm zurück, wenn es zu dämmern beginnt." Vieles war hier anders als zu Hause. Die Häuser aus Stein und weiss verputzt. Schmale Gässchen, in denen Kinder spielten und Hunde bellten. Ältere Männer sassen auf Bänken und zogen genüsslich an ihren Tabakpfeifen, während Frauen fleissig strickten und schwatzten dazu, in dieser melodiösen Sprache, von der er kein Wort verstand.

Als es zu dämmern begann, begab er sich wie abgemacht zum Mietstall und Lagerschuppen, die beide im gleichen Gebäude untergebracht waren. Er bezog seinen Wachposten auf Strohballen, die zwischen dem Warenlager und den Ställen aufgeschichtet waren. Vorläufig war es ja noch zu hell zum Stehlen. Junge Menschen zogen in Gruppen durch die Strassen und hatten es offenbar lustig. Sie schwatzten oder sangen sogar und brachen öfter in ein Gelächter aus. Mit zunehmender Dunkelheit wurde es stiller, und nur noch eine Katze sorgte für Abwechslung, indem sie ihm schnurrend um die Beine strich. Die Lichter in den Häusern erloschen auch und nun musste sich Matthias zusammenreissen, damit er nicht einnickte. Dies gelang ihm, indem er an Zuhause und vor allem an Barbara dachte. So musste wohl etwa eine Stunde verstrichen sein, als er vermeinte, leise Schritte zu hören. Ja, da waren sie wieder, leichtfüssig wie er meinte. Sie könnten nicht von einem Mann stammen, eher von einem Kind oder einer sicher jüngeren Frau. Er hatte sich nicht getäuscht. Im schwachen Mondlicht sah er eine Frau, die sich ihm näherte. Offenbar war sie schlank und wohlgebaut. Er war sicher ihr Ziel, und schon gab sie ihm zu verstehen, er solle ruhig bleiben. Die liess nun wirklich nicht lange an ihrer Absicht zweifeln. Ohne auch nur ein Wort zu sagen, setzte sie sich neben ihn, legte den Arm um seinen Hals, verpasste ihm einen Kuss, und deutete in den Schuppen und unterstrich ihren Willen, indem sie sich anschickte, ihn nach hinten zu zerren. Aha, so geht das, dachte Mathias, nachdem er sich von der ersten Verblüffung erholt hatte. Wie sollte er sich nun verhalten. Die hatte ganz sicher die Absicht ihn wegzulocken, damit die Räuber zwischenzeitlich ihre Untaten verrichten konnten. Etwas anderes fiel ihm nicht ein. Er gab zu verstehen, dass das nicht gehe. Mein Kollege kommt jeden Moment. Er hoffte, dass sie wenigstens Kollege verstehen würde und unterstrich mit einer Armbewegung, was er sagen wollte. Zu seiner Verwunderung sagte sie in gebrochenem Deutsch: „Ich glaube dir nicht, du bist ein Versager." Sie versetzte ihm noch einen Klaps und verliess ihn offenbar wütend. Nach etwa einer weiteren Stunde wurde er von Moritz abgelöst. Jenem erzählte er was vorgefallen war. Dieser lachte und meinte, er sei dumm gewesen. Er an seiner Stelle hätte die gleich hier gebumst, dann hätte er gleichzeitig die Ware und die Tiere im Auge behalten können. Vielleicht komme sie ja wieder und versuche ihr Glück bei ihm. Dann wünsche er ihm viel Vergnügen. Sie sei nicht mehr gekommen, meinte Moritz am Morgen, und auch die andern hatten nichts bemerkt. Es könnte aber auch sein, dass Moritz gelogen hätte. Der war schliesslich unverheiratet und hätte sich wahrscheinlich eine solche Gelegenheit nicht entgehen lassen.

Auch am zweiten Tag in der Lombardei war keine Eile geboten. So wurde ausgiebig gefrühstückt und dem Wirt auch noch einen Käse verkauft, wie Gottfried meinte, zu einem guten Preis. Danach wurden die Mulis und das Pferd wieder beladen und ein weiteres Wegstück nach Mailand unter die

Füsse oder unter die Hufen genommen. Ausser, dass es für die Bergler eindeutig zu warm war, sie schwitzten trotz geringer Anstrengung, war die Reise angenehm. Bei einer Brücke wurden Zölle erhoben. Schnell wurden die Käse gezählt, der Zoll bezahlt und weiter ging die Reise. Achtung, da stimmt etwas nicht. Sie waren schon wieder ein gutes Stück vorwärtsgekommen, und niemand folgte ihnen. Die Kolonen waren an der Brücke aufgehalten worden. „Den Trick kennen wir", meinte Gottfried und befahl anzuhalten.

„Stellt die Tiere in diesen Olivenhain und macht es euch bequem. Wir wollen die Banditen in der Sonne braten lassen. Wir ziehen erst weiter, wenn wieder andere Säumer kommen. Uns würden sie angreifen, weil wir allein sind. Wir können uns schützen, indem wir auf andere warten." Es dauerte eine gute halbe Stunde, bis der Zug der Säumer sich wieder in Bewegung setzte. Gottfried wollte nicht an der Spitze sein und reihte sich erst etwas später ein. Jemand klopfte ihm auf die Schulter und sagte lachend: „Dich haben sie nicht erwischt. Denen wird vor Wut und Ärger die Galle überkochen." „Ich bin schon zu lange Säumer und falle nicht mehr auf solche Tricks herein." Viele in diesem langen Zug kannten sich oder hatten sich wenigstens schon einmal gesehen. Viele davon waren Innerschweizer und hatten Sprinz geladen, eine Käsesorte, die in Mailand ganz besonders begehrt war. Ältere Männer nahmen es gelassen, während junge Burschen es kaum erwarten konnten, die vielen Lustbarkeiten, die man dort erleben konnte, zu geniessen. Da half meistens keine Moralpredigt, nicht einmal vom Pfarrer geschweige denn von Vater und Mutter. So drängten sie oft die Tiere zu schnellerer Gangart, und weil der Weg nicht so breit war und überholen kaum möglich, wurde eben der ganze lange Zug schneller. Darüber waren die Älteren nicht begeistert und fluchten manchmal, dass wohl der Teufel darob denn Schwanz geringelt hätte, wenn er es gehört hätte. „Nicht einmal mehr eine Pfeife rauchen kann man so", meinte einer.

Dazu machte die Hitze Mensch und Tier zu schaffen. Oft plagte sie der Durst, weil Wasserstellen oder Flüsse und Bäche selten waren oder manchmal sogar ausgetrocknet. Gut, dass man sich noch mit reichlich Flüssigkeit eingedeckt hatte nach dem letzten Nachtlager.

Obschon es erst später Nachmittag war, entschloss sich Gottfried in einem Dorf zu übernachten, das Legnano hiess. Sie hätten es zwar bis Mailand geschafft, aber er liebte es nicht, seinen Käse in Mailand noch eine Nacht zu bewachen. Lieber wollte er am andern Tag rechtzeitig einen Händler finden und seine Ware möglichst rasch verkaufen.

Die Herberge, bei der sie hielten, machte keinen schlechten Eindruck. Der Wirt war ein freundlicher, etwas korpulenter Mann mit einem schwarzen Schnurrbart und ebenfalls schwarzen Kräuselhaaren. Das Essen war gut, etwas ungewohnt diese Teigwaren mit einer Tomatensauce, der Wein auch, und die Preise nicht überrissen. Auch der Stall war sauber, allerdings ziemlich ungeschützt gegen Räuber und Banditen, so dass eine Nachtwache angezeigt war. Die Nacht ging vorüber ohne besondere Vorkommnisse, nur die nahe Kirche weckte sie bei jedem Stundenschlag. Der neue Tag zeigte sich wieder von seiner besten Seite. Kein Wölklein am Himmel. Das würde allerdings wieder grosse Hitze bedeuten. Immer noch besser als Dauerregen, befanden sie. Morgenessen, gutes Brot, Butter und Honig, anschliessend die Tiere füttern und beladen, und das letzte Wegstück nach Mailand wurde angetreten. Absichtlich warteten sie, bis auch andere Säumer durchzogen. Zur Sicherheit.

Schon bald sahen sie in der Ferne ein riesiges Häusermeer. Das musste Mailand sein. Thys kam aus dem Staunen nicht heraus. Ein Bergler aus einem kleinen Dörfchen im Oberhasli, der noch nie weiter als nach Brig geraten war! Schon bald erkannten sie auch grosse Türme, wahrscheinlich von Kirchen oder Münster oder Domen. Er hatte gehört, dass Mailand eine grosse Stadt sei, aber so gross hatte er sich die nie vorgestellt. Das war also die grösste Handelsmetropole, ihr Ziel. Wer würde sich wohl in diesen vielen Häusern und Strassen zurechtfinden? Gottfried schien da wenig Bedenken zu haben. Der war ja schon zum x-ten Mal hier.

58

Schon am frühen Nachmittag erreichten sie die Stadt. Das heisst zwar eher nur den Stadtrand, denn die riesige Markthalle stand genau dort, wo die Wege der Säumer in die Stadt führten.

Wie in Brig konnte man die Halle gleich mit den Tragtieren betreten. Die gleiche Art, nur sehr viel grösser. Es herrschte reges Treiben, und die Luft war erfüllt von einem Gemisch aus Schweiss, Pferdedung, von dem Geruch von Tierhäuten und all den Waren, die hier feilgeboten wurden. Einem, der seiner Lebtag nur saubere Bergluft eingeatmet hatte, wurde fast Übel in diesem Gestank. Dazu war es auch nicht gerade kühl. Matthias fand, der Aufenthalt in dieser Halle sei das Schlimmste der ganzen Säumer Tour. Glücklicherweise traten, kaum hatten sie das Haus betreten, Händler zu ihnen und ein Feilschen um den Käse begann. Es war alles zweijähriger Alpkäse, Hobelkäse, der noch fast begehrter war als Sprinz.

Jedenfalls überboten sich die Händler, riefen sich nach jedem neuen Angebot Schimpfwörter zu, bis schlussendlich der mit der wohl dicksten Brieftasche den Zuschlag erhielt. Schnell wurde der Käse abgeladen, ein Scheck ausgefüllt, und man verliess die Halle erleichtert. Vorerst galt es nun die Tiere zu versorgen. Dazu war ein grosser Mietstall da. Einzelne Boxen, alle mit einer Nummer versehen. Man konnte ein Tier in eine Boxe stellen und erhielt dann eine Art grosse Münze mit der entsprechenden Nummer, und nur mit dieser konnte man das Pferd oder das Maultier wieder auslösen. So wurde verhindert, dass nicht irgendeiner einfach ein Tier abholen konnte, das gar nicht ihm gehörte. Billig war das Ganze nicht. Wahrscheinlich für die Betreiber ein sehr gutes Geschäft. Deshalb hielten sie auch streng auf Ordnung und genossen somit einen guten Ruf.

„Nun wollen wir aber unseren Durst löschen, ich bin ausgetrocknet wie eine dürre Birne!", meinte Moritz, und auch die andern waren damit einverstanden. Gleich neben der Markthalle befand sich die Säumertaverne. Ein grosses Gebäude aus Steinen gemauert, die angenehme Kühle versprach. Es bot wahrscheinlich Platz für über zweihundert Personen. Es waren noch einige Plätze frei, aber gegen Abend würde das anders werden.

Viermal ein kühles Bier bestellte Gottfried bei der etwas korpulenten Frau, die bediente. „Ich denke ihr seid damit einverstanden." „Der erste Schluck ist immer der Beste", meinte Hämel, dessen Schnurrbart auch etwas von dem Schaum abbekommen hatte. Moritz leerte mit zwei Schlucken das ganze Glas, während Matthias seinen auch nicht geringen Durst mit kleinen Schlückchen bekämpfte. Er war sich nicht gewohnt an alkoholische Getränke. Gottfried bestellte schon bald eine zweite Runde, und langsam erholten sich die ausgetrockneten Kehlen.

Wir müssen nun besprechen, wie lange wir in Mailand bleiben wollen. Wir können natürlich schon morgen wieder aufbrechen, aber ich fände es ein wenig schade, vor allem für dich Thys. Du kommst sicher nicht so schnell wieder nach Mailand. Matthias zuckte nur ein wenig die Schultern, was wahrscheinlich heissen sollte, mir ist es gleich. In Wahrheit konnte er aber den Tag kaum erwarten, an dem er seine Braut in Guttannen wieder in die Arme schliessen konnte. Hämel und Moritz waren da wohl anderer Meinung. Etwa einen Tag sei man immer geblieben, meinten sie. Sie meinten damit einen feuchtfröhlichen Abend in einer geeigneten Schenke, nicht nur um den Durst zu löschen. Einmal von zu Hause weg die grosse Freiheit geniessen, das war ihr Ziel und sie hatten darin wohl Erfahrung.

„Gut, so treten wir übermorgen den Heimweg an", bestimmte nun Gottfried. „Ich schlage vor, wir wechseln nachher in den Roten Stier und bestellen uns dort Zimmer. Die sind einigermassen sauber, und eine Waschgelegenheit gibt es auch." Wir könnten natürlich auch hier in der Säumertaverne übernachten. Hier haben sie Massenlager. Die sind zwar billig, aber manchmal sind die Nächte ziemlich unangenehm. „Wir sind für den Roten Stier", sagten Moritz und Hämel wie aus einem Mund und dachten sicher an die Mädchen, die dort billig zu haben waren. „Also übermorgen früh reisen wir wieder ab, ich hoffe, bis dann werden wieder alle nüchtern sein", bestimmte Gottfried mit einem Grinsen im Gesicht. „So wollen wir nun vorerst den Roten Stier aufsuchen".

Im Roten Stier war Gottfried Zimmermann bekannt und sie hatten keine Mühe Zimmer zu erhalten. Allerdings hatte es nur Zweierzimmer. So bezogen Hämel und Moritz eines und Gottfried und Matthias eines. Vorerst galt es nun, sich frisch zu machen. In den Gängen waren Tröge und auch Duschen zu diesem Zwecke. Mit den Kleidern war das so eine Sache. Man führte wenig mit. Ein sauberes Hemd und etwa ein Paar frische Socken. Das musste genügen.

So gewaschen, rasiert und gekämmt suchten sie nun die Gaststube auf, die zurzeit noch wenig belegt war. Was sie zu trinken wünschten, war die Frage des Wirtes. „Vorerst ein Glas guten Wein und später ein Nachtessen." „Das bringe ich euch gerne. Zum Nachtessen gibt es Parma Schinken und gebratenen Mais. Dazu Salat, wenn sie möchten." Das sei so in Ordnung. Alle waren damit einverstanden. Am liebsten hätte zwar Thys ein Glas kalte Milch bestellt, aber damit hätte er sich wohl lächerlich gemacht.

„Möchtest du dir morgen ein wenig Mailand anschauen, wenn du schon einmal hier bist? Allein wärst du verloren, ich glaube du würdest nicht mehr zurückfinden, aber wenn du willst, ich hätte da einen Gedanken. Wir könnten morgen eine Droschke mieten und uns zu den besten

Sehenswürdigkeiten führen lassen. Vielleicht kämen ja Hämel und Moritz auch mit. Was meint ihr?"

„Ja, von mir aus. Aber nicht zu früh am Morgen. Es könnte ja heute Abend noch einiges los sein", erwiderte Moritz mit einem Grinsen. Damit konnte sich auch Hämel abfinden, und so war es eine beschlossene Sache.

Dazwischen lag aber noch ein langer Abend.

Allmählich füllte sich die Schenke und nicht nur mit Männern. Fast zu jedem erschien auch eine Frau, der man es wohl ansah, welchen Beruf sie ausübte. Frauen vom horizontalen Gewerbe aller Gattungen und Preislagen, die sich ihren Lebensunterhalt im Liegen verdienten. Wenn wieder eine Neue das Lokal betrat, flüsterten die Männer: „Das ist wohl eine Billige!" Oder: „Die ist sicher viel zu teuer!" „Nichts für dich Kollege." So wurde abgewogen und oft auch das Geld gezählt. Fast wie wenn sie schüchtern wären, setzten sich die meisten mit andern an separate Tische, zwinkerten aber den Männern zu, bis sie von einem eine Einladung erhielten, setzten sich dann zu ihm und liessen sich vorerst ein Glas Wein oder ein Grappa bezahlen, bevor sie später mit ihm auf seinem Zimmer oder auch im Park verschwand. Man kann sich denken wie das auf einen Burschen aus dem kleinsten Dorf im Haslital wirkte, in einem Dorf, in dem noch Zucht und Ordnung herrschte. In dem kein Bursche eine Frau berühren sollte, bevor er mit ihr verheiratet war. Diese Gebote wurden zwar manchmal auch heimlich umgangen, aber wehe, es wurde entdeckt und zum Dorfgespräch! Mehr oder wenig angeekelt schaute Thys diesem Treiben zu. Dass Hämel und Moritz sich schon lange auf diesen Abend gefreut hatten, war zum Teil begreiflich und wohl auch der Lohn für ausgestandene Strapazen. Wie würde sich Gottfried verhalten? Er nahm eigentlich an, dass er sich seinetwegen schämen würde. Schliesslich war er ja verheiratet und ein guter Katholik.

Moritz und Hämel hatten schon je mit einer angebändelt. Die liessen sich den Wein schmecken und wurden dazu immer wie aufdringlicher. Matthias, der ja am gleichen Tisch sass fühlte sich unbehaglich und wäre am liebsten schlafen gegangen. Aber er wusste, dass er so bei seinen Kameraden auf Unverständnis gestossen wäre. Dazu waren einige dieser Mädchen wirklich anzuschauen wie schöne Blumen. Die sind ja manchmal auch giftig! So wollte er immerhin nicht der Spielverderber sein und machte gute Miene zum bösen Spiel. Plötzlich ging ein Raunen durch die ganze Schenke. Der Grund war, dass eine Dame die Gaststube betreten hatte, die wohl etwas ganz Besonderes sein musste. Das sah man gleich auf den ersten Blick. Ihre Kleider waren von besonderer Eleganz. Ein Rock aus blauer Seide, mit einem Ausschnitt, der einen tiefen Blick auf ihren vollkommenen Busen gewährte. Dazu schwarze, lange gewellte Haare und einem Gesicht, wie es schöner wohl Da Vinci nicht hätte malen können. Einige schienen sie zu kennen und knurrten in ihre Bärte: „Das ist nichts für uns, was will die hier?" Madrisa hiess sie und war eine in Mailand bekannte Nobeldirne. Meistens stattete sie an einem Abend möglichst vielen Schenken einen Besuch ab, um einen möglichst dicken Fisch zu fangen. Aber nicht nur reich sollte er sein. Sie wollte nicht nur Geld, sondern auch noch ihr persönliches Vergnügen. Entweder sie hatte Lust oder sie blieb zu Hause. Das trieb natürlich ihr Honorar unwahrscheinlich in die Höhe. Mit einem Blick überflog sie die Gäste und fand wohl nicht was sie suchte. Schon wollte sie das Lokal wieder verlassen, als ihr Blick auf einen Burschen fiel, der ihre Schmetterlinge tanzen liess. Ein junger Bursche, braungebrannt, dessen Muskeln fast seine Kleider sprengten, mit einer leichten Hakennase, dunkelblonden gewellten Haaren und stahlblauen Augen. Ein Mann, wie er ihr noch selten begegnet war. Einer, den sie am liebsten mit Haut und Haaren aufgefressen hätte. Geld hätte er wohl wenig oder keines, das sah man schon an seiner Kleidung. Auch sass er bei den Gemeinen. Heute Abend, so dachte sie, will ich mir ein besonderes Vergnügen gönnen und wenn ich dabei nichts verdiene. Der, den sie ins Auge gefasst hatte, hiess ausgerechnet Matthias Gafner. Schnell liess sie sich vom Wirt ein Tischchen freimachen, trat darauf zu Thys und lud ihn ein, sich zu ihr zu setzen. Wieder ging ein Raunen durch die Schenke. Thys hätte gerne abgelehnt, aber er kannte ja diese Frau nicht, und dazu hätte niemand begriffen, wenn er ihre Einladung abgelehnt hätte. So folgte er ihr an ihren Tisch, wo sie ihm höflich bedeutete Platz zu nehmen. Sie bestellte eine Flasche, wie er noch nie eine gesehen hatte. Eine, bei der der Pfropfen mit Drähten hinuntergebunden war und der vorsichtig gelöst wurde vom Wirt und knallte, als er aus der Flasche sprang. Der Inhalt wurde in hohe feine Gläser gefüllt und schäumte verlockend. Thys hatte Bedenken, ob er dieses Getränk überhaupt bezahlen könne. Die waren unbegründet, denn im Gegensatz zu den anderen Damen öffnete sie ihr Handtäschchen und bezahlte.

Obschon die Dame sehr höflich war und ihn kaum betratschte, war Thys nicht so dumm, dass er nicht bemerkt hätte, was die von ihm wollte. Wie sollte er sich da aus der Affäre ziehen. Seit einem halben Jahr sehnte er sich nach seiner Braut und hatte keineswegs im Sinn ihr untreu zu werden. Musste er sich hier der Lächerlichkeit preisgeben und ihr einfach davonlaufen. Er sah keine Lösung für sein Problem.

Ein paar Tische entfernt beobachtete Gottfried dieses Szenario. Er sah nur zu gut, dass Thys nicht wohl war bei dieser Sache. Blass sah er aus und über die Masse gehemmt. Schnell entschloss er sich, ihm Hilfe zu leisten. „Ich schaue schnell nach den Tieren", liess er wissen, stand auf und verliess die Schenke. Es dauerte nicht lange, kam er zurück, anscheinend sehr aufgeregt, steuerte den Tisch der Dame mit Matthias an und rief fast ausser sich: „Komm, du musst mir helfen. Mein Pferd hat Kolik. Wir müssen versuchen es zu bewegen. Komm schnell." Er zerrte Thys einfach mit und gab Madrisa keine Gelegenheit dagegen zu protestieren.

Kaum hatten sie das Lokal verlassen fragte Gottfried, oder ob er die lieber gebumst hätte. Dann könne er ja wieder hinein! „Um Gottes Willen nein, ich danke dir, ich wusste wirklich nicht, wie ich mich hätte aus der Affäre ziehen können." So gehen wir nun zum Stall, verbleiben dort ein wenig, bevor wir wieder zurückkehren. Ich empfehle dir den Hintereingang zu benützen und dich in unser Zimmer zu begeben. Ich werde wohl noch die Zeche bezahlen müssen, nachher will ich auch zu Bett gehen. Der Betrieb im Wilden Stier ist nicht für einen alten Mann wie mich. Dazu habe ich mich immer an die Zehn Gebote gehalten. Die andern zwei sind da sicher anderer Meinung, aber die sind schliesslich nicht verheiratet.

59

Unbehelligt erreichte Matthias sein Zimmer und ein sauberes Bett, in dem er sofort einschlief und nicht einmal mehr hörte, wie Hämel und Moritz im Nebenzimmer ihre Lust auslebten.

Es war heller Tag als er erwachte und feststellte, dass Gottfried noch am Träumen war. So drehte er sich auch noch einmal zur Seite, döste noch ein wenig vor sich hin bis er hörte, dass nun Gottfried auch wach war und es sogar im Nebenzimmer zu rumoren begann. Auf das Morgenessen mussten sie nicht lange warten. Dafür war die Wirtin rechtzeitig aufgestanden. Milch gab es zwar keine, das war für Matthias sehr ungewohnt, dafür eine Art Kuchen, den sie Pizza nannten. Dazu Bier oder Tee. Thys hielt sich zum Tee, und der Kuchen mundete ihm nicht schlecht. Nachdem sie die Wirtin noch wissen liessen, dass sie noch eine Nacht hierbleiben würden, machten sie sich auf, eine Droschke zu suchen. Die war schnell gefunden und Gottfried konnte dem Fahrer mit seinen bescheidenen Italienischkenntnissen erklären, sie möchten ein wenig die Stadt besichtigen. Uno Ora? Due Ora? Due, antwortete Gottfried. Der Mann wollte aber vorerst bezahlt werden, bevor er sein Gefährt in Gang setzte. Gezogen von einem pechschwarzen Pferd lernten sie nun ein bisschen diese grosse Stadt kennen. Vorerst ging die Fahrt, wie hätte es anders sein können, auf den Domplatz. Die Sinne von Matthias reichten nicht aus, um alles zu verkraften was er hier sah. Ihm wurde fast schwindlig. Dieser Dom! Er zog einen Vergleich zu ihrem Kirchlein in Guttannen. Die waren doch sicher dem Herrgott viel näher mit ihrem Dom. Wer konnte so etwas bauen und wozu? Zur Ehre Gottes oder Christus. Oder vielleicht nur als Machtdemonstration? Auf einem fast zweihundert Ellen hohen Turm thronte eine goldene Madonna. Der ganze Bau aus weissem Marmor mit unzähligen Statuen, Fresken und Türmchen verziert. Wer hatte das ganze wohl bezahlt? Etwa der Papst? Vielleicht, aber woher hatte er das Geld? Von den Gläubigen oder eventuell auf den Kreuzzügen den Heiden abgenommen? Fast fünfhundert Jahre hätten sie daran gebaut und wären immer noch nicht ganz fertig, erklärte ihm Gottfried. Matthias meinte, er hätte genug gesehen, ihm war nicht wohl zwischen diesen hohen Häusern. Lieber wohnte er zwischen den Bergen und all ihren Gefahren. Aber die Fahrt ging weiter. Thys konnte die Namen nicht behalten, die der Kutscher bei jeder neuen Sehenswürdigkeit erwähnte. Lediglich von der berühmten Scala hatte er schon gehört. Castello Sforzeso war offenbar eine Burg, und imposant waren auch die Wasserstrassen etwa die Naviglio Grande. Bei allem Staunen plagte Thys das Heimweh. Gern hätte er zwar Barbara dies alles gezeigt, aber lieber noch hätte er sie zu Hause in die Arme geschlossen. War es möglich, dass einer inmitten all dieser Kunstwerken an eine Alp im Haslital denken konnte? Mit frischem Grün und tausenden von Blumen? An eine primitive aber gemütliche Alphütte? Man sollte es nicht meinen.

171

Gerade rechtzeitig zum Mittagessen waren sie wieder im Wilden Stier. Teigwaren mit Tomatensauce gab es. Die waren köstlich. Dazu ein Glas guten Roten, der so dunkel war, dass er ihnen den Mund rot färbte.

Nachmittag wolle er einkaufen für die Heimreise, liess Gottfried wissen, denn ohne die Mulis wieder zu beladen, trat kein Säumer den Heimweg an. Ob jemand mit ihm komme, wollte er wissen und schaute dabei Matthias an. Diesem war dies gerade recht, hingegen Hämel und Moritz wollten lieber noch etwas ihre Freiheit geniessen. „Gut, aber morgens, wenn der Tag erwacht, seid ihr mir zur Stelle. Ich möchte nicht erst in der grössten Hitze aufbrechen."

„Was nehmen wir mit auf dem Rückweg?", wollte Thys wissen.

„Hauptsächlich Getreide und Mais. Das ist zwar im Wallis nicht so gefragt, aber jenseits der Grimsel schon. Im ganzen Haslital bis weit hinab an die Seen wächst ja kaum Getreide. Dort gilt es einen guten Preis. Etwas Lederwaren werde ich auch kaufen. Die Mailänder haben gutes Leder und dazu noch preisgünstig.

So begaben sie sich zusammen in die Markthalle, und dort wurde eingekauft, genau so viel wie die Tiere tragen konnten. Am frühen Morgen würde aufgeladen. „Endlich nach Hause", seufzte Matthias bei sich.

60

Maria Zumbrunnen machte sich Sorgen. Ihr Grosskind hatte nun den Hof geerbt, und ihr Geliebter war in einer Lawine umgekommen. Ohne Mann könne Barbara ihr Gut nicht bewirtschaften. Wenn sie nur nicht immer noch in Trauer wäre. Der Schmerz, den Barbara mit sich trug, war unschwer zu erkennen, doch das half ihr auch nicht weiter. Längst hatte Maria bemerkt, dass sich Kurt Vonalmen sehr um das Mädchen bemühte, aber offenbar bisher ohne Erfolg. Barbara war zwar freundlich zu ihm, half ihm auch wo sie konnte, und es wäre sicher für sie der richtige Mann gewesen. Arbeitsam, umsichtig und anständig. Das fand Frau Zummbrunnen und oft nahm sie sich vor, mit Barbara darüber zu sprechen. Sie schob es aber immer wieder auf, weil sie dachte, sie würde in Barbara alte Wunden aufreissen. Kurt hatte fast die gleichen Probleme, doch einmal als sie im Stall einer Kuh wachten die kalben wollte, fasste er Mut. „Barbara", so begann er. „Ich begreife deine Trauer. Es tut mir ja selber weh. Aber du musst einsehen, dass du diesen Hof nicht allein bewirtschaften kannst. Dazu brauchst du einen Mann. Ich muss dir gestehen, dass ich dich längst in meinem Herzen trage. Ich bin total in dich verliebt, und ich würde dich zu meiner Frau nehmen auch wenn du eine Bettlerin wärest. Was passiert ist, ist passiert. Niemand kann es rückgängig machen. Du würdest dich sicher an mich gewöhnen, und auch die Liebe würde sich einstellen. Das glaube ich fest. An mir sollte es jedenfalls nicht fehlen."

„Ich weiss, dass du Recht hast und du wärest sicher der Erste, der für mich in Frage käme. Aber bitte lass mir noch ein wenig Zeit."

Am darauffolgenden Tag war der Himmel verhangen und es schneite sogar leicht. Ein Tag, an dem die Frauen meist an den Spinnrädern sitzen.

„Ich mache mir Sorgen", liess die Grossmutter wissen, derweil die Spinnräder schnurrten. „Du hast nun unseren Hof geerbt, aber um ihn zu bewirtschaften brauchst du einen Mann. Hast du nicht bemerkt, dass Kurt bis über beide Ohren in dich verliebt ist. Ich jedenfalls hätte nichts gegen ihn einzuwenden. Er ist ein durch und durch anständiger Bursche, und fleissig ist er auch. Du brauchst ja Matthias deswegen nicht zu vergessen, aber es ist nun einmal so wie es ist."

173

Nun liefen Barbara Tränen über die blassgewordenen Backen. Sie blieb für eine Weile stumm, und die Grossmutter schämte sich, dieses Thema aufgegriffen zu haben. Frauen, die sich verstehen, können aber eher eine Sache ausdiskutieren als Männer. So öffnete Barbara nach einem längeren Bedenken ihr Herz. „Weisst du, Grossmutter. In mir besteht immer noch eine leise Hoffnung, Matthias könnte mit den ersten Säumern zurückkehren. Ich weiss, es ist dumm von mir. Mehrere Zeugen haben gesehen wie es passiert ist, aber jede Nacht träume ich davon, er sei zurückgekommen und habe mich in die Arme geschlossen. Deshalb will ich warten, bis die ersten Säumer über die Grimsel kommen. Danach werde ich mich wohl entscheiden müssen!"

Frau Zumbrunnen atmete erleichtert auf und konnte diese Aussage nicht für sich behalten. Ihr wurde so angenehm wohl, und es fiel ihr ein Stein vom Herzen. Wieder ein Meister auf ihrem Hof, das schien ihr das grösste Glück zu sein. Barbaras Wunden würden heilen, wenn sie einmal endgültig Gewissheit hätte, dass Matthias niemals mehr zurückkommen könnte. Sie konnte es nicht erwarten, ihr Wissen heimlich an Kurt weiter zu geben. Jener war mit einem Schlag im siebten Himmel. Jetzt hatte er Gewissheit und nicht nur Hoffnung, denn dass Matthias zurückkommen könnte glaubte er zu keiner Zeit. Seine Liebe zu Barbara war unverkennbar. Wohl hielt er sich zurück. Es war ja nur noch für kurze Zeit. Die Welt stand für ihn in lauter Blumen. Nie war der Himmel blauer gewesen, nie hatten die Zinnen der Berge heller geglänzt. Er träumte, er hielte Barbara in seinen Armen. Diese wunderbare Frau mit den traurigen Augen. Er würde sie wieder zum Glänzen bringen.

Schon kamen die ersten Säumer über die Grimsel, und auch die von Guttannen rüsteten zum Aufbruch. Da kam Kunde vom Hospiz, denen sei das Brennholz ausgegangen. So könnten sie die Säumer nicht mehr verpflegen. Jemand müsse ihnen Holz bringen. Da nun die Säumer von

174

Guttannen mit ihren Mulis schon alle unterwegs waren, fiel diese Aufgabe Kurt zu. Es stand ja noch das Pferd im Stall. Das war sich auch gewohnt Lasten zu tragen. Die Arbeit war ihm nicht unangenehm. Ein bisschen die Beine vertreten tat nur gut, und die Zeit würde auch schneller verstreichen. Wahrscheinlich würde er mehrere Male fahren müssen, denn die brauchten viel Holz. Singend und pfeifend machte er sich auf den Weg. Er fühlte sich bereits als Ehemann und grosser Bauer. War das ein Leben. Dazu das schönste Wetter und der Saumweg gut.

61

Oben im Hospiz herrschte reger Betrieb. Zwei Mönche halfen ihm abladen, und wie vermutet erwarteten sie noch mehr.

Da waren Säumer, die den Durst löschen wollten, andere wollten übernachten und wieder andere verhandelten mit Händlern, die die gesuchte Ware schon hier übernehmen wollten. So etwa Wein aus dem Wallis oder auch Getreide und verkauften im Gegenzug ihren Sprinz oder auch Salpeter und Räucherwaren. So wurde gefeilscht und gehandelt.

„Was habt ihr geladen?", fragte ein gut angezogener Händler einen Führer einer Säumer Kolonne.

„Wein", gab dieser zur Antwort.

„Vom Unterwallis?"

„Ja, von Salgesch."

„Den kaufe ich euch gleich ab!"

„Und mit was fahren wir zurück?"

„Ich habe Sprinz geladen, wenn ihr wollt, können wir gleich umladen!"

Der Handel kam zustande. Da trat ein junger Säumer zu Kurt und fragte ihn, ob er von Guttannen sei. „Ja, warum?", antwortete dieser.

175

„Ich sollte da einen Brief abgeben, aber nun kehren wir ja hier schon um. Kann ich ihn dir mitgeben?"

„An jemand von Guttannen? Selbstverständlich."

Ohne die Adresse zu lesen, schob er den Brief in die Tasche. Wer mochte da wohl einen Brief erhalten?

Lieber wollte er so rasch wie möglich eine zweite Lieferung Holz ins Hospiz bringen, als auf einen Rücktransport warten und trat deshalb den Rückweg ohne Ladung an.

Als er die Steilstufe im Sommerloch überwunden hatte, stach ihn doch die Neugier. So setzte er sich auf einen grossen Stein und zog den Brief aus der Tasche.

An Frau Barbara Zingg

„Annes Barbara."

In Guttannen.

Er erschrak heftig, als er die Adresse las. Wer zum Kuckuck schreibt da an Barbara einen Brief? Hatte vielleicht Matthias Wechsel oder Geld bei sich, als sie ihn im Goms gefunden hatten? Aber das konnte nicht sein. Dann wäre der Brief an die Eltern von Thys adressiert. Kurt kamen alle möglichen Bedenken. Sein Herz begann zu klopfen wie wild, und er wurde blass wie Kreide im Gesicht. Nein, das konnte nicht sein. Sollte der schlimmste Alptraum, den er je gehabt hatte, Wirklichkeit werden? Er hielt es nicht mehr aus. Mit zitternden Händen zog er sein Messer aus der Tasche und öffnete den Brief. Beinahe wäre er in Ohnmacht gefallen, denn er erkannte schon die Schrift als die von Matthias. Schon beim ersten Satz brach für ihn eine Welt zusammen. Matthias war am Leben. So nah am Ziel. Noch vor so kurzer Zeit total glücklich. Sein Lebenstraum in nächster Nähe. Seine Liebe zu Barbara hätte nicht grösser sein können. Das alles war nun mit einem Schlag zerstört. Der Schmerz in seiner Brust drohte ihn zu ersticken. Am liebsten wäre er auf der Stelle gestorben. Hass auf seinen ehemaligen

Kameraden und Freund nagte an ihm. Er sank so tief, dass er sogar an Mord und Totschlag dachte. Die schönste Frau vom ganzen Haslital hatte er in sein Herz geschlossen, und da Matthias mit den ersten Säumern nicht zurückgekommen war, war er seiner Sache sicher gewesen. Alles dahin, alles verloren. Wozu lebte er noch? In seinem grössten Schmerz suchte er jedoch noch nach einer Lösung. Wie ein Ertrinkender, der sich an einem Strohhalm hält. Vielleicht würde ja Matthias zu seinen Gunsten verzichten. Schliesslich waren sie ja Freunde.

Daran glaubte er aber selber nicht. Doch halt, vierzehn Tage würde die Reise nach Mailand und zurück dauern, hatte Thys geschrieben.

Halb benommen setzte er seinen Weg fort. Keine Blume schien mehr für ihn zu blühen, oder er sah sie nicht mehr? Der blaue Himmel schien ihm schwarz und die weissen Zinnen der Berge unheimlich. Alles drehte sich in seinem Kopf, und doch versuchte er an einen Ausweg zu denken. Im Rätrichsboden setzte er sich auf einen Stein und las den Brief noch einmal durch, zerknitterte ihn anschliessend und warf ihn in die reissende Aare. Vierzehn Tage! Etwa zwei waren sicher schon um. Er müsse alles für sich behalten, ging ihm durch den Kopf und Barbara bitten, ihn sofort zu heiraten. Aber dafür müsste er einen guten Grund haben. So schnell fand er keinen. So legte er, völlig niedergeschlagen ein weiteres Wegstück zurück, als ihm plötzlich seine schwerkranke Mutter einfiel. Seit Wochen war man auf ihren Tod gefasst.

Wie ein Blitz durchfuhr es ihn. Das war die Lösung. Er würde Barbara sagen, seine Mutter möchte noch gerne bei offenem Fenster die Hochzeitsglocke läuten hören, und ihnen anschliessend die Hand reichen und Gottes Segen wünschen. Aber sie müssten sich beeilen, sie mache es nicht mehr lange. Das könnte klappen, doch bei allem plagte ihn das schlechte Gewissen. War das nicht das fieseste, dreckigste Spiel, das er hier trieb? Wäre es nicht besser, sich dem Schicksal zu fügen und es zu ertragen wie ein Mann? Er konnte es einfach nicht. Den ganzen Winter hatte er alles versucht, um Barbara für sich zu gewinnen und nun, fast am Ziel sollte alles zu Ende sein? Niemand würde ja um sein falsches Spiel wissen. Er musste es versuchen.

62

Barbara Zingg war nicht die einzige in Guttannen, die den Schmerz über den Verlust von Matthias noch nicht verarbeitet hatte. Da waren vor allem seine Mutter, Vater Gafner, der Ätti und Vreni, seine Schwester. Gerade jetzt, wo es Frühling geworden war in den Bergen, wog der Verlust besonders schwer. Der Ätti war nun zu alt und gebrechlich, um noch einmal die Aufgaben eines Sennen auf der Trift zu erfüllen. Nun wäre Hans, der Vater an der Reihe. Aber wer würde dann zu Hause das Heu und Futter für den Winter einbringen? Da wäre noch der Bruder, aber dessen Beruf war Säumer, und darauf wollte er nicht verzichten. Konnte man die Trift, die Kühe und das Käsen dem Vreni überlassen? Einem kaum achtzehn Jahre alten Mädchen? Lauter Probleme und der Verlust ihres Sohnes kamen ihnen nun erst recht zum Bewusstsein.

Auch Anne Zingg, die Grossmutter von Barbara, die jahrelang auf der hintern Trift die Ziegen besorgt hatte, musste mit schwerem Herzen auf den Alpsommer verzichten. Sie wurde von der Gicht geplagt und konnte gerade noch knapp ihren eigenen Haushalt bewältigen, und das auch nur mit Hilfe von Barbara, die meistens bei ihr in ihrem Häuschen übernachtete und am Abend die schwersten Arbeiten besorgte.

Wäre nicht eine fast endlose Säumer Kolonne durch Guttannen gezogen, hätte man glauben können, das Dorf wäre ausgestorben. Die Männer waren zum Teil in den Vorsässen, im Wald, Brennholz für den nächsten Winter musste gerüstet werden, oder sie hatten sich als Säumer verdingt. Die Frauen waren in ihren bescheidenen Pflanzungen oder halfen Zäune flicken oder Ställe einrichten, kurz, alle hatte es bei diesem schönen Wetter hinausgezogen. Nur Barbara hatte in Abwesenheit von Kurt Stalldienst, weil gerade eine Kuh kalben wollte. So war sie auch die Erste, die Kurt bei seiner Rückkehr antraf.

„Was ist mit dir? Warum bist du so blass?"

„Mir ist unwohl. Das vergeht schon wieder." Er versuchte sie in seine Arme zu schliessen, doch sie entzog sich ihm.

„Ich will schnell nachschauen was die Mutter macht. Ich nehme an, sie ist allein zu Hause."

„Ruf mich, wenn du Hilfe brauchst!"

Mutter Vonalmen schien zu dösen. Jedenfalls hatte sie die Augen geschlossen, als Kurt in ihr Zimmer trat.

„Schläfst du Mutter?", fragte er leise.

„Bist du es Bub?" Sie hatte doch nicht geschlafen.

„Ja, ich bin's, der Kurt. Wie geht es dir?"

„Ach, wie geht es mir. Ich mache es nicht mehr lange. Das Herz, es will nicht mehr."

Etwa diese Antwort hatte Kurt erwartet und erwiderte nichts darauf. Er zog ein Stuhl neben das Bett, setzte sich und hielt ihr ein wenig die kalte Hand.

Ihr Atem ging schwach, und sie hatte Mühe zu sprechen. Nur kaum vernehmlich fragte sie: „Wirst du Barbara Zingg heiraten?"

„Ja, Mutter", gab er zur Antwort.

„Ach, wenn ich das doch noch erleben dürfte!" Er erwiderte nichts darauf, dachte aber bei sich, genau das brauche ich. Mein Plan muss gelingen.

„Wie geht es ihr?", fragte Barbara, als er endlich zurückkehrte. Kurt war noch eine Weile zu Hause in seiner Kammer geblieben. Noch einmal plagte

179

ihn das schlechte Gewissen. Er sei ein trauriger Fink und sollte sich schämen, und diese Untat würde ihn zeit seines Lebens verfolgen. Aber endlich verdrängte er diese Bedenken und sagte sich, ein jedes Tier und auch jeder Vogel kämpfe um seinen Partner. Das sei von der Natur so bestimmt und deshalb keine Sünde.

„Es geht ihr schlecht, sie macht es sicher nicht mehr lange. Ich muss mit dir reden. Ihr grösster und letzter Wunsch sollten wir ihr erfüllen. Sie möchte noch bei offenem Fenster unsere Hochzeitsglocke läuten hören und uns nachher die Hände drücken und Gottes Segen wünschen. Diesen Wunsch sollten wir ihr erfüllen. Matthias kommt ja nun sicher nicht mehr zurück, und ich glaube, wir werden so oder so heiraten. Warum sollten wir es nicht so schnell wie möglich tun und der Mutter ihren letzten Wunsch erfüllen? Wir brauchen ja kein grosses Fest zu veranstalten. Das können wir später immer noch. Der Pfarrer wird uns sicher schon morgen oder übermorgen trauen, wenn wir ihn darum bitten. Ich wäre sehr glücklich, wenn du ja sagen könntest!" Barbara wischte sich eine Träne aus dem Gesicht. Die Antwort darauf fiel ihr schwer.

„Lass mir noch ein wenig Zeit. Ich sehe ja ein, dass wir deiner Mutter diesen Wunsch erfüllen sollten. Heute Abend gebe ich dir die Antwort."

„Gut, bis heute Abend."

Barbara fiel ein Entscheid schwer. Jedenfalls wollte sie alles noch mit Anne, ihrer Grossmutter besprechen.

„Ich kann dir nicht anders raten. Jetzt musst du dich entscheiden. Ich glaube, mit Kurt wärest du nicht schlecht bedient. Schlechtes habe ich jedenfalls nie von ihm gehört. Auch von seinen Eltern nicht."

„Was meinst du dazu? Es wird berichtet, man hätte die Lawinenopfer in Obergesteln beerdigt. Ich möchte, bevor ich heirate, einen Strauss Blumen auf das Grab von Matthias legen und mich so von ihm verabschieden. Dazu brauchte ich etwa drei Tage. Wäre das zu viel verlangt von Kurt?"

„Gewiss nicht. Das muss er dir noch erlauben."

Dass dieses Vorhaben Kurt Vonalmen wie ein Todesurteil treffen würde, konnte sie nicht ahnen. Weshalb er wegen diesen drei Tagen kreideweiss wurde und derart zu Zittern begann, begriff sie nicht, und so schlug sie ihm vor, doch mitzukommen. Er stotterte nur, wer wohl in dieser Zeit die anfallenden Arbeiten verrichten sollte? Dabei wusste er natürlich genau, dass Barbara im Goms die Wahrheit erfahren würde. Alles verloren, alles verspielt. Die Strafe für seinen hinterlistigen teuflischen Plan. Barbara fragte sich, weshalb Kurt wegen dieser drei Tagen derart den Kopf machen müsse. Das sei doch das mindeste, das müsse er ihr gestatten.

Kurt aber dachte daran, seinem Leben ein Ende zu setzen. Nicht nur, weil er nun alles verloren hatte. Er schämte sich auch zutiefst und hatte Angst, sein falsches Handeln könnte ans Tageslicht kommen. Er könnte das Dorf bei Nacht und Nebel verlassen und weit weg ziehen, das wäre noch das Beste. Aber Matthias würde sofort wissen warum. In diesem Falle hätte er ja von der Rückkehr von Thys Kenntnis haben müssen. Seine Grube war geschaufelt. Ihr zu entkommen unmöglich! Es schien ihm, hier ende sein Leben, an dem er bisher lauter Freude gehabt hatte. Eine Nacht lang wälzte er sich im Bett ohne auch nur eine Minute Schlaf zu finden. Sein ganzes Leben zog in Bildern an ihm vorüber. Als der Morgen graute, hatte er doch seine Sinne etwas geordnet. Er beschloss einfach auszuharren und abzuwarten. Barbara musste doch sicher Matthias erzählen, dass sie beschlossen hatten zu heiraten. Dafür würde er ihnen keinen Vorwurf machen können, und vielleicht würde er sich erkenntlich zeigen und sogar auf Barbara verzichten. Sonst könnte er immer noch in Ehre das Dorf verlassen und sein Glück vielleicht bei den Napolitanern suchen. So versuchte er am Morgen sich seinen Verdruss nicht anmerken zu lassen, was ihm allerdings nur schlecht gelang, und wünschte Barbara, die bereits reisefertig war, eine gute Reise.

63

Barbara hatte Glück. Säumer aus Guttannen hatten gerade Holz für das Hospiz geladen. Sie kannte alle, und unter ihnen war auch der Onkel von Matthias. Jener lobte sie für ihr Vorhaben. Sie hatte eigentlich keine Mühe den Männern und den Mulis zu folgen. Nur bei den Steilstufen, wie etwa an der Handegg und im Sommerloch riet man ihr, sie solle sich am Schwanz eines Maultieres halten. Die seien das gewohnt und würden sie mühelos hinaufziehen. Das tat sie und dachte dabei an jene Nacht, als sie der junge Matthias mit seinem Muli vor der grossen Lawine gerettet hatte.

Nach einer kleinen Erfrischung im Hospiz musste sie sich nun von ihren Leuten verabschieden und sich einer fremden Kolonne anschliessen. Dass Säumer raue Gesellen sind, erfuhr sie noch schnell einmal. Sie werde wohl ihren Freund im Wallis besuchen wollen, hänselten sie. Ob er auch wirklich hübsch sei. So schön wie sie sicher nicht. Sie brauchte nicht weit zu gehen, sie könnte ja auch nur ihn nehmen, meinte ein besonders ungehobelter Kerl. Meistens erwiderte sie nichts auf ihre dummen Sprüche. Doch als ihr das Ganze langsam an den Nerven zu zehren begann, erklärte sie dem offenbar Ältesten und noch Anständigsten, weshalb sie ins Goms wolle. Nun sorgte der für Ordnung und keiner machte mehr einen dummen Spruch.

Obschon ihr eigentlich nicht danach zu Mute war, musste sie doch die hehre Bergwelt bestaunen, von der sie von der Trift aus jeweils nur einen kleinen Teil gesehen hatte. Jenseits des Passes führte der Weg an kleinen blauen Seelein vorbei, in denen sich die umliegenden Berge spiegelten und die eingebettet waren in ein Blumenmeer. Danach wurde der Weg langsam steiler, und schon bald fiel der Blick auf die breite ebene Talsohle des Goms.

Auch der Totenacker von Obergesteln war schon bald zu erkennen. Hier duftete es nach frischem Gras. Der Frühling war viel weiter fortgeschritten als im Haslital. Nun wäre es langsam an der Zeit einen Strauss Blumen zu pflücken. Davon waren genügend vorhanden, doch alle eigneten sich nicht für einen Strauss. Die besonders schönen Enziane, die Matthias so geliebt hatte, hatten nur sehr kurze Stiele und liessen sich nicht in einen Strauss einbinden. Sie müsste ein Stöcklein ausgraben und auf das Grab pflanzen, dachte sie und tat es auch und verstaute es in ihrem Tragsack. Andere Blumen mit langen Stielen fand sie genug. Da waren die blauen Bergflockenblumen, rote Skabiosen, Prachtnelken, Glockenblumen, Primeln und mehr.

Hier sei die Stelle, wo das Unglück passiert sei, erklärte ihr ein junger Mann. Und tatsächlich waren die Spuren noch gut sichtbar, die die Lawine hinterlassen hatte. Barbara schauderte und wieder einmal kollerte eine Träne über ihre Wange.

Nun sah sie bereits den Friedhof und erkannte auch den Weg, der dorthin führte. Selbst frische Grabhügel waren auszumachen.

In Obergesteln löschten die meisten Säumer vorerst ihren Durst in der Taverne. Barbara sah einen Brunnen und löschte ihren mit Wasser. Danach begab sie sich unverzüglich zum Totenacker. Schnell fand sie die frisch aufgeschütteten Gräber. Schlichte Holzkreuze und zum Teil ein paar Blumen schmückten sie, doch Namen standen keine auf den Kreuzen, nur die Jahrzahl. Welches wäre wohl dasjenige von Matthias? Wie sie so dastand und sich überlegte, wo sie nun die Blumen hinstellen wolle, fiel ihr auf, dass es nur vier Kreuze waren, und doch hatten Augenzeugen erzählt, es wären fünf Männer mitgerissen und verschüttet worden. Sie sah eine alte Frau, die offenbar ein älteres Grab pflegte. Die wollte sie nach dem Grund fragen.

Diese suchte sie auf und sprach sie an. Sie habe in der Lawine ihren Verlobten verloren. Nun wisse sie nicht, welches Grab das seine sei. Das könne sie ihr nicht sagen, wahrscheinlich niemand. Sie würde die Blumen einfach auf die Gräber verteilen. „Das muss ich wohl, aber können Sie mir sagen, weshalb es nur vier Gräber sind? Die Lawine habe doch fünf Männer mitgerissen." „Ah, das wissen Sie nicht? Einer konnte sich befreien und wurde gerettet. Fragen sie dort in diesem Haus bei Frau Zimmermann. Die haben ihn gesund gepflegt. Bei ihnen hat er den ganzen Winter verbracht."

64

Beinahe wurde es Barbara schwarz vor den Augen. Sollte, nein, das konnte nicht sein. Wäre es Matthias gewesen, er hätte sie längst benachrichtigt. Doch nachfragen wollte sie und zwar gleich. Sie zitterte am ganzen Leib. Vorerst legte sie den Blumenstrauss zwischen die Gräber, ging anschliessend zu dem Haus, das ihr die Frau gezeigt hatte. Sie klopfte an die schwere Haustüre mit gemischten Gefühlen. Eine ältere Frau öffnete und betrachtete sie eher argwöhnisch. Eine fremde Frau in Obergesteln war eher etwas Ungewöhnliches. Misstrauisch fragte sie, was sie denn zu ihr führe. Barbara dachte, am klügsten würde sie sich vorstellen und der Frau erklären, weshalb sie ihr Dorf aufsuche. „Ich bin Barbara Zingg aus Guttannen." Weiter kam sie nicht. Frau Zimmermann, wie sie hiess, stiess einen Laut aus, der zugleich Staunen und Freude ausdrückte und verwarf dazu entsetzt ihre Hände. „Ist das schön, dass sie ihrem Verlobten entgegeneilen. Es dauert zwar wohl noch etwa zehn Tage, bis sie von Mailand zurück sind, aber Sie können ruhig bei mir auf ihn warten." Barbara wurde es schwarz vor den Augen. Im letzten Augenblick wurde sie von Frau Zimmermann gestützt und ins Haus geführt. Weshalb es dieser Frau auf einmal so schlecht ging, konnte sie nicht begreifen. Sie holte ihr einen Becher Wasser und langsam, langsam kam Barbara wieder zu sich. Träumte sie oder was erzählte ihr diese Frau? Wie eine Furie packte sie diese an beiden Oberarmen, rüttelte sie und schrie beinahe, was sie da gesagt habe. Mit so etwas treibe man keine Scherze. „Ja, Frau Zingg, haben Sie denn den Brief von Matthias nicht erhalten, an dem er fast den ganzen Winter geschrieben hat und ihn den ersten Säumern, die über die Grimsel zogen, mitgegeben hat?" Barbara hatte es die Sprache verschlagen. Fast als wäre Frau Zimmermann ein Geist schaute sie sie an. Endlich erinnerte sie sich daran, dass ihr die Frau auf dem Friedhof gesagt hatte, einer hätte sich befreien können. War das wirklich wahr und war es ihr Matthias? „Ist, ist Matthias gar nicht tot?", brachte sie endlich über ihre Lippen.

„Der ist so lebendig wie nur irgendeiner."

„Und weshalb ist er nicht sofort zurückgekommen, als der Pass geöffnet war?"

„Das hat er ihnen in dem langen Brief geschrieben. Weil wir ihn gerettet und gesund gepflegt haben, fühlte er sich verpflichtet meinen Mann, der Säumer und Händler ist, nach Mailand zu begleiten. Mein Mann war sehr froh darüber, sind doch Säumer Knechte im Frühjahr Mangelware. Es wird etwa noch zehn Tage dauern bis sie zurück sind. Dann könnt Ihr ihn in die Arme schliessen."

„Ich kann es kaum glauben, Ihr müsst mir verzeihen. Für mich ist ein Wunder geschehen. Sie werden verstehen, dass ich einen Moment in mich kehren muss, um Gott zu danken."

„Das begreife ich gut, setzen Sie sich an den Tisch, ich mache derweil etwas zu essen. Sie haben sicher Hunger." Damit verschwand sie in die Küche.

Er hatte ihr also einen Brief geschrieben, der nie bei ihr angekommen war. Eigentlich war sie auch ein wenig beleidigt, weil er nicht bei erster Gelegenheit zurück zu ihr gekommen war. Aber anderseits, wenn sie sich alles überlegte, konnte er vielleicht gar nicht anders handeln. Es sah ja wirklich so aus, als hätten diese Leute ihm das Leben gerettet.

Frau Zimmermann kam zurück mit einem Krug Tee, einem Stück Walliserbrot und Käse. „Ihr müsst etwas essen. Ich kann zwar verstehen, dass Ihr keinen grossen Hunger verspürt. Das Ganze hat Sie wohl ziemlich aufgewühlt. Ich kann nur nicht begreifen, weshalb der Brief verloren gegangen ist. Soviel ich weiss hat Matthias den Säumer sogar entlohnt."

„Ich danke Euch, Frau Zimmermann, auch für alles, was Sie für Matthias getan haben."

„Ach, ich glaube, das hätte jeder getan. Können wir einander nicht du sagen? Es wäre einfacher."

„Damit bin ich sofort einverstanden. Du musst verstehen, dass ich ziemlich durcheinander bin. Den ganzen Winter habe ich um Matthias getrauert."

„Ja, es muss ein ziemlicher Schock für dich sein, aber sicher auch eine grosse Freude."

„Soll ich nun sofort nach Guttannen zurückkehren und dort die frohe Botschaft verkünden?"

„Wissen sollten sie es möglichst rasch, aber du könntest auch einen Brief schreiben und hier bei mir auf ihn warten. Ich würde mich freuen, wenn du bei mir bleiben würdest. Du hättest ja die Kammer und das Bett, das Thys den ganzen Winter bewohnt hat."

„Das würde ich natürlich gerne, aber ich möchte dir nicht zur Last fallen."

„Immerhin hätte ich dir ja auch noch Arbeit. Die Kartoffeln sind noch nicht gesetzt und das Gärtchen muss auch noch bestellt werden. Dazu hätte ich viel Wolle zum Spinnen. Du würdest mir gar nicht zur Last fallen."

„Dann nehme ich dein Angebot gerne an. Nur werde ich gleich mehrere Briefe schreiben und sie verschiedenen Säumern mitgeben, in der Hoffnung, dass sie nicht alle verloren gehen werden."

In ihre Freude mischten sich aber auch Sorgen. Wie würde Kurt diese Nachricht aufnehmen. Der werde zu Tode betrübt sein. Kurt wähnte sich sicher am Ziel seiner Träume, die für ihn alle willkürlich zusammenbrachen.

186

Das waren keine schönen Gedanken und waren dazu angetan, ihre Freude zu dämpfen. Allerdings hatte sie seine Liebe nie erwidert, und das nahm sie sich vor, in irgendeiner Form sollte er für seine Enttäuschung entschädigt werden.

Ohne Säumen fragte sie Hanna nach Tinte und einem Federkiel und schrieb, nicht nur einen Brief, gleich deren vier. Darin teilte sie kurz mit, Matthias sei am Leben und unversehrt, habe aber seinen Retter nach Mailand begleitet. Sie warte in Obergesteln auf ihn. Die vier Briefe gab sie unverzüglich vier verschiedenen Säumern mit und gab dafür jedem Geld für ein Mittagessen in Guttannen.

Die zwei Frauen verstanden sich gut. Bei schönem Wetter bereiteten sie hinter dem Haus im haldigen Gelände den kleinen Acker und setzten Kartoffeln. Das gab viel Arbeit. Mist musste mit einer Schubkarre in den Acker gebracht und verteilt werden, danach mit einer Hacke den Boden gelockert und schlussendlich die Kartoffeln gesetzt. Unten vor dem Haus im Garten pflanzten sie Gemüse und Flachs. Frau Zimmermann war nicht wortkarg. Sie hatte viel zu erzählen. Schon bald wusste Barbara die ganze Geschichte, wie sich Thys hatte befreien können und dann ohnmächtig mit gebrochenem Bein von ihrem Mann gefunden wurde, wie ihm der Bader das Bein geflickt und schlussendlich Matthias noch eine Lungenentzündung aufgelesen habe. Er sei ein angenehmer Patient gewesen. Sie solle nicht eifersüchtig werden, aber sie habe ihn richtig lieb gewonnen.

Barbara hatte lieber die langen Abende, um ihre Geschichte zu erzählen. Meist schnurrten dazu die Spinnräder. Sie schüttete auch ihr Herz, ihren Kummer aus, den sie hatte wegen Kurt Vonalmen. Da wusste allerdings Hanna auch keinen Rat. Sie denke, die Zeit heile Wunden. Er werde sicher deswegen nicht zu Grunde gehen. Schwer sei es aber sicher schon für ihn.

Dass sie, Barbara in Guttannen das grösste Heimwesen geerbt hatte, behielt sie lange für sich. Das konnte ja auch Matthias nicht wissen. Doch endlich

187

konnte sie es nicht mehr für sich behalten und erzählte auch dies alles, wie es geschehen war.

„Das ist ja eine wunderbare Geschichte. In Unehre geboren, in Armut aufgewachsen und nun die reichste Frau von Guttannen. Dazu kriegst du noch einen Mann, der eine grosse Kristallkluft gefunden hat wegen deiner entlaufenen Ziege. Gott muss dich wirklich gernhaben, dass er dir dies alles beschert hat."

„Ja, ich weiss nicht, wie ich das alles verdient habe."

„Vielleicht ist es eine Entschädigung für deine Mutter, die sicher sehr gelitten hat."

„Ja, ich glaube, so sieht es Frau Zumbrunnen, meine zweite Grossmutter."

Obschon es Barbara in Obergesteln nie langweilig wurde, konnte sie die Rückkehr von Matthias doch fast nicht erwarten. Täglich schaute sie nach den Säumer Kolonnen, die fast ohne Unterbruch vom Pass her nach Obergestelen kamen. Die meisten machten dort in der Säumertaverne einen Zwischenhalt und löschten wenigstens ihren Durst. Sie zählte die Tage, und vom achten an war sie fast nicht mehr zu halten. Frau Zimmermann sah mit einem Lächeln wie sie immer wie aufgeregter wurde, kaum noch Essen zu sich nahm, sich nicht mehr auf die Arbeit konzentrieren konnte und dafür dauernd nach den Säumern Ausschau hielt. Am liebsten wäre sie wohl ihrem Verlobten entgegengeeilt. Davon riet ihr aber Hanna ab. Es könnte ein langes Warten absetzen. Dazu sei der Weg manchmal doch ziemlich gefährlich, besonders bei einem Wetterumbruch.

65

In Guttannen schlug die Nachricht ein wie eine Bombe. Gleich vier Säumer hatten im Bären einen Brief abgegeben. Diese sorgten für eine

Riesenaufregung. Nie hatte sich eine Kunde schneller durch das Dorf verbreitet. Matthias Gafner lebt! Das war in aller Munde. Viele Männer begaben sich in den Bären, um sich persönlich von der Wahrheit zu überzeugen. Dort liess sich vor allem einer vernehmen. Es war der Salpetersieder Emmer. „Habe ich es euch nicht immer gesagt. Ich weiss schon lange, dass der junge Gafner nicht tot ist. Aber mir glaubt ja niemand!"

Die Frauen besprachen die gute Nachricht zwar nicht im Bären, dafür aber an jeder Hausecke und natürlich am Sonntag in der Kirche. Schon bald mischten sich bei ihnen auch schon Bedenken unter die frohe Botschaft. Die Frage beschäftigte viele. Was wird nun aus Kurt Vonalmen? Jeder in Guttannen hatte damit gerechnet, dass nun dieser der Glückliche wäre, der Barbara Zingg zum Traualtar führen könne. Vor allem Magdalena Zumbrunnen machte sich deswegen grosse Sorgen. Sie wusste, dass Kurt bis über beide Ohren in Barbara verliebt war und hatte deshalb Angst, er könnte sich ein Leid antun. Niemand wusste natürlich, dass Kurt der einzige war, der schon seit ein paar Tagen durch den unterschlagenen Brief Kenntnis hatte. Obschon fast zu Tode betrübt, war er nach langem Kampf mit sich selber zur Einsicht gekommen, dass das Leben trotzdem weiter gehen müsse. Nur wusste er noch nicht wie. Jedenfalls bei Barbara Knecht sein, das wollte er nicht mehr. Dazu schämte er sich für das, was er getan hatte, aber dafür entschuldigen wollte er sich nicht. Niemand sollte es je erfahren, und die Strafe dafür hatte er ja nun erhalten. So versuchte er gute Miene zum bösen Spiel zu machen, was ihm zwar nur halbwegs gelang.

Fast aus dem Häuschen war natürlich Frau Gafner. Den ganzen Winter hatte sie um ihren Sohn getrauert, hatte geweint und gebetet oder auch mit Gott gehadert. War abgemagert, weil sie kaum noch Essen zu sich nahm und nun diese Nachricht. Es dauerte ein paar Tage bis sie endlich begriffen hatte, dass es nicht einfach ein Traum war oder ihre Sinne nicht mehr in Ordnung.

Es war nun für die Guttanner auch so gut wie sicher, dass Matthias mit Barbara zurückkehren würde. Sie würde sicher auf ihn warten.

Junge Leute, aber auch der Pfarrer, waren der Meinung, die Rückkehr sollte entsprechend gefeiert werden. Allerdings dachte der Pfarrer eher an einen Gottesdienst und die Jugend an ein Volksfest mit Musik und Tanz. Da musste kurzfristig geplant werden. Schnell wurde im Bären eine Gemeindeversammlung einberufen und dort beschlossen, man wolle sowohl einen Gottesdienst und ein Volksfest veranstalten. Man müsste das ganze Dorf bekränzen, meinten die Jungen und die Älteren mahnten zur Mässigung. Das eine tun und das andere nicht lassen, entschied der Kirchenrat. So beschlossen die Älteren und vor allem die Frauen die Kirche zu schmücken, während die Jungen sich an die Arbeit machten und schnellstens eine Tanzbühne bauten. Einen grossen Bogen aus Tannenzweigen und Blumen, mit der Aufschrift „Willkommen" planten sie, aber da keiner wusste, wann die Beiden zurückkehren würden, bestand die Gefahr, dass die Blumen verwelken könnten. Auch da wusste man Rat. Ein Bursche, der Ried Hannes, er sei der schnellste Guttanner, wurde ins Hospiz geschickt. Dieser sollte eiligst im Dorfe melden, sobald er die Zwei erspähen würde.

Das war das eine. Aber zum Tanzen brauche es eine Musik. Das gab's in Guttannen leider nicht. Aber dafür in Innerkirchen eine bekannte, gute Kapelle. Das Beste wäre, man würde sie herholen und im Bären einquartieren, damit sie am Tage X bereit wäre. Allerdings würden Kosten entstehen. Die Jugend war aber bereit, diese zu übernehmen, und auch einige ältere Bauern, dazu gehörte auch Vater Gafner, sicherten einen Betrag zu.

66

190

Derweil in Guttannen all diese Vorbereitungen getroffen wurden, näherten sich die Säumer um Gottfried Zimmermann langsam dem Griespass. In Riale, einer der letzten Siedlungen vor dem Pass, legten sie eine Rast ein und nahmen eine Stärkung zu sich. Der Himmel war mit Wolken verhangen und Hämel äusserte sich, ihm gefalle dieses Wetter gar nicht, da braue sich etwas zusammen. Ja, das stimme wohl, erwiderte Gottfried. „Vielleicht sollten wir hier noch einmal übernachten." Dazu äusserte sich Matthias nicht, er war ja der unerfahrenste, jedoch Moritz meinte, das könne man schon riskieren, es müsste schon mit dem Teufel zugehen, wenn eine fast ununterbrochene Säumer Kolonne über den Pass ziehe und man den Weg nicht mehr finden sollte. So entschloss man sich weiterzuziehen, obschon Gottfried in seinem Inneren ein ungutes Gefühl verspürte. Übertrugen sich seine Bedenken auf die Tiere oder die Nervosität der Tiere auf ihn? Wie näher sie dem Pass kamen, je dichter und schwärzer wurde die Wolkendecke. Von Ferne hörte man fast ununterbrochenes Donnergrollen.

„Da bekommen wir ein Pflaster!", meinte Gottfried und die andern dachten dasselbe, aber äusserten sich nicht. Schon hatten sie die Höhe des Passes erreicht, als ein fürchterliches Unwetter losbrach. Ein Unwetter, wie man es nur in den hohen Alpen erlebt. Zwei Fronten waren aufeinander geprallt. Eine von Süden und eine von Norden. Beide gesättigt mit Wasser. Wie zwei Riesen waren sie aufeinander geprallt. Ungeheure Kräfte, die sich hier wohl den Sieg erkämpfen wollten. Dabei hatte sich die kältere Luft aus Norden unter die wärmere aus Süden geschoben. Jene bäumte sich auf und wurde dabei in grosse Höhe katapultiert, wo ihr Wasser zu Eis erstarrte. Jenes fiel vom Himmel und wurde mit sehr starken Windböen einmal nach Norden und dann wieder nach Süden getrieben. So stark, dass die Eissplitter den Männern unter die Haut drangen. Jene versuchten sich mit ihren Halstüchern gegen diese Unbill zu schützen, was nur zum Teil gelang. Dazu mussten sie mit einer Hand ihre Hüte halten, denn ohne sie wären sie dem Wetter schutzlos ausgeliefert gewesen. Zu allem schlugen beidseits von ihnen dauernd Blitze ein. Eine Verständigung war kaum noch möglich. Von den Wegmarkierungen oder den Spuren der Vorangegangenen war nichts mehr zu sehen. Auch wenn man wegen der Eiskörner die Augen auch noch zu öffnen versuchte. Schon bald wurde allen klar. Wir sind vom Weg abgekommen. Jeder konnte gerade noch knapp seinen Vordermann und sein Tier erblicken. Die Gedanken von Thys waren bei Barbara. Sollte hier sein irdisches Dasein zu Ende gehen? Hoffnungsvoll würde seine Braut auf ihn warten. Er wollte kämpfen. Es war ja nicht das erste Mal dass er sich aus einer hoffnungslosen Lage befreien musste. Jeder wusste es: Nur nicht stehen bleiben, sonst sind wir verloren. Mit einem Handzeichen stoppte nun aber Gottfried den Zug trotzdem. Vom Sattel seines Tieres löste er ein langes Seil, band es sich um den Bauch und warf es Matthias zu, der es auffing. Er hatte begriffen was damit zu tun sei. Er band sich selber an und warf es dem Nächsten zu. Hämel war der Letze. Nun wieder vorwärts. Die Gefahr in eine Gletscherspalte zu fallen war nun um etliches kleiner geworden. Langsam schien es auch etwas heller zu werden und Gottfried glaubte, etwa fünfzig Ellen rechts von ihm eine Wegmarkierung zu erkennen. Sofort lenkte er sein Muli in diese Richtung. Da geschah es. Unter dem Maultier brach die Schneedecke zusammen und mit einem markerschütternden Schrei verschwand dieses in einer Gletscherspalte. Wohl auch dank dem Seil und einem Sprung zur Seite konnte sich Gottfried retten. Benommen, immer durch das Seil gesichert, traten sie zu dem Loch, das sich gebildet hatte. Eigentlich lag das Tier gar nicht so weit unten, aber es war total eingeklemmt. „Das bringt niemand mehr herauf, wir können nichts mehr tun als es von seinen Qualen erlösen. Gerade fegte erneut ein wahrer Eishagel über den Gletscher. Die Vier mussten sich anschreien, um sich verständlich zu machen. „Schiess es in den Kopf!", befahl Gottfried dem Moritz. Jener löste sein Gewehr vom Sattel, zielte und drückte ab. Aber o weh, der Zunder war nass geworden und das Gewehr versagte seinen Dienst. Armes Tier, so halt mit dem Säbel. Hoffentlich nicht ich, dachte Matthias, aber Hämel sagte, was sein muss, muss sein. Je eher desto besser. So drehten sich drei weg, während er erledigte was nicht zu ändern war. „Ich glaube, den Sattel mit der Ware können wir retten", tönte es aus dem Spalt. „Ich muss nur die Gurten zerschneiden und das Seil anbinden. Dann könnt ihr ihn hinaufziehen."

Wenigstens der Sturm hatte sich zwischenzeitlich etwas gelegt, dafür regnete es nun wie aus Kübeln gegossen, und immer noch fuhren Blitze vom Himmel. Trotz allem wurde der Sattel mit der Ware gehoben und auf die andern Tiere verteilt. Glücklicherweise konnte man nun die Wegmarkierungen undeutlich erkennen und die Vier waren gerettet. Sie waren nicht die Einzigen, die in diesem Unwetter Schaden erlitten hatten. Nach dem Gletscher, wieder auf festem Fels, sassen fünf Säumer mit ihren Tieren, totenbleich und völlig durchnässt. Ihnen hatte der Blitz ein Tier erschlagen. Eine weitere Gruppe, die bereits beim Absteigen war, war offenbar glimpflich davon gekommen.

Matthias versäumte es nicht, im Stillen Gott zu danken, dass er dieser Hölle entkommen war.

Angenehm war es trotzdem nicht, bei diesem Regen und in durchnässten Kleidern den Weg vorzusetzen, und als sie endlich bei einer alten Sennhütte vorbeikamen, hielten sie an, schlugen Feuer und versuchten ihre Kleider zu trocknen, während ihre Tiere in dem halbverfallenen Stall genüsslich ihre Haferportion frassen.

67

In Obergesteln schauten zwei Frauen besorgt hinauf in die verhangenen Berge Richtung Griespass. Seit Stunden hatte es geregnet wie aus Kübeln gegossen. Dazu sah man immer wieder Blitze zucken und Donner rollen. Die eine dachte es und die andere sprach es aus: „Hoffentlich sind die nicht in dieses Unwetter geraten." Durchnässte Säumer trafen im Dorf ein und brachten Kunde, dass wohl einige Kolonnen am Pass in Schwierigkeiten geraten wären. Das war nicht dazu angetan, den zwei Frauen Mut zu machen. Hanna Zimmermann hatte ihren Rosenkranz von der Wand gehängt, diesen Helfer in der Not, der bei Katholiken dazu dient in der grössten Verzweiflung den lieben Gott anzurufen. Sie war schon zum zweiten Mal dabei die Holzperlen um zuschieben. Barbara kannte diesen Brauch nicht und tat dasselbe auf ihre Weise. Vielleicht erhörte er sie doch. Jedenfalls schien es, das Wetter beruhige sich langsam. Immer wieder schauten die Frauen durch das kleine Fenster in die Richtung, aus der die Säumer kommen mussten. Endlich vermeinte Frau Zimmermann zuerst ihre Tiere und ein wenig später auch die Männer zu erkennen. Aber es waren nur vier Tiere. Da war irgendetwas geschehen. Nun war aber Barbara nicht mehr zu halten. Wie vom Teufel geritten lief sie den Männern entgegen. Dem Wetter zum Trotz und ungeschützt. Sie sah wohl, dass sich Matthias kaum mehr auf den Füssen halten konnte. „Matthias, Matthias!", schrie sie ausser Atem, „bist du es oder träume ich?" Schnell schloss sie ihren völlig durchnässten Verlobten in die Arme, und jener hatte vor lauter Überraschung die Sprache verloren. Sich öffentlich zu küssen war zwar verpönt, aber dieses Gebot wurde ausgiebig missachtet. „Nun schnell, komm, du brauchst trockene Kleider, sonst wirst du noch krank." Das Wiedersehen mit einem Totgeglaubten! „Ich hätte nicht gedacht, dass du mir entgegeneilen würdest. Bist du schon lange hier?" „Es wird viel zu erzählen geben, aber zuerst musst du dich trocken legen und etwas essen. Wir haben ja nun noch viel Zeit." Hanna war ebenfalls sehr erleichtert, zeigte dies aber nicht mit einer überschwänglichen Liebesbezeugung. Schliesslich sei man ja schon sehr lange verheiratet, und das Blut fliesse nicht mehr so heiss in den Adern.

Thys besass wenig Auswahl in seiner Garderobe. Die Ersatzkleider, die er bei sich hatte, waren ja in der Lawine verloren gegangen. Zwar hatte es in Obergesteln einen Schneider. Bei ihm hatte er sich ein Paar Hosen und eine Joppe machen lassen, doch weil er die für den Gang nach Mailand getragen hatte, waren sie nun völlig durchnässt. Dafür hatte ihm aber Hanna die Alten gewaschen. Die sahen zwar mitgenommen aus, aber waren immerhin trocken. Ein Hemd borgte ihm noch Gottfried, und in den trockenen Kleidern kamen seine Lebensgeister wieder zurück, besonders als die Männer ein währschaftes Essen, das ihnen die Frauen zubereitet hatten, zu sich genommen hatten.

Nun ging's ans Erzählen. Besonders erstaunt darüber war Matthias, dass Barbara seinen Brief nicht erhalten hatte und eigentlich nach Obergesteln gekommen war, um einen Blumenstrauss auf sein Grab zu legen und sich so von ihm zu verabschieden.

Eigentlich waren die Männer doch ziemlich mitgenommen von den überstandenen Strapazen. Gottfried bemerkte, er würde sich jetzt am liebsten hinlegen. „Das begreife, ich", erwiderte Hanna und ihr zwei? „Ich habe leider für euch kein zweites Bett!"

„Es ist zwar verboten vor der Heirat zusammen zu schlafen", lachte Barbara, „aber zur Not wird es wohl der Herr verzeihen."

„Eigentlich wären wir ja schon lange verheiratet, wenn das mit der Lawine nicht gewesen wäre."

„Dann wünschen wir euch eine gute Nacht."

Barbara war etwas aufgeregt. Sie war ja noch nie mit Thys in einem Bett gelegen. Sie hatte auch Hemmungen sich auszuziehen und forderte ihren Verlobten auf, sich umzudrehen. Der war aber ja auch unerfahren in solchen

Dingen. Dazu todmüde und so geschah kaum, was man sonst von einem Liebespaar erwarten könnte. Sie hielten sich zwar umschlungen und hatten sich so viel zu erzählen, bis ihnen die Augen zufielen, und als sie erwachten, war helllichter Tag. Natürlich wälzten sie sich noch ein wenig im Bett herum und probierten aus wie Küsse schmecken.

„Gestern ein derartiges Unwetter und heute stahlblauer Himmel!"

„Ja, und die Sonne scheint demnächst zum Fenster hinein."

„So müssen wir wohl aufstehen."

„Ja, und uns überlegen wie es nun weitergehen soll."

Ihr Morgenessen war auf dem grossen Specksteinofen warmgestellt, aber Hanna und Gottfried waren wohl schon längst an der Arbeit.

Wohl zur Feier des Tages war zu Kaffee, Milch und Brot sogar Butter und Honig auf dem Tisch.

„Was hast du? Es scheint mir, du hast Sorgen. Ich sehe es dir an. Dich bedrückt etwas!"

„Du hast recht", erwiderte Barbara nach einigem Zögern. „Ich weiss nicht, wie ich es dir sagen soll. In Guttannen ist jemand, der nicht Freude haben wird, dass wir uns wieder gefunden haben. Einer wird aus allen Wolken fallen und ich habe Angst, er könnte sich ein Leid antun."

Matthias hatte so eine Ahnung, was nun kommen würde. Den ganzen Winter und Frühling hatte sicher jeder in Guttannen geglaubt er sei tot, und Barbara war eine sehr attraktive Frau.

„Es, es ist Kurt Vonalmen. Er hat mich den ganzen Winter und Frühling umworben. Er ist dabei jedoch anständig geblieben. Aber ich glaube, er ist über beide Ohren in mich verliebt. Zuletzt hat er mir einen Heiratsantrag gemacht. Seine totkranke Mutter hatte noch den Wunsch, die Hochzeitsglocken zu hören. Ich habe nicht ja und nicht nein gesagt, aber ihm erklärt, ich wolle mich vorher an deinem Grab von dir verabschieden. Das hat er mir noch zugestanden, aber sonst war er seiner Sache ziemlich sicher.

Nun wird ihm natürlich die Nachricht, dass du lebst, zu Ohren gekommen sein. Das macht mir Angst. Es bedrückt mich sehr!"

„Das ist in der Tat eine dumme Geschichte. Er ist ja eigentlich mein Freund, deshalb glaube ich, er wird es überstehen."

„Hoffentlich. Nun, wenn ich gerade am Erzählen bin, habe ich noch eine weitere Geschichte. Die wird unser Leben sehr verändern. Halte dich fest."

Nun erzählte sie ihm alles, wie es sich zugetragen hatte, dass sie nun die Besitzerin des Zumbrunnen-Heimwesens sei und wohl auch Erbin des ganzen Vermögens. Aus diesem Grund sei sie auch täglich mit Kurt zusammen gewesen. Er sei sozusagen ihr Knecht gewesen.

„Mein Gott, ist das alles wahr, was du mir da erzählst?" Abwechslungsweise wurde Matthias totenbleich und dann wieder feuerrot. „Willst du mich unter diesen Umständen überhaupt noch?"

„Ja, wenn du im Sinn hast mein ganzes Vermögen in kurzer Zeit zu verprassen, so will ich dich nicht mehr!"

„Bei allem hast du wenigstens deinen Humor nicht verloren. Aber das muss ich zuerst verdauen. Ich bin wohlhabend durch meine Kristalle und du bist reich. Hoffentlich steigt uns dies alles nicht in den Kopf. Seit meiner Kindheit kenne ich dich als Ziegenhirtin. Du warst mir so recht! Und nun bist du die reichste Frau von Guttannen! Das soll einer so schnell verkraften!"

„Wenn du mich deswegen nicht mehr willst, verschenke ich alles und hüte wieder Ziegen!"

„Das wäre auch eine Lösung. Jedenfalls wärst du mir auch so gut genug."

Nachdem sie nun ausgiebig gefrühstückt hatten, suchte nun Matthias Gottfried im Stall und Barbara die Hanna im Kartoffelacker. Beide wollten sich nützlich machen.

„Ich nehme an, ihr wollt nun so schnell wie möglich über die Grimsel?"

„Das geht nicht. Mir ist das Bargeld ausgegangen. Ich werde welches in Brig holen müssen, sonst kann ich das Kostgeld, das ich euch noch schulde nicht bezahlen."

„Was Teufels! Du bist uns nichts mehr schuldig. Eher wir dir. Vergiss es und führe deine Braut schnell nach Hause!"

„Damit bin ich nicht einverstanden. Ich habe seit drei Monaten nicht mehr bezahlt. Dazu trage ich mich mit dem Gedanken ein Muli zu kaufen. Ich möchte nicht ohne Ware über die Grimsel spazieren."

„Das begreife ich. Doch dazu brauchst du nicht nach Brig. Nimm ein Muli von mir und Ware, Wein oder Mehl hat es genug in meinem Speicher."

„Und wann soll ich diese Ware und das Muli bezahlen?"

„Wenn du es nicht selber zurückbringen willst oder kannst, so belade es und gib es anderen Säumern mit. Allerdings würde es mich freuen, wenn du selber kämest. Aber nun genug geschwafelt. Das Wetter ist gut, marsch, über die Grimsel!"

Dazu kam es an diesem Tag nicht mehr. Immerhin gab es auch noch Vorbereitungen zu treffen, und vor allem die Frauen konnten sich nicht so schnell trennen. Doch am andern Morgen früh wurde geladen und Abschied genommen.

„Hü, in Gottes Namen." Das Muli bekam einen Klaps auf den Hintern nach dem letzten Händedruck und der Weg nach Hause war angetreten. Hinter einem Vorhang schaute ihnen ein Mädchen nach und hatte Tränen in den Augen…

„Hier ist die Stelle, wo uns die Lawine überrascht hat." Barbara erhielt eine Gänsehaut. Die Spuren waren noch gut sichtbar. Der ganze Graben war noch voll Holz und Steine.

„Das du hier überlebt hast grenzt an ein Wunder!"

„Es grenzt nicht an ein Wunder, es ist ein Wunder."

Dass sie beide das Gleiche dachten ist nicht verwunderlich. Thys liess das Muli halten und faltete die Hände, und Barbara tat es ihm gleich.

Beim grossen Stein fast auf der Höhe des Passes, da wo der Saumweg ein paar hundert Ellen fast eben verläuft, legten sie eine Rast ein und assen einen kleinen Imbiss.

„Ist das schön hier!" Ringsum die weissen Zinnen und am Wegrand öfter kleine tiefblaue Seelein eingebettet in die ersten Frühlingsblumen.

„Ich glaube, im Paradies kann es nicht schöner sein!"

„Das glaube ich auch, und trotzdem möchte ich noch nicht gleich dort einziehen!"

68

„Sie kommen, sie kommen!" Der Meldeläufer schrie es aus vollem Halse fast bevor er die ersten Häuser von Guttannen sah. Plötzlich war alles auf den Beinen und bereit für den Empfang. Schnell wurden frische Blumen in den vorbereiteten Bogen gesteckt und einer wurde ausgeschickt, um ein Zeichen zu geben wenn er sie sehe, damit sofort die Kirchenglocke geläutet werde. Ältere Frauen schmückten zudem noch schnell die Kirche und jemand lief zum Herr Pfarrer um zu fragen, ob er es auch gehört habe. Er hatte es gehört und den Talar schon angezogen und begab sich unverzüglich in die Kirche.

Vor allem die Mädchen fanden kaum noch Zeit, sich in ihre schönsten Kleider zu stürzen, und den Burschen ging es nicht viel besser. Die Älteren hatten damit weniger Mühe. Es würde wohl genügen, wenn sie rechtzeitig in der Kirche wären. Immerhin hatte der Bärenwirt einen Tisch auf die Strasse gestellt mit Wein und allerlei Essbarem. Hier würden sie sich wohl ein wenig aufgehalten lassen und die Begrüssung dürfte auch etwas dauern.

„Was zum Kuckuck ist das?", fragte Barbara entsetzt als sie etwa vom Rotlauigraben aus das Dorf erblickten.

„Das dürfte uns gelten", meinte Matthias trocken, „das halbe Dorf scheint geschmückt zu sein!"

„Das will ich nicht, ich verdrücke mich!"

„Ach, gönn doch denen die Freude. Die haben ja sonst nicht oft etwas zu feiern."

Hinter einem grossen Stein winkte einer mit einem weissen Tuch und schon läutete die Kirchenglocke, und Barbara hätte sich am liebsten im nahen Wald verkrochen. Dazu war es zu spät und Thys meinte, es komme ja sicher nicht alle Tage vor, dass ein Toter zurückkehre.

Barbara dachte aber mit grosser Sorge an Kurt, doch wenn er sich ein Leid angetan hätte, würden sie kaum mit einem Fest empfangen. Wo war er wohl? Würde er sie begrüssen oder sich nirgends zeigen?

Schon bald hatte sie aber keine Zeit mehr, sich darüber Gedanken zu machen. „Willkommen in Guttannen, ihr verlorenen Schafe", hiess es an einem mit Blumen geschmückten Bogen, durch den sie das Dorf betraten. Die ganze Jugend von Guttannen nahm sie in Empfang. Jeder wollte ihnen zuerst die Hand reichen. Wären es Unterländer oder Städter gewesen, so hätte man sie in die Arme geschlossen, aber bei diesem rauen Bergvolk war so etwas nicht üblich, aber die Begrüssung war deshalb nicht weniger herzlich.

„Kommt schnell und nehmt eine Stärkung zu euch, alle sind eingeladen!" Dieser Aufforderung des sonst eher geizigen Bärenwirtes konnte man nicht widerstehen.

Nun hob aber der Gemeindepräsident, der sich natürlich auch in diesem Empfangskomitee befand, die Hand und bat um Ruhe. Er sei zwar kein besonders guter Redner, meinte er, aber ganz Guttannen freue sich, dass es seinen totgeglaubten Sohn zurückerhalten habe. Dafür wolle man Gott danken und er lade alle ein, sich in die Kirche zu begeben, um dort den Worten des Pfarrers zu lauschen. Erst danach wolle man ein grosses Dorffest feiern, wozu der Gemeinderat und das Chorgericht diesmal gerne die Bewilligung erteile.

So begaben sich nun alle in die Kirche, die sich bis auf den letzten Platz füllte. Wohl alle Guttanner waren anwesend, nur einer nicht. Sowohl Barbara wie auch Matthias hatten es fast erwartet. Kurt Vonalmen fehlte. Die meisten wussten warum und fragten sich, wo er sich wohl aufhalte.

Totenstille herrschte als der Pfarrer die Kanzel bestieg. Wir wollen beten, waren seine ersten Worte. Im Gebet dankte er Gott für seine grosse Gnade und dafür, dass er ihnen den Sohn, den Bräutigam und den Gemeindebürger Matthias Gafner wieder zurückgegeben habe.

Die Predigt hatte er gut vorbereitet. Es sei fast ein Wunder geschehen. Statt einer Abdankungsrede, die er schon vorbereitet habe, dürften sie nun die Wiedergeburt eines Totgeglaubten feiern. Wiedergeburt sei vielleicht ein wenig übertrieben, aber wieder einmal habe Gott gezeigt wie sehr er das einfache Volk der Haslitaler liebe. So wollen wir nie vergessen, dass wir Gotteskinder sind und danken für alles, was wir schon von ihm empfangen haben. Es ist Gott, der uns schon seit Jahren vor der grossen Lawine schützt. Es ist Gott, der Matthias Gafner gnädig aus der Lawine befreit hat. So wollen wir nie vergessen, dem Herrn zu danken und vor allem seine Gebote achten. So predigte der Herr Pfarrer weiter und es blieb kein Auge trocken. Zum Schluss richtete er noch ein paar mahnende Worte vor allem an die Jugend. Sie dürften nun die Rückkehr von Thys mit einem wohl ausgelassenen Fest feiern. Er werde auch daran teilnehmen. Nur berge so ein

Fest manchmal auch seine Gefahren. Der Genuss von Alkohol bringe es manchmal mit sich. Die Liebe sei ja auch eine Gabe Gottes, und wie alle Gottesgaben sollte man sie mit Respekt behandeln. Nun wünsche er allen ein frohes Fest und ersuche alle, sich zum Gebet zu erheben.

Zum Ausgang läutete noch einmal die Glocke und danach konnte das Fest beginnen. Matthias und Barbara hatten im ganzen Trubel noch kaum Zeit gefunden ihre Eltern und auch Grossmutter Anne zu begrüssen. Auch Maria Zumbrunnen durften sie nicht vergessen. Das holten sie nun vor der Kirche nach, wo sich auch Anne, gestützt von zwei Frauen, einfand.

Nun strebte die jüngere Generation ungeduldig dem Kilbiplatz zu, der sich gleich hinter dem Dorf auf einer einigermassen ebenen Matte befand. Eine Tanzbühne und lange Tische mit Bänken.

Die Älteren hatten da weniger grosse Eile. Schliesslich musste man beraten, wie es nun weitergehen würde. Immerhin seien da nun zwei Heimwesen zu bewirtschaften. Das sei sicher für die Zwei eine schwierige Aufgabe. Bei Gafners seien ja noch die Eltern und auch der Grossvater. Auch noch die Schwester und der Onkel. Aber bei Zumbrunnens sei das anders. Man mutmasste, dass wahrscheinlich Kurt Vonalmen nicht länger dort Knecht sein wolle, was ja auch zu begreifen sei. Man hätte meinen können, die Männer von Guttannen müssten alle helfen, diese Probleme zu lösen.

Auf dem Kilbiplatz spielte längst die Musik auf, als die letzten Guttanner eintrafen. „So eine Predigt gibt Durst", meinte ein übermütiger Bursche, hob einen Becher gefüllt mit Wein und prostete den andern zu, und so kam das Fest richtig in Schwung.

Da wie überall die Buben sich nicht so recht getrauen ein Mädchen zum Tanz aufzufordern, sie müssen sich zuerst Mut antrinken, lösten das die jungen Frauen auf ihre Weise und tanzten mit ihren Kolleginnen. Säumer, die des Weges zogen, blieben stehen und wunderten sich, was die Guttanner wohl zu feiern hätten. Wahrscheinlich eine Hochzeit. So einen Becher gegen den Durst möchten sie auch ertragen, dachten sie, getrauten sich aber nicht, sich zu der lustigen Gesellschaft zu setzen.

Bald waren alle fröhlich und kaum ein Tanz wurde ausgelassen. Die Burschen, die einmal ihre Hemmungen überwunden hatten, waren nun nicht mehr aufzuhalten.

Am selben Tisch sassen Barbara und Thys, Maria Zumbrunnen, die ganze Familie Gafner, Anne Zingg und der Pfarrer. Alle bestens gelaunt ausser Barbara. Sie konnte nicht anders, sie musste dauernd an Kurt denken. Er war der einzige Guttanner, der nicht anwesend war, und das erfüllte sie mit Sorgen. Matthias konnte sich ausdenken, weshalb sie sich kaum an der ausgelassenen Feier ergötzen konnte. Sollte er aufstehen und Kurt suchen? Das getraute er sich nicht so recht, zumal er ja der Mittelpunkt dieser Feier war. Schade, dass diese Geschichte dieses Fest trüben muss, dachte er und was man wohl dagegen tun könnte. So fragte er aus einem spontanen Einfall heraus Maria Zumbrunnen, wie sich Kurt Vonalmen mit dieser Geschichte abgefunden habe. „Ja, ich kann es nicht so recht beurteilen. Jedenfalls habe ich ihn dabei überrascht, als er geweint hat. Er hatte sich grosse Hoffnungen gemacht. Berechtigte. Und ich habe ihn dabei unterstützt. Spätestens als du nicht mit den ersten Säumern zurückkamst, war er seiner Sache sicher. Dass er es nicht so leicht verkraften kann, muss man begreifen. Eines muss ich sagen, den Betrieb hat er nicht etwa vernachlässigt.

„Wo mag er wohl stecken? Am liebsten würde ich mit ihm reden."

„Das geht nicht, du kannst hier nicht weg. Gesehen habe ich noch, wie er mit einer Mistgabel wohl zum untersten Vorsass wollte. Ich denke, dort wird er sich verstecken bis das Fest vorüber ist."

Das Fest nahm seinen Lauf. Da und dort wurde ein Lied angestimmt. Die nicht mehr ganz Jungen, die sich damit begnügten ein- oder zweimal mit ihrer Ehefrau oder der Tochter zu tanzen, versuchten sich im Armdrücken oder den andern an einem Finger über den Tisch zu ziehen.

Ein bisschen Wein und jeder will der Stärkste sein.

69

Die Schwester von Matthias, Heidi Gafner, sechzehn Jahre jung, sah dass Barbara einen Kummer hatte, vermutete auch warum und hätte nichts lieber getan als ihr zu helfen. Aber wie? Statt mit einem der Jungen tanzte sie manchmal mit ihrer Freundin, der Magdalena Büeler. Ihr klagte sie ihren Kummer bezüglich Barbara, und so wurden sie einig, Kurt Vonalmen zusammen zu suchen. Heidi flüsterte noch schnell ihrer Mutter was sie vorhatten, und anschliessen begaben sie sich diskret ins Dorf. Kaum jemand beachtete sie, war es doch fast normal, dass man gelegentlich ein stilles Örtchen aufsuchen musste. Heidi hatte ja gehört wie Maria erzählt hatte, Kurt hätte sich wohl in das unterste Vorsass verzogen. Da wollten sie ihn auch suchen.

„Was wollen wir ihm sagen, wenn wir ihn finden?"

„Weiss nicht, es wird sich schon ergeben."

„Er wird sich weigern mit uns zu kommen."

„Ich mache ihm einfach schöne Augen und sage ihm, ich möchte einmal mit ihm tanzen."

„Meinst du, das wird helfen?"

„Vielleicht, vielleicht auch nicht."

„Hoffentlich hat er sich nicht erhängt."

„Sag nicht so etwas, sonst kehre ich um!"

„Ich meine nur, wir sollten uns auf alles gefasst machen."

Zögernd näherten sie sich dem Vorsass, blieben öfters stehen, weil sie der Mut verlassen wollte. Angekommen lauschten sie vor der Türe, ob sich drinnen etwas rühre. Sie hörten nichts, und so öffneten sie mit Herzklopfen die Türe. Es war etwas dunkel in dem kleinen Stall, aber hinten auf einem Haufen Stroh bewegte sich etwas. Gottlob, er lebte. Ihre Augen mussten sich zuerst an die Finsternis gewöhnen. Was sie dann sahen war ein Mann, der wohl geschlafen hatte und noch nicht so recht begriff, was da los war. Er hatte schwarze Ringe unter den Augen und machte auch sonst nicht den besten Eindruck.

„Kurt, bist du es?"

„Was geht dich das an, schert euch weg!"

„Du musst zum Fest kommen. Alle vermissen dich. Jeder begreift, dass du traurig bist, aber das geht vorüber. Ich kenne ein Mädchen, das guckt sich nach dir die Augen aus. Sei gescheit und zeige dich. Bring es hinter dich, sonst wirst du deinen Kummer nie los."

„Wie kann ich zu diesem Freudenfest kommen, wenn ich doch auf der ganzen Linie der Betrogene bin?"

„Niemand hat dich betrogen. Immerhin war Matthias dein Freund und ist es, glaube ich, immer noch."

„Ja, du bist nicht der Erste, der die Hoffnung auf ein Mädchen aufgeben muss, aber es gibt genug andere. Du bist ein netter Bursche. Könntest an jedem Finger eine haben!"

„Wir nehmen dich einfach mit, basta!"

„Aber nicht in diesen schmutzigen Kleidern komme ich an euer Fest."

„So machen wir halt einen kleinen Umweg, und du ziehst dich in deinem Gaden um."

„Tu uns den Gefallen und komm jetzt, sei so gut." Heidi forderte ihn auf und hatte dazu einen Augenaufschlag und ihre Sterne funkelten so schön, dass er nicht mehr widerstehen konnte.

So nahmen ihn die zwei Mädchen in die Mitte, als wäre er ein Versehrter oder ein Betrunkener und führten ihn so, umgezogen, auf den Festplatz. Der

Empfang war spontan und herzlich. Die ganze Dorfbevölkerung erhob sich von den Bänken mit einem Jubelgeschrei und klatschte dazu in die Hände. „Auch das muss gefeiert sein!", rief ein junger Bursche, und erneut ernteten sie tosenden Applaus.

Als sich der fast überschwängliche Lärm ein wenig gelegt hatte, erhob sich Matthias von seinem Sitz. Mit ein paar Schritten war er bei Kurt, streckte ihm die Hand hin und klopfte ihm anschliessend auf die Schultern. Das ganze ohne Worte, denn die zwei starken Männer hatten Tränen in den Augen.

Für Barbara war damit ihr grösster Kummer ausgestanden. Endlich konnte auch sie fröhlich sein, das Fest geniessen und das Tanzbein schwingen.

Der Wirt hatte diesmal ein gutes Fässchen Wein angestochen. Davon hatte offenbar auch der Herr Pfarrer etwas viel erwischt. Jedenfalls stieg er auf einen Bank und sang zur Melodie und zum Takt der Musik einen Psalm. Das brachte ihm ebenfalls einen gehörigen Applaus ein, und alle lachten und jubelten vor Vergnügen.

„Ja, er ist immerhin auch nur ein Mensch!", bemerkte die Hinterhaus-Grit. Und eine andere spottete: „Ja, und bei ihm geht es ja nicht um Liebe."

Etwa zur fünften Stunde läutete die Vesperglocke. Damit war der erste Teil des Festes zu Ende, denn die Kühe mussten besorgt werden, und die Frauen und Töchter hatten ihre Aufgaben in Küche und Stall.

So schnell liess sich aber die Jugend nicht zähmen. Nach getaner Arbeit ging für sie das Fest weiter bis spät in die Nacht hinein. Einmal so richtig das Tanzbein schwingen. Vor allem die Mädchen konnten davon nicht genug kriegen. Es ging das Gerücht um, die Letzten hätten noch bald die Sonne aufgehen sehen, als sie den Heimweg antraten.

Für Barbara und Matthias kam nun eine strenge Zeit. Vieles musste geklärt und geregelt werden. Dazu mochten sie Ihre Hochzeit nicht mehr länger aufschieben, schliesslich waren sie lange genug getrennt gewesen.

Bei Gafners beschloss man, der Vater solle von nun an auf die Trift, und als Beisenne solle er seine Tochter Heidi mitnehmen. Das hiess, dass Matthias nun zu Hause für das Winterfutter zu sorgen hatte. Das werde er schon bewältigen, meinte er, aber da sei ja nun noch das Zummbrunnen Heimwesen, das ja nun der Barbara gehöre. Kurt Vonalmen hatte gekündigt. Man müsse begreifen, dass er nicht einfach bei Barbara Knecht sein könne.

„Und wo willst du hin? Hast du schon etwas in Aussicht?", frug ihn Matthias.

„Noch nicht, aber ich werde schon etwas finden. Vielleicht gehe ich als Söldner nach Italien."

„Überstürze nichts, manchmal öffnet sich schnell eine Tür!"

Matthias hatte Gedanken im Kopf, die er mit Barbara besprechen wollte. Er könnte doch Kurt die Kristallkluft schenken. So könnte er auf der hintern Trift die Ziegen besorgen und dazu die Kluft weiter ausbeuten. Barbara fand, das wäre eine gute Lösung. Zwingen könne man ihn zwar nicht, aber die Kristalle würden ihn für vieles entschädigen.

„Nun aber zu uns. Wir brauchen einen guten Knecht. Ich kann zwar bei beiden Heimwesen zum Rechten sehen, aber die Arbeit bewältigen wir allein nicht."

„Ja, das Ganze ist nicht nur ein Geschenk, es ist auch eine Belastung."

„Wir müssen dafür sorgen, dass es uns nicht über den Kopf wächst. Einen guten Knecht ist es, was wir brauchen, und der sollte schon zu finden sein. Später wird vielleicht meine Schwester heiraten, vielleicht einen Bauern. Hier im Haslital wird ja wohl kaum ein anderer zu finden sein. Dann kann meine Schwester das Grabenheimwesen bewirtschaften und wir zwei deine Liegenschaft."

„Ja, dann wirst du mein Liegenschaftsverwalter sein", erwiderte darauf Barbara mit Lachen.

„Als Erstes müssen wir bekannt machen, dass wir einen Knecht suchen."

„Ja, aber wie?"

„Am besten schreiben wir ein Blatt und heften es beim Bären an die Eingangstüre. Dort kommen die meisten Burschen und Männer einmal vorbei."

„Gut, schreibst du es oder soll ich?"

„Du schreibst schöner und dazu bist du die Besitzerin."

„Fängt das schon an? Ich will das nicht mehr hören?"

„Ai, ai, bist du schön, wenn du zornig bist!"

Es dauerte nur gerade drei Tage bis sie vier Bewerbungen hatten. Gemeldet hatten sich zwei junge Säumer und zwei Burschen aus dem Dorf. So hatten sie nun die Qual der Wahl. Da sie die Zwei aus dem Dorfe kannten waren sie sich sofort einig, einen von denen zu berücksichtigen, aber welchen von beiden. Beide waren Bauernsöhne und auch fleissig. Ausser einem paar Bubenstreichen war über sie auch nichts Nachteiliges bekannt.

„Wir müssen beide zu einem Gespräch einladen, das wird das Beste sein."

„Vielleich wird uns die Entscheidung dadurch noch schwerer."

Nacheinander empfingen sie die beiden im Bären zu einem Gespräch. Dabei zeigte sich, dass wirklich beide gleichwertig waren. Da machte Barbara den beiden einen Vorschlag: „Wir lassen das Los entscheiden." Dagegen hatte niemand etwas einzuwenden. So begab sich die junge Bäuerin schnell ausser Haus, brach von einem Ahornbaum zwei Ästchen ab, so lang, dass sie sie in der Hand verbergen konnte, eines lang, das andere kurz. Damit kam sie zurück in die Gaststube und erklärte, derjenige, der das längere Hölzchen ziehe, werde ihr neuer Knecht sein. Die zwei Burschen fanden diese Art der

Wahl nur gerecht. So war zwar der mit dem kürzeren Hölzchen enttäuscht aber nicht zornig.

Hans Rufibach hiess der Neue. Ein kräftiger Bursche mit blondem Haar und blauen Augen, einem markanten, knochigen Gesicht mit einer leichten Adlernase und einem starken Körperbau. Ein Bauernsohn, dessen Vater ein Heimwesen auf der Sonnseite bewirtschaftete. Einer von dessen drei Söhnen. Der Bursche hatte keine zwei linken Hände und war innert ein paar wenigen Tagen eingearbeitet.

„Nun sollten wir das mit Kurt regeln, bevor er plötzlich wegzieht", meinte Barbara.

„Ich glaube, wir sollten doch noch ein paar Tage warten, seine Mutter sei am Sterben", gab Matthias zu bedenken.

„Dann wird er auch nicht so schnell wegziehen."

Seine Mutter starb schon am nächsten Tag und nach drei Tagen wurde sie zu Grabe getragen. Barbara und Matthias boten Kurt herzliches Beileid und sagten ihm zugleich, sie müssten etwas mit ihm besprechen, wenn er sich nach dem Tod seiner Mutter dazu bereit fühle. Kurt hatte so eine Ahnung, sie könnten sich eine Art Entschädigung ausgedacht haben für seinen gehabten Kummer. Eigentlich war er davon nicht sehr begeistert, anderseits war er aber gespannt, was die Zwei ihm anbieten wollten. So erwiderte er, er würde gleich am Abend vorbeikommen.

Dass ihm Matthias gleich die wertvolle Kristallkluft schenken würde, hätte er nie erwartet. Dieses Angebot konnte er nicht ausschlagen, und dass er dazu die Ziegen betreuen würde fand er vernünftig.

Das war also auch geregelt.

Als nächstes, so fanden sie, sollten sie nun ihren Hochzeitstag planen.

„Möglichst rasch, ich mag es kaum mehr erwarten."

„Ich habe den Verdacht, das Wichtigste sei dir, zu mir ins Bett zu kriechen!"

„Schäme dich, so etwas zu denken!" Ganz Unrecht hatte sie ja nicht, musste er sich eingestehen.

71

Zwei Monate später hatte sich ihr Leben ziemlich normalisiert. Mit einer schlichten Feier hatten sie ihre Hochzeit gefeiert. Wo wohnen wir, war die nächste Frage. Da waren ja die zwei Bauernhöfe und das Haus von Anne. Barbara meinte, den Tag müsste sie schon in ihrem geerbten Anwesen verbringen. Magdalena Zumbrunnen, konnte sie nicht zumuten, dass sie mit fünfundsiebzig Jahren auf dem Buckel den Haushalt mit zwei Knechten noch alleine führen konnte. Matthias seinerseits war immer da wo er fand, es sei am nötigsten. Da war aber noch Anne in ihrem kleinen Haus. Bei ihr könnten wir eigentlich unser Schlafzimmer einrichten. Dann wäre sie wenigstens nachts nicht allein. Weil sich Anne darüber freute, war es schon bald eine beschlossene Sache.

Vater Gafner war mit seiner Tochter Heidi auf der Trift, und sie freuten sich des Lebens. Arbeit gab es zwar genug, aber sie wurde ohne Hast und Zeitdruck verrichtet.

Kurt Vonalmen besorgte auf der hintern Trift die Ziegen und beutete dazu seine Kluft aus sofern er dafür Zeit fand. Schon bald merkte er aber, dass ihn die Arbeit mit den Ziegen, das Melken und das Käsen fast den ganzen Tag beanspruchte. Auch dafür fand man eine Lösung. Vater Gafner sah sein Problem und bot ihm an, wenn er die Ziegen morgens und abends melken würde, könnte doch Heidi das Käsen übernehmen. Er könnte sie während dieser Zeit schon entbehren. So könnte Kurt immerhin ein paar Stunden an der Kluft arbeiten. Besonders Heidi war mit dieser Lösung schnell einverstanden. Ihre Jugend schützte sie nämlich nicht davor, dass ihr Kurt gefiel und sie ja schon länger fast jeden Tag ein Klapperstündchen mit ihm verbrachte. Bahnte sich da vielleicht eine junge Liebe an?

Oben in der Kluft arbeitete Kurt besonders vorsichtig. Schliesslich war er allein und er wollte keinen Unfall riskieren. Ohne Hast ernten, das sei auch für die Kristalle besser. Hatte Matthias wohl überlegt, was er ihm da geschenkt hatte. Die Kluft schien nämlich noch viel weiter in den Berg hineinzuführen. Auch waren die Kristalle immer noch von bester Qualität. Sogar eine schöne Eisenrose auf einem makellosen Zapfen hatte er gefunden. Dazu schon einige Stufen mit aufgewachsenen kleinen, himbeerroten Fluoriten. Täglich nahm er einen Tragsack voll hinunter in die Hütte. Allerdings waren auch Stufen dabei, die er unmöglich selber tragen konnte. Not macht erfinderisch. Aus zähem Arvenholz hatte er sich einen kleinen Schlitten gebastelt. Gerade so gross, dass er ihn oben durch das Geröll ziehen konnte, gepolstert mit einem Sack voll Lischgras. In dem Schacht, in dem die Kluft war, hatten sie schon mit Matthias zusammen aus dem Schutt, der ebenfalls anfiel, eine Rampe gemacht, über die er den Schlitten auch mit Schwerlast aus dem Loch brachte.

72

Fast allzu kurz war der schöne Alpsommer. Kein Unwetter hatte sich ereignet, nur gelegentlich ein Regentag sorgte dafür, dass genügend gutes Gras wuchs. Die Kühe und auch die Ziegen waren wohlgenährt und gaben dementsprechend auch viel und gute Milch. Davon besten Käse herzustellen war den Sennen eine Freude.

Unten im Tal war man ebenfalls zufrieden. Gutes Heu konnte eingebracht werden, und sogar ein zweiter Schnitt war möglich. Arbeit gab es genug, sonst hätte man sie im Wald gefunden.

Manchmal dachten Barbara und auch Thys an die schöne Zeit, die sie in ihrer Jugend auf der Trift verbracht hatten. „Vielleicht werden wir einmal als Grosseltern dieses Amt wieder übernehmen."

„Grosseltern! Dazu müssten wir zuerst einmal Eltern werden."

„Meinst du?" Barbara konnte ein heimliches Lächeln nicht unterdrücken. Immerhin fanden sie an einem schönen Sonntag Zeit, die Älpler einmal zu besuchen.

Nach dem Sommer folgte ein goldener Herbst. Die Sennen mussten von ihren Alpen Abschied nehmen. Stolz schmückten sie ihre Kühe mit Glocken und Herbstblumen und trieben sie ins Tal. Noch wurden die Tiere unten auf die Herbstweiden geführt und so das Heu für härtere Zeiten aufgespart. Barbara erwies sich als tüchtige Bäuerin, und auch vor Matthias hatten die Dorfbewohner grosse Achtung.

73

Wenn es jemandem gut geht so müssen sie bedenken, dass andere auch davon profitieren möchten. Wenn sonst niemand, so ist es sicher der Staat, der möglichst viele Steuern einzutreiben versucht. Bern musste es bemerkt haben, dass in Guttannen etwas zu holen sei.

Jedenfalls erschien eines Tages ein Mann hoch zu Pferd zusammen mit einem Begleiter, der sich als Steuervogt vorstellte. Der verlangte nach dem Gemeindepräsidenten. Dieses Amt hatte seit kurzem Matthias inne. Er hatte sich zwar dagegen gesträubt, doch man hatte ihn darauf aufmerksam gemacht, dass, wenn er schon bald Besitzer der halben Gemeinde sei, es nicht als recht sei, wenn er auch etwas zum Wohle der andern leiste. So hatte er knurrend und widerwillig ja gesagt. Nun war es in Guttannen so, dass der Gemeinderat, der Kirchenrat und der Schulrat in einem Gremium zusammengefasst waren. Natürlich nicht nach den Vorschriften des Staates, aber die brauchten in Bern ja nicht alles zu wissen. Gemeindekassier war der Bärenwirt, das war eine gute Lösung, da ja die jeweiligen Sitzungen ohnehin im Bären stattfanden. Ausgerechnet bei ihm meldete sich der Steuervogt und verlangte nach dem Gemeindepräsidenten.

„Vielleicht finde ich ihn irgendwo, oder wollt ihr in selber suchen? Was soll ich ihm sagen, wer ihn verlangt?"

„Ich bin der Steuervogt und muss euer Steuerregister prüfen."

„So kommt in die hintere Stube!"

Der Bärenwirt rief seiner Frau, sie möge sich um die noblen Gäste kümmern. Er gehe den Graben Matthias suchen. „Es ist der Steuervogt", flüsterte er im Vorbeigehen seiner Frau. „Jetzt hat es gefehlt!"

„Dürfte ich den Herren etwas zu trinken auftragen? Oder habt ihr sogar Hunger?"

„Bringt uns vorläufig ein Glas Wasser", befahl der Vogt, derweil sein Knecht unverkennbar seine Miene verzog.

„Ich hätte da guten Holundersirup, der wäre bestimmt besser als Wasser!"

„Trotzdem möchten wir Wasser!"

Vergebens versuchte die Wirtin die Zwei in ein Gespräch zu verwickeln. Die stellten sich verstockt und hochnäsig. Die Frau war froh, als ihr Mann mit Matthias zurückkkam.

„Willst du auch ein Glas Wasser?", fragte sie spöttisch.

„Wasser kommt bei mir zuhause aus der Brunnröhre. Bring mir ein Glas Weissen!" Sowohl Matthias und der Wirt setzten sich zu den Herren aus Bern an dessen Tisch, ohne dazu aufgefordert worden zu sein.

„Ich heisse Zaugg und bin Steuervogt des Staates Bern, und das ist mein Schreiber, wir haben den Auftrag euer Steuerregister zu überprüfen."

„So, habt ihr?", erwiderte Matthias. „Seid gegrüsst, hoher Besuch." Dazu reichte er den Herren die Hand zum Gruss.

213

„Das Steuerregister überprüfen? Ihr müsst mir zuerst erklären, was ein Steuerregister ist."

„Es ist das Verzeichnis aller Erwerbstätiger, in dem ihr Einkommen verzeichnet ist."

„So etwas gibt es bei uns nicht, guter Mann. Wer sollte das denn führen? Dazu brauchten wir einen Gemeindeschreiber wie sie sie ihn in grossen Dörfern und Städten haben. Der würde viel Geld kosten und uns nichts einbringen."

„Das ist ja nun der Gipfel, haben sie noch nie etwas von Gesetzen gehört? Jede Gemeinde braucht ein Steuerregister. Kein Wunder bezahlt ihr kaum Steuern an den Staat. Das ist ja der reinste Saustall."

„So fühlen sie sich wohl nicht zu vornehm, sich in einen Saustall zu begeben."

„So, nun ist aber genug. Schreiber, bringen Sie das zu Protokoll. Sicher haben Sie ja auch Auslagen in ihrer Gemeinde. Ich denke da zum Beispiel an die Schule und die Kirche. Womit bezahlen Sie die?"

„Da haben wir ein altbewährtes System. Wir zählen am Neujahr alle Auslagen zusammen und verteilen sie auf die Kühe. Der Betrag geteilt durch die Anzahl Kühe, wobei fünf Geissen als eine Kuh zählen. Wenn einer also zehn Kühe hat, hat er zehn Teile zu bezahlen, und wenn einer nur drei hat, drei Teile. Das wird hier seit Menschengedenken so gemacht, und jeder ist zufrieden dabei."

„Und was zahlt denn zum Beispiel der Schmied oder der Pfarrer?"

„Ach, wenn es dem Schmied gut geht, zahlt er ein bisschen mehr und wenn es ihm schlecht geht weniger.

„Und der Wirt?"

„Der hält uns an der Gemeindeversammlung gastfrei!"

„Und wie ermittelt ihr die Steuern für den Staat?"

214

„Die richten sich danach, was der Staat für uns tut, und weil er meistens nichts für uns übrig hat, bezahlen wir auch keine Steuern oder dann vielleicht in Form von ein paar schönen Bergkristallen."

„Das ist ja nun wirklich die Höhe. Haben Sie noch nie etwas von Gesetzen gehört. Sie und ihre Gemeinde werden eine hohe Busse bezahlen. Und nun wählen Sie auf der Stelle einen Gemeindeschreiber, meinetwegen in Teilzeit. Ihm werde ich erklären, wie ein Steuerregister zu führen ist. Dazu muss jeder Erwerbstätige eine Steuererklärung ausfüllen."

Um einen Gemeindeschreiber zu wählen, muss ich eine Gemeindeversammlung einberufen, und das geht nicht vor morgen Abend."

„Ich kann warten, zumal ich schon einmal hier bin. Der Wirt wird wohl etwa ein Gästezimmer haben. Die Kosten kann er ja dann an den Steuern abziehen."

In der Gaststube löschten Säumer ihren Durst und wurden von der Wirtin bedient. Trotz ihrer Arbeit hörte sie das meiste, das in der hintern Stube verhandelt wurde. Dieser Vogt mit seinem Schreiber war ihr höchst unsympathisch, und sie sann danach, auf welche Weise man dieser Plage loswerden könnte. In solchen Dingen sind oft Frauen den Männern weit überlegen, und sie hatte einen Einfall. Als wäre sie zu Tode erschrocken, stürzte sie ins Hinterzimmer. Sie hielt sich das Herz und fand fast nicht Luft zum Atmen. „Gott helfe uns", stotterte sie, „im Goms ist die Seuche ausgebrochen, eine Typhus Epidemie, die rote Ruhr wie man sie früher nannte. Sie ist sehr ansteckend. Mein Gott, und bei uns kehren täglich Säumer aus dem Goms ein. Sicher sind wir schon alle angesteckt. Vor zehn Jahren hat diese Seuche in Merligen die Hälfte der Menschen dahingerafft. Mein Gott, mein Gott!"

„Was, die rote Ruhr!", rief der Schreiber aus. „Hier bleibe ich nicht, ich will nicht sterben!"

„Sattelt mein Pferd, wir müssen weg hier, wir sind Angestellte des Staates."

Auch der Vogt bekam es mit der Angst zu tun.

Das Wasser, das ihr getrunken habt ist gratis, aber das Pferd einstellen und füttern kostet fünf Kronen."

„So nimm, du Schelm, wir sehen uns noch." Eilig zogen sie gegen Innertkirchen und waren nicht mehr gesehen. Diesen Streich der Wirtin musste gebührend gefeiert werden und sorgte noch lange allenthalben für Gelächter.

74

Kurt arbeitete weiter an seine Kluft. Manchmal halfen ihm Burschen aus dem Dorf dabei. Das war solange möglich, bis ein starker Schneesturm den Strahlern Einhalt gebot.

Barbara und Matthias sassen vor Annes Häuschen auf einem Bänklein und genossen die letzten Sonnenstrahlen. Die Grossmutter kam auch daher geschlurft und fragte, ob sie vielleicht auch noch Platz fände.

„Ich rutsche ein wenig zur Seite, das geht schon." Anne konnte ein Lächeln nicht verkneifen und hätte Barbara gerne gefragt, wie es ihrem kleinen Bäuchlein gehe. Aber sie hielt sich zurück, weil offenbar Thys noch nichts bemerkt hatte. Wie sind doch die Männer dumm!

Jener stopfte sich ein Pfeifchen und betrachtete dazu wie schon oft seine schöne Frau. Dabei erschrak er fast ein wenig. Hatte sie so viel gegessen oder sollte sie am Ende ….

„Du, ich glaube bald, dich hat der Storch gepickt." Anders konnte er sich nicht ausdrücken.

Die beiden Frauen lachten.

216

„Hast du es nun endlich gemerkt, was seid ihr Männer auch für Knilche. Wenn ich eine Kuh wäre, du wüsstest es schon lange!"

„Du hättest es mir ja auch sagen können. Wie lange schon?"

„Etwa drei Monate."

Nun begann Thys zu rechnen. November, Dezember, Januar, Februar, März, April.

„Das gibt das schönste Frühlingsgeschenk." Er hätte jauchzen mögen, doch das geziemte sich nun doch nicht.

75

Auf den schönen Herbst folgte ein strenger Winter, und Matthias sollte noch erfahren, was es heisst Gemeinde und Kirchenratspräsident zu sein.

Beim ersten Schnee wurde im Lauigraben die Brücke entfernt und durch einen schmalen Steg ersetzt. Das wurde seit Jahren so gemacht, weil es die Guttanner satt hatten, jedes Jahr Holz für eine neue Brücke zu beschaffen, weil sie fast jeden Winter von einer Lawine zerstört wurde und das Holz weggeschwemmt wurde. Es war Sache des Präsidenten die Männer zu diesem Frondienst aufzubieten. Daneben fand sich genug Arbeit für alle, die willens waren etwas zu arbeiten. Da noch wenig Schnee lag, konnten gut Waldarbeiten verrichtet und Holz mit dem Halbschlitten heimgeführt werden. Daraus sägten die Säger Wandbäume oder der Dachdecker machte in seiner Werkstatt geschützt vor Schnee und Regen Schindeln. Brennholz wurde aufgesägt und gespalten und die Frauen spannen fleissig Wolle oder strickten warme Kleider. In den Ställen wurden länger als sonst die Tiere, Pferde, Mulis und Kühe gestriegelt und gebürstet. Kurz, es wurde gearbeitet, aber ohne Hast. Es war auch die Zeit, in der geschlachtet und das Fleisch geräuchert wurde. Auch der Käse wollte gepflegt sein.

Eine der ersten Aufgaben, die an Matthias als Gemeindeamman getragen wurde, war besonders unangenehm. Elise Schläppi von Stutzhaus suchte ihn auf mit Tränen in den Augen und klagte, ihre Marie sei schwanger und wolle nicht sagen von wem.

„Das ist nicht gut, aber wohl nicht rückgängig zu machen. Wie alt ist denn ihre Tochter?"

„Knapp achtzehn", antwortete Marie unter Schluchzen.

„Es ist vor allem wichtig, dass wir herausfinden, wer sie geschwängert hat. Derjenige muss auch bezahlen. Daneben wird deswegen die Welt nicht untergehen. Denk nur an meine Frau, Marie. Manchmal wendet sich eine Sache auch zum Guten. Ich werde zuerst allein mit deiner Tochter reden, und wenn ich nichts herausbringe, muss sie vor den Rat."

Das Mädchen zeigte sich verstockt, und sowohl Matthias wie auch der Kirchenrat samt dem Pfarrer brachten es nicht dazu zu verraten, wer es geschwängert habe. So war man ratlos, was unter solchen Umständen zu tun sei. Elise Schläppi hatte selber noch vier unmündige Kinder und war ausserdem nicht mit Wohlstand gesegnet. Das Problem löste sich schlussendlich von selber. Ein Bauer im Vorderdorf, Zwahlen hiess er, hatte einen zweiundzwanzig jährigen Bub mit einer Behinderung. Der war zwar recht klug, aber hatte eine starke Gehbehinderung, so dass er dachte, ein Mädchen würde ihn wohl nie heiraten. Der meldete sich bei der Familie Schläppi und offenbarte ihnen, er würde dem Kinde gerne Vater sein, falls ihn die Marie begehre. Da man wusste, dass dessen Vater recht wohlhabend war, dankte man für dieses Angebot, und auch Marie atmete erleichtert auf.

Es war ein schöner Wintertag, kalt, aber mit wenig Schnee. Geradezu ideal um Waldarbeiten zu verrichten. So war auch Matthias mit seinem Knecht und seinem Onkel, wie übrigens fast alle Bauern von Guttannen, im Wald und fällte Holz.

Wir müssen noch eine Buche fällen, entschied Matthias. Unsere Schlitten brauchen neue Sohlen. Dazu braucht man Buchenholz.

„Buchen fällt man nicht so gern. Man sagt, die trachteten einem immer nach dem Leben", meinte sein Onkel.

„Ja, mein Vater hat immer gesagt, überall wo eine Buche keime, habe der Teufel ein Ei gelegt!" Das wusste Hans der Knecht zu berichten.

„Ich finde das etwas übertrieben", meinte Thys. „Immerhin ist Buchenholz wertvoll und vielseitig verwendbar." Er hatte schon eine ausgewählt, eine alte, ziemlich knorrige. Die sei lange Zeit Buche gewesen und würde wohl nicht mehr viel wachsen.

„Wohin soll sie fallen?"

„Hier durch diese Lücke, hier wird sie wenig Aufwuchs zerstören."

„Sie neigt sich aber auf die andere Seite."

„Sie wird sich schon aufrichten, wenn wir die Keile treiben."

„Wollen es hoffen!"

Damit ein Baum in die richtige Richtung fällt wird zuerst der „Hau" geschnitten, und dann wird auf der gegenüberliegenden Seite mit Sägen begonnen, mit der langen Säge, die von zwei Männern gezogen wird. Der Schnitt war vielleicht sechs Zoll tief, als Onkel Sami bemerkte, er glaube die sei hohl, er sehe es an den Spänen, die seien dunkelbraun, das sei ein schlechtes Zeichen.

„So wollen wir rechtzeitig die Keile setzen. Hans, du treibst sie zu allem Sägen immer ein wenig nach!"

Nach kaum zwei weiteren Schnitten brach die Buche unverhofft mit einem lauten Knall vom Stock und fiel ohne Vorwarnung in die falsche Richtung. Es reichte noch gerade, sich mit zwei Sprüngen zur Seite zu retten, doch die Buche schlug aus wie ein verrücktes Pferd. Sie fiel etwa auf halber Höhe auf einen grossen Felsblock, was zur Folge hatte, dass das untere Ende aufflog wie ein Katapult und dabei Onkel Sami an den Kopf traf. Dieser wurde weggeschleudert und blieb etwa fünf Ellen weiter unten liegen. Lebte er oder war er tot? Am Kopf hatte er eine riesige Platzwunde. Dazu blutete er aus den Ohren und der Nase, aber er atmete.

„Sami, Sami, hörst du mich. Wach auf, bitte wach auf!" Aber Sami wachte nicht auf.

„Schnell, bringt den Schlitten, und du Hans lauf und hol die Baderin!" Die herbeigeeilten Männer polsterten den Schlitten mit ihren Jacken. Danach wurde Sami vorsichtig darauf gebettet und angebunden. Mit vereinter Kraft wurde nun der allseits bewährte Hornschlitten aus dem Wald auf den Saumweg und dann Richtung Dorf gezogen. Hier erschien auch schon bald die Baderin, so schnell wie es ihre alten Beine erlaubten.

„Das ist nichts für mich, der hat einen Schädelbruch, der muss ins Krankenhaus. Bringt ihn vorerst an einen warmen Ort, dann werde ich ihn so gut wie möglich verbinden!"

„Am einfachsten und am schnellsten bringen wir ihn in die Bärengaststube." Gesagt, getan. Dort kontrollierte die Baderin seinen Puls und seinen Atem. Die Lunge ist nicht verletzt. Das Herz schlägt zwar schnell aber kräftig. Hingegen der Kopf ist übel zugerichtet. Er muss sofort nach Innertkirchen ins Krankenhaus. Dort hat es auch einen richtigen Arzt.

„So, wie nun mit dem nach Innerkirchen, wenn die Brücke weg ist?" Das war eine berechtigte Frage.

„Jemand muss zu Fuss über den Steg und sich möglichst beim ersten besten Bauern ein Pferd und einen Schlitten borgen und damit zum Steg kommen. Wir andern führen den Verunglückten auf unserer Seite bis zum Steg und müssen ihn dann hinübertragen!" Damit war man einverstanden, und sofort meldete sich Hans Rufibach, er gehe über den Steg und werde sicher ein Pferd oder ein Muli mit einem Schlitten finden.

„Wir müssen uns auf unserer Seite nicht allzu stark beeilen, sonst wenn wir lange beim Steg warten müssen, erfriert er uns noch."

Die Zeit dazwischen benutzte Marie Rufibach, um dem Verunglückten wenigstens den Kopf zu verbinden, und die Männer legten einen Pferdeschlitten mit Polster und Decken aus. Als man dachte, Hans könnte nun ein Pferd und einen Schlitten gefunden und vielleicht schon bald beim Steg sein, brach man ebenfalls auf. Sami stöhnte laut, als man ihn auf den Schlitten bettete. Das sei wenigstens ein Lebenszeichen, meinte jemand. Unterdessen war die Kunde vom Unglück in alle Häuser und zu den Frauen gelangt. Jene säumten nun die Dorfgasse, und manch eine hatte die Hände gefaltet und sprach leise ein Gebet, Gott möge helfen, wo der Mensch machtlos sei.

Glücklicherweise lag ein wenig Schnee, so dass die Schläge gedämpft wurden, denen der Schlitten sonst ausgesetzt gewesen wäre. So erreichte man ohne Zwischenfall den Steg, wo auch schon der Schlitten von Hans Rufibach bereit stand. Vorsichtig wurde nun der Verunglückte über den Steg getragen und umgeladen. Matthias befand nun, er würde den Schlitten nach Innertkirchen begleiten. Das werde genügen. Alle andern könnten nun nach Hause.

Das Haus des Doktors war bekannt und schnell gefunden. Der Arzt untersuchte den Patienten nur kurz und wies sie dann an, ihn sofort ins Krankenhaus zu bringen. Er komme gleich nach.

Dort untersuchte er Samin gründlich. Er stellte fest, dass ausser dem Schädelbruch und der Platzwunde keine gravierenden Verletzungen vorlagen. Seine Diagnose lautete also Schädelbruch, gottlob nur gespalten und nicht eingedrückt. Der Mann werde überleben, doch ob er einen bleibenden Schaden davon tragen werde, könne er nicht sagen. Jedenfalls müsse er lange liegen bleiben und dürfe sich auf keinen Fall anstrengen.

„Hier braucht es uns nicht mehr", befand Thys. Wir bringen das Pferd zurück und gehen anschliessend nach Hause.

Dort ging das Leben ihn gewohnter Weise weiter. Tiere besorgen, den Käse pflegen, arbeiten im Holz, Geräte flicken und auch die Arbeit als Gemeindeamman, obschon gering, musste auch erledigt werden. So klopfte eines Tages die Frau Pfarrer an die Türe. Sie war sehr aufgeregt und ihr sorgenvolles Gesicht liess nichts Gutes ahnen.

„Mein Mann ist krank, er bringt kaum mehr ein lautes Wort hervor und hat offenbar Fieber."

„Komm herein, sonst wirst du mir auch noch krank!", forderte sie Matthias auf.

„Nun berichte, was ist geschehen?"

„Er hat zwei Tage lang Holz gehackt und dabei geschwitzt. Ich habe ihn gewarnt, aber er hört ja nicht auf mich. So hat er sich erkältet, und ich glaube, nun hat er eine Lungenentzündung.

Es ist eine Katastrophe. Wer wird nun am Sonntag die Predigt halten?"

„Das ist jetzt Nebensache. Zuerst einmal müssen wir die Rufibach Marie holen. Die kann meistens helfen. Und wegen der Predigt werden wir schon eine Lösung finden."

Marie brummte wie üblich, wenn sie notfallmässig geholt wurde. Ob denn ausgerechnet der Pfarrer nicht klüger sei. Der hätte sicher genügend Zeit, um sein Brennholz im Sommer zu spalten. Solche Sprüche war man von dieser kratzbürstigen Frau gewohnt, aber man schätzte sie trotzdem wegen ihrem grossen Wissen und ihrer Zuverlässigkeit.

„Was machst du für Sachen", war ihr Gruss.

Der Pfarrer flüsterte unter grosser Anstrengung: „Alter schützt vor Torheit nicht!"

„Das hast du gesagt, mach einmal den Mund auf! Zunge und Rachen ganz weiss, schon fast gelb. Röchelnder Atem, dazu Fieber, ich schätze an die vierzig Grad. Du hast eine Angina und dazu Lungenentzündung."

„Ist es aus mit mir?"

„Da frag meinetwegen den lieben Gott. Ich meinerseits mache was ich kann." Sie hatte einen Tragsack bei sich, den sie nun öffnete und ihm eine Dose aus Ton entnahm, die eine fast penetrant stinkende Salbe enthielt. Mit dieser strich sie ihm nun Brust und Rücken ein und deckte danach alles mit einem Leinentuch ab.

„Nun muss er viel Tee trinken. Sie kramte drei Papiersäcke hervor und wies die Frau Pfarrer an, aus jedem Sack einen Suppenlöffel voll zu nehmen und das Ganze mit einem Liter kochendem Wasser zu überbrühen. Lasst auch gelegentlich frische Luft ins Zimmer, das senkt das Fieber. Ich habe nun getan was ich konnte. Morgen komme ich wieder. Vielleicht wäre es gut, wenn ihr ein wenig Zwiesprache mit Gott halten würdet. Ihr habt ja sicher eine direkte Verbindung!"

Die grösste Sorge war aber dem Pfarrer nicht seine Gesundheit. Dass vielleicht an zwei oder gar drei Sonntagen der Gottesdienst ausfallen könnte, betrübte ihn mehr.

Da war wieder Matthias, seines Zeichens Kirchenratspräsident gefragt. Der besprach sich mit der Frau Pfarrer, die ja zugleich Lehrerin war, und schlug vor, die Oberstufenschüler könnten doch einfach eine Stelle aus der Bibel vorlesen, und wenn man zuletzt noch zusammen das „Unser Vater" beten würde, wäre sicher der Sache Genüge getan. Mit einem Nicken liess auch der Pfarrer erkennen, dass er mit dieser Lösung einverstanden war.

Er war sehr krank, der Pfarrer, und einige Tage musste man sogar um sein Leben bangen. Es war wohl wirklich der Baderin zu verdanken, dass er die neun Tage, in der die Krankheit immer schlimmer wird, überstand. Ihr Wissen über Kräuter und Salben war gross und half wie schon oft. An drei Sonntagen fiel die normale Predigt aus. Am vierten stand er wieder, zwar geschwächt, auf der Kanzel.

76

Wie es Onkel Sami im Krankenhaus in Innertkirchen ergehe, war nicht so leicht zu erfahren.

Von der Schneelage her wäre das Nachbardorf wohl noch zu Fuss zu erreichen. So entschloss sich Matthias, den Weg gleich selber unter die Füsse zu nehmen, bevor man etwa durch erneuten Schneefall von der Umwelt, wie schon oft, abgeschnitten sei. Das Wetter schien beständig zu sein, und so machte er sich auf den Weg. Barbara liess ihn allerdings nicht gerne ziehen. Seit dem Lawinenunglück im Goms hatte sie immer Angst um ihn.

Sami war bei Bewusstsein und konnte sogar mit Mühe etwas sprechen. Allerdings bereitete ihm die kleinste Anstrengung arge Kopfschmerzen. Der Arzt meinte, wenn er genug lang ruhig bleibe, würde er wohl keinen bleibenden Schaden davon tragen. Thys blieb so lange wie möglich an seinem Bett und war froh über diesen Bescheid.

„Nun muss ich aber zurück, wenn ich bei Tage nach Hause kommen will. Alle, die dich kennen, lassen dich grüssen und wünschen dir gute Besserung. Leider, wenn es mehr schneit, können wir dich nicht mehr besuchen. Trag Sorge zu dir."

Es wurde ein strenger Winter, zwar mit viel Schnee aber von Lawinen wurden sie verschont. Es donnerten zwar verschiedene nieder, vor allem am Ritzlihorn, aber gottlob erreichten sie das Dorf nicht.

Barbara und ihre zwei Grossmütter strickten eifrig Kinderkleidchen, während Barbaras Bauch immer dicker wurde. Die Männer ihrerseits verbrachten viel Zeit in den Ställen. Etliche Kühe kalbten und das gab oft schlaflose Nächte. Die wurden manchmal im Bären bei einem Jass kompensiert. Unter dem Schnee erholten sich Gräser und Blumen beim Winterschlaf, um sich im Frühling gestärkt wieder zurückzumelden. Anders als das Jungvolk. Die wären krank, wenn sie die Zeit verschlafen würden. Die trafen sich öfter zu einem Höck, manchmal im Bären oder auch bei einem der ihren zu Hause. Dort wurde oft gesungen und manchmal auch getanzt. Die früher allzu strenge Aufsicht durch die Kirche war seit dem Amtsantritt von Matthias ziemlich gelockert worden. Immerhin, in einem abgeschnittenen Bergdorf müsse man der Jugend auch etwas gestatten, meinte er, und nicht einmal der Pfarrer hatte etwas dagegen.

Zu Weihnachten schmückten Frauen die Kirche, und Kinder hatten ein Krippenspiel einstudiert. Ansonsten gab es an den meisten Orten ein gutes Nachtessen und sicher ein Glas Wein. Das neue Jahr wurde um Mitternacht mit der Kirchenglocke eingeläutet, und anschliessend zogen Burschen mit grossen Kuhglocken durch das Dorf und vollführten einen Heidenlärm.

Die Tage wurden langsam wieder länger, und bald kündigten ausgeaperte Stellen den nahen Frühling an. Allerdings kehrte der Winter noch ein paar Mal zurück, als sträubte er sich dagegen schon vertrieben zu werden. Doch dann kam der Föhn und machte ihm vollends den Garaus.

Nun kam die Zeit, die wie jedes Jahr genutzt wurde, um den Saumpfad über die Grimsel zu öffnen. Auch die Brücke über die Aare musste wieder aufgebaut werden. So kämpften sie sich langsam Meter für Meter der Grimsel zu. Oft durch drei vier Ellen hohe Schneewände. Am Anfang kehrten sie zum Mittagessen noch ins Dorf zurück. Später wurde der Weg zu lang und so wurde im Freien verpflegt. Ein Stück Käse, vielleicht eine Wurst, Brot und meist Milch wurden kalt eingenommen. Die Füchse täten auch kalt essen und hätten trotzdem schöne Schwänze, hiess es.

Bei den schrägen Platten war man der Meinung, man sollte einmal die Stufen nacharbeiten. Sie seien abgelaufen, und letzten Sommer sei ein Muli ausgeglitten und in die Aare gestürzt.

Dann müssen wir sprengen, bestimmte der Wegmeister, der Hans Baumgartner hiess.

225

Er bestimmte auch, wo mit dem Kreuzmeissel Löcher zu bohren seien. Schwarzpulver hatte man ja zur Hand, und so ein kleines Feuerwerk war ja immer nach dem Geschmack der Männer. Beim Wegräumen des gesprengten Materials wäre beinahe ein Unglück passiert. Einer der Männer rutschte aus und wäre in die Aare und damit in den Tod gestürzt, wenn ihn im letzten Moment Matthias nicht an einem Arm erwischt hätte und mit Hilfe der andern hätte zurückziehen können. Ein Stück weiter oben führte der Weg einer abschüssigen Halde entlang, und der Schnee lag noch drei Ellen hoch. Die Sache gefällt mir nicht so recht, meinte einer, und schon rutschte der Schnee nach und klemmte Kurt Vonalmen ein, so dass nur sein Kopf noch oben herausschaute. Dieser wurde ganz blau, wohl weil Kurt nicht mehr atmen konnte. „Schnell, schnell, grabt von beiden Seiten. Sonst erstickt er." Noch gerade rechtzeitig bekam man ihn frei, doch war er ohnmächtig. Ein gebranntes Wasser brachte ihn aber wieder auf die Beine.

77

So wurde es April und die Zeit für Barbara war gekommen. Die Geburt kündigte sich an auf bekannte Weise. Schnell wurde nach der Baderin geschickt und Matthias heimgeholt. Der wurde allerdings ausgesperrt. Das sei Frauenarbeit, hiess es. Er solle draussen warten. Es gab ein langes Warten. Er zuckte zusammen, als er aus der Stube ein Stöhnen und sogar einen Schrei vernahm. Gott stehe ihr bei. Ich will sie nicht verlieren. Das Stöhnen wiederholte sich und Matthias glaubte, es würde kein Ende nehmen. Endlich kam die Erlösung. Er hörte ein Kind schreien. Die Türe öffnete sich und Marie verkündete, es sei ein gesundes Mädchen. Er könne jetzt hereinkommen. Blass und abgekämpft lag Barbara im Bett, aber ihre Augen leuchteten stolz. Matthias drückte ihr die Hand und sie flüsterte: „Du hättest wohl lieber einen Buben gehabt."

„Dummes Zeug, Mädchen haben mir schon immer besser gefallen!" Da huschte ein Lächeln über ihr Gesicht, und dann schlief sie ein, nicht bevor sie die Kleine an ihr Herz gedrückt hatte.

Die Freude war gross, sowohl bei Barbara wie auch bei Matthias. Ein Name für das Mädchen war schnell gefunden. Katrin sollte es heissen. So wurde es getauft noch bevor die Alpen bestossen wurden. Sonst hätten ja der Grossvater und Tante Heidi nicht am Fest teilnehmen können. „Götti wurde Kurt Vonalmen und Gotte Heidi Gafner, die Tante.

78

Der Weg nach Innertkirchen war ja nun wieder offen und so bekam Sami Gafner endlich wieder Besuch. Es ging ihm recht gut, doch müsse er sich noch eine Weile schonen, und das könne er am besten im Krankenhaus, hiess es.

Oben in der Trift lag noch Schnee. Das wusste Vater Gafner zu berichten. Er wollte sich überzeugen, ob die Hütten den Winter gut überstanden hätten. Der Schnee sei aber fest, man sinke nicht ein. Er glaube, es wäre möglich, die Arbeit in der Kristallkluft wieder aufzunehmen. Das war für Kurt Vonalmen Musik in den Ohren. Keinen Tag länger hielt es ihn in Guttannen zurück. Er packte Proviant und warme Kleider in seinen Rucksack. Das Werkzeug hatte er ja in der Kluft gelassen und eine Schaufel, um den Schacht frei zu graben, würde er ja in der hintern Trift schon finden.

Diese Arbeit hatten schon andere für ihn erledigt. Mit Schrecken musste er feststellen, dass sich Frevler an der Kluft zu schaffen gemacht hatten. Mit einer Wut im Bauch und zitternd vor Aufregung stieg er in die Höhle. Sie war seit letzten Herbst fast zwei Ellen weiter in den Berg getrieben worden. Glücklicherweise sah er aber noch kein Ende. „Die Urner!", schoss es ihm durch den Kopf. Es mussten mehrere gewesen sein. Ein Trampelpfad im Schnee zeigte deutlich, in welcher Richtung die Kristalle abtransportiert worden waren. Die Spuren waren noch ziemlich frisch und Kurt vermutete, die würden wiederkommen. Wenn dem so wäre, könnte er die Höhle allein nicht verteidigen. So beschloss er, möglichst keine Spuren zu hinterlassen und im Tal Hilfe zu holen. Schnell hatte er im Dorf vier junge Burschen gefunden, die bereit waren ihm zu helfen.

Sie müssten den Dieben in der Sennhütte auflauern. Es war nicht ratsam oben an der Kluft zu warten. Man wusste ja nicht, wann sie wiederkommen würden. Vielleicht wäre man bis dahin erfroren. Von der vorderen Hütte aus sah man genau in den Sattel, durch den die Diebe kommen mussten. So hätte man Zeit die Schufte gebührend zu empfangen.

Um sich die Zeit zu verkürzen spielten sie Karten, während einer immer eine Stunde den Sattel zu beobachten hatte. Ihre Geduld wurde auf eine harte Probe gestellt. Erst am dritten Tag etwa um die Mittagszeit meldete der Mann am Guckloch, es kämen zwei über den Pass.

Alle mussten sich davon selber überzeugen und vor allem feststellen, ob noch mehr nachkämen. Das war offenbar nicht der Fall und so rückten sie aus, um die Diebe abzufangen, bewaffnet mit ihren mit Eisenspitzen beschlagenen Bergstöcken. Damit sie von den Zweien nicht etwa entdeckt würden, mussten sie einen Umweg in Kauf nehmen, und erst oben in den Felsblöcken konnten sie sich frei bewegen. Knapp über der Kluft, hinter einem grossen Stein erwarteten sie die Schufte. Diesmal mussten sie nicht lange warten. Als wären sie ihrer Sache sicher, näherten sie sich über ein grosses Schneefeld, offenbar durch den Trampelpfad, den sie schon öfter begangen hatten.

„Wartet bis sie bei der Kluft sind!", raunte Kurt seinen Helfern zu.

„Jetzt auf sie!" Mit Gebrüll verliessen sie nun ihre Deckung und wurden natürlich sofort von den Schelmen entdeckt. Jene hatten den Vorteil, dass sie sich mit zwei Sprüngen auf das Schneefeld retten konnten, während die Angreifer noch ein Stück schwieriges Gelände zu bewältigen hatten. So erhielten die Frevler einen Vorsprung. Dazu waren es offenbar kräftige, berggewohnte Burschen. Es begann nun eine wilde Verfolgungsjagd, von Seiten der Verfolger mit wüsten Verwünschungen. Der Vorsprung der Diebe wurde dauernd ein wenig grösser. Fragte sich nur, wer den längeren Atem haben würde. Oben am Sattel waren sie etwa fünfzig Ellen früher als die Guttanner. Als nun auch diese oben ankamen, hatten die Urner schon einen beträchtlichen Vorsprung, weil hier das Gelände leicht abfiel.

„Die erwischen wir nicht mehr", erkannte einer, und die andern kamen auch zu dieser Einsicht. Ausser Atem suchten sie sich niederzusetzen. Immerhin bewarfen sie die Flüchtenden noch mit allen erdenklichen Unwörtern. „Kommt ja nicht noch einmal, sonst geht es euch schlecht, ihr Lumpenhunde!"

Sie hatten nun keine Eile, sich zurückzuziehen. Erstens waren sie neugierig darauf, welchen Weg die Schelme einschlagen würden und beobachteten sie, bis sie den Triftgletscher betraten.

Zum Zweiten bestaunten sie die schier endlose Gletscherwelt, die vor ihnen lag. „Es ist sicher gefährlich da unten. Hoffentlich nehmen sie wegen gestohlener Kristalle nicht den Tod in Kauf."

„Das ist ihre Sache. Ich glaube, die gehen Richtung Steingletscher und dann über den Susten ins Meiental."

„Ja, das ist wohl die einzige Möglichkeit, um von hier aus nach Uri zu gelangen."

„Wenn sie nicht eine Hütte finden bevor es finster wird, geht es ihnen schlecht!"

„Und wir? Was machen wir jetzt?"

„Wenn ihr Zeit habt, könntet ihr mir ja Kristalle ausbauen und heruntertragen helfen."

„Kriegen wir Lohn dafür?"

„Ja, wir müssen nur aushandeln wie viel."

„Eigentlich hätten wir ja Zeit, bis die Kühe auf die Alpen getrieben werden."

„Ja, aber einer müsste es melden im Dorf. Sonst bekommen die es mit der Angst zu tun."

79

Schon bald begann nun ein neuer Alpsommer, sehnlichst erwartet von Vater Gafner und vor allem von seiner Tochter Heidi. Der Bursche, für den ihr Herz schlug, war ja schon lange oben und baute Kristalle aus. Sie konnte es kaum erwarten ihn wiederzusehen. Und Kurt? Eigentlich ging es ihm genau gleich, nur dass er seine Liebe noch etwas verheimlichen und das Mädchen noch etwas zappeln lassen wollte. Immerhin war ja kaum ein Jahr vergangen seit seiner grossen Enttäuschung. Er hätte nie gedacht, dass Wunden so schnell heilen.

Glücklicherweise heilte auch die von Onkel Sami, und es kam Kunde aus Innertkirchen, man könnte ihn nun mit einem Wagen nach Hause holen.

So kehrte nun in Guttannen der normale Alltag wieder ein. Barbara war froh, dass die beiden Grossmütter sehr um ihr Kind besorgt waren, denn es gab viel zu tun auf ihrem grossen Bauernbetrieb. Doch die Arbeit geht leicht, wenn sie von Liebe und Anerkennung getragen wird. Matthias, der ja nun zwei Heimwesen zu bewirtschaften hatte, führte seine Betriebe mit viel Weitsicht und hatte dazu ja auch gute Knechte. Heimlich dachte er oft, das Amt des Gemeindeammans könnte ihm gestohlen werden. Allerdings musste er ja auch einsehen, dass es nur recht und billig sei, etwas für die Gemeinde zu tun.

Schon war wieder eine schier endlose Säumerkolonne über die Grimsel unterwegs. Viele von den Männern hatten von der Wundermär vernommen, wie einer aus Guttannen sich hatte aus einer Lawine befreien können und am darauffolgenden Frühling unversehrt nach Hause zurückgekehrt war. Da sie die Geschichte gerne ausführlich vor Ort vernehmen wollten, kehrten viele im Bären ein, und so brachte sie dem Bärenwirt und seiner Frau auch gute Einnahmen.

Hätte der Steuervogt aus Bern vernommen, wie viele Mulis und Pferde der Schmied von Guttannen neu beschlagen hätte, so wäre er wohl sofort wieder erschienen und hätte den Anteil für den Kanton gefordert!

Die Kühe und Rinder vom elterlichen Heim waren ja nun wieder auf der Trift und diejenigen vom Zumbrunnen Gut in der Handegg. Der Ammann tanze auf zwei Hochzeiten, meinten die Guttanner, fanden aber, Matthias wäre dafür der richtige Mann.

Schon bald war die Heuernte angesagt. Eine strenge Zeit. Viel Arbeit bis das Heu gut gewittert in den Scheunen verstaut werden konnte. Manchmal dachte Matthias bei sich, wie schön es doch oben in der Trift wäre.

Dort oben verbrachten Drei wirklich eine schöne Zeit. Gutes Gras, schöne Kristalle und eine junge Liebe! Kann denn das Leben noch schöner sein?

80

Es war an einem Sonntag. Im Haslital achtete man die Zehn Gebote und so wurde an einem Sonntag nur das Nötigste in den Ställen verrichtet und die übrige Zeit in Musse verbracht. Heidi und Kurt sassen hinter der vorderen Hütte auf einem grossen Stein und beobachteten das Spiel der jungen

Murmeltiere. Es mochte um die Mittagszeit gewesen sein, als sie oben im Sattel einen Mann erblickten, der sich offenbar anschickte, ihnen einen Besuch abzustatten.

„Was zum Kuckuck will der bei uns?"

„Vielleicht sucht er eine Ziege."

„Das kann fast nicht sein. Jenseits des Pässchens hat es nur Schnee und Eis!"

„Bald werden wir wissen was er will."

Schon bald erkannten sie einen Mann mittleren Alters mit einem schon fast grauen Vollbart.

„Der Mann hat Sorgen, das sehe ich an seinen Augen", meinte Heidi. Unterdessen war auch Hans, Heidis Vater, zu ihnen getreten. Der meinte, er habe den Verdacht, dieser Besuch habe etwas mit den Kristallen zu tun. Heidi war es ein bisschen unheimlich, als der Mann zu ihnen trat. Diesen Mann plagten Sorgen. Seine Augen wirkten müde und wässrig. Er grüsste kurz und fast nicht vernehmbar und setzte sich offenbar todmüde auf einen Stein. War es ein Verbrecher auf der Flucht vor gerechter Strafe?

„Du musst halb verhungert sein", meinte Vater Gafner. „Willst du zuerst etwas essen oder dein Herz ausschütten?"

„So muss es wohl sein. Ich vermisse meinen Buben und auch seinen Kameraden. Verzeiht mir, aber ich vermute, er hat hier in der Gegend Kristalle gestohlen und ist nicht mehr zurückgekehrt. Es, es war mein Einziger. Ich versuchte ihn zurückzuhalten, aber er hörte nicht auf mich. Und, was kannst du mir sonst bieten? Nichts!", hat er mich angeschrien und ist mit andern losgezogen. Dreimal kamen sie mit einer Ladung zurück. Hätten sie es dabei bewenden lassen! Aber mein Bub hatte es wohl gepackt. Mit einem Kollegen wollte er noch einmal eine Ladung holen. Sie sind nicht mehr zurückgekehrt. Ich habe noch eine kleine Hoffnung, ihr hättet sie gefangen und eingesperrt. Oder habt ihr sie vielleicht erschlagen? Sie hätten es ja verdient. Begreift, dass ich Gewissheit haben möchte."

„Guter Mann, sie waren zwar hier, aber wir haben sie weder erschlagen noch eingesperrt. Verfolgt haben wir sie bis in den Sattel, aber sie sind uns entwischt. Zuletzt haben wir sie auf dem Triftgletscher gesehen."

„So liegen sie irgendwo in einer Gletscherspalte."

„So muss es wohl sein!"

Diesem alten zähen Bergler liefen Tränen in seinen Bart, und schluchzend wandte er sich ab.

Man überliess ihn eine Zeitlang seiner Trauer, doch danach meinte Kurt, so könne er nicht zurück, sonst komme er auch noch um. Er solle vorerst in die Hütte kommen und versuchen etwas zu essen.

Sie stellten ihm eine Tasse mit Milch und ein Stück Käse auf den Tisch. Es dauerte zwar eine Weile, aber endlich war der Hunger doch grösser als die Trauer.

„Du hast gesagt, es wäre dein einziger Sohn gewesen. Hast du den sonst keine Kinder?"

Die Antwort kam nicht so schnell. „Doch, zwei Töchter."

„So lohnt es sich weiterzuleben. Die werden schon Männer heimbringen."

„Vielleicht ergeht es dir wie mir, ich habe einen ganzen Winter um meinen Sohn getrauert, und im Frühling ist er zurückgekommen, weil er sich aus der Lawine hatte befreien können. Manchmal geschehen auch Wunder."

„In meinem Fall glaube ich nicht daran. Die hätten sich gemeldet, wenn sie am Leben wären. Schliesslich haben wir Sommer und nicht Winter."

„Auch du könntest noch umkommen, wenn du allein über den Gletscher gehst. Bleib bei uns übernacht und ich rate dir, nicht über die Trift zurückzukehren. Geh nach Guttannen und über Innertkirchen durchs Gadmental. Das geht zwar bedeutend länger, aber du kommst sicher nach Hause. Ich denke, du wohnst im Meiental. Wir geben dir Käse und eine Wurst mit und Wasser findest du überall."

„Ihr habt wohl Recht, aber das bringt mir meinen Bub auch nicht zurück."

233

„Das kann wohl niemand mehr ändern. Wir können dir nur unser Beileid aussprechen."

„Mach nicht aus einem Unglück zwei, guter Mann. Wir bereiten dir ein Nachtlager. Ruhe dich zuerst einmal aus, morgen sehen wir weiter."

Ob er oben in dem Strohlager auch schlafen konnte war die Frage. Jedenfalls Heidi Gafner konnte den Schlaf nicht finden. Der arme Mann, ging es ihr immer wieder durch den Kopf, und wenn sie endlich ein bisschen einschlief, träumte sie von zwei Männern, die vom Teufel selber gejagt in einer Gletscherspalte verschwanden. Dann war sie wieder stundenlang wach und sann darüber nach, ob eigentlich so eine Kristallkluft wirklich Glück bringe oder eher Unglück und Trauer. Kristalle müssen wohl Männer anziehen wie am Meer die Sirenen. Einmal vom Fieber gepackt sind sie davon gefangen. Nun schon drei Tote, ja fast vier. Ein hoher Preis. Gut, es waren Schelme, aber die Bestrafung sei zu hoch, fand das Mädchen.

Auch die längste Nacht geht einmal zu Ende. Die Kühe befanden sich schon zum Melken vor der Hütte und brachten Heidi wieder auf andere Gedanken. Der Fremde stand zeitig auf. Man stellte ihm noch eine Kachel Milch und ein Stück Käse auf den Tisch und liess ihn ziehen. Über der Hütte kreiste der Adler, so dass die Murmeltiere schrille Pfiffe ausstiessen und sofort in ihren Löchern verschwanden. Am Nachmittag zogen dunkle Wolken auf, und nicht lange darauf tobte ein heftiges Gewitter.

„Gut, dass wir ihm vom Pass abgeraten haben", meinte Hans. „In diesem Gewitter wäre er umgekommen."

Völlig durchnässt kam Kurt mit einem Sack voll Kristalle von der Kluft. Er klagte, beinahe wäre er auf den glitschigen Steinen ausgerutscht. Heidi hätte ihm gerne gesagt, er solle die Kluft aufgeben. Es sei schon zu viel passiert ihretwegen. Aber sie getraute sich nicht. Sie wusste wohl, dass Männer für so etwas den Tod in Kauf nehmen.

81

Die Guttanner hatten das schöne Wetter ausgenutzt und ihr Heu unter Dach. So ärgerte sich auch niemand über das Gewitter. Der Regen tat gut. Neues Gras würde spriessen. Schnell hatte sich das Wetter auch wieder verzogen, und gegen Abend lachte wieder die Sonne.

Wie fast jeden Abend sassen Barbara und Matthias mit der Kleinen, ihrem Liebling, vor Annes Häuschen auf der rohgezimmerten Bank und genossen nach getaner Arbeit den Feierabend. Ein gesundes munteres Mädchen mit schönen blauen Augen, die schon alles zu erkennen schienen, und auch schon lächeln konnte das Kind. Welch eine glückliche Zeit!

Offenbar nicht für jedermann. Aus dem Dorf kam ein Mann. Sie kannten ihn. In Guttannen kannte jeder jeden. Es war der Abraham Freidig, ein Bauer, der sein Anwesen unter dem Dorf im Boden bewirtschaftete. Sein sorgenvolles Gesicht bedeutete nichts Gutes. Das sah ein geübtes Auge schon auf zwanzig Ellen.

„Hast du Sorgen?", fragte ihn deshalb Thys nach kurzem Gruss.

„Ja, eigentlich nicht ich, wenigstens vorläufig nicht, aber mein Nachbar, der Zünti. Der Wolf hat ihm zwei Ziegen gerissen. Wie soll der nun seine Familie ernähren?"

„Das ist schlimm. Ausgerechnet dem Zünti. Du kennst ihn besser als ich. Der wird sicher jede Hilfe ablehnen. Er hat noch nie welche angenommen!"

„Ja, dieser sture Bock wird eher seine Familie verhungern lassen."

„Weshalb lehnt er jede Hilfe ab?", wollte Barbara wissen.

„Das ist eine lange Geschichte und ist nicht so schnell erzählt. Erst wenn du sie kennst, wirst du ihn einigermassen begreifen. Ich erzähle sie dir heute Abend im Bett. Jetzt müssen wir vorerst schnell Massnahmen ergreifen, um weitere Schäden zu verhindern!"

„Ja, man muss etwas unternehmen, aber heute Abend kann man wohl nicht mehr viel ausrichten, es ist schon zu spät."

„Du hast Recht, aber morgens müssen wir zeitig alle Ziegen- und Schafbesitzer warnen. Sie müssen nachts ihre Tiere soweit möglich in die Ställe treiben. Wir schicken die älteren Buben und Mädchen mit der Nachricht zu allen Leuten. Dann rufe ich den Gemeinderat zusammen, damit wir beschliessen können was zu tun sei. Ich danke dir Abraham, dass du Meldung gemacht hast."

Die kleine Katrin musste nun noch versorgt werden, und weil Barbara gespannt war auf die Geschichte von „Zünti" ging man zeitig ins Bett.

„Erzählst du mir jetzt, was es mit diesem Mann auf sich hat?"

„Ich muss ja wohl, so hör zu." So erzählte er nun die Geschichte, wie sie ihm sein Grossvater oben in der Trift erzählt hatte.

Der Zünti, wie er genannt wird, hiesse eigentlich Jakob Zahnd. Geboren ist er eigentlich dort wo er jetzt wohnt. Es waren zwei Geschwister. Ein Bub und ein Mädchen. Die Liegenschaft, die sie bewirtschafteten war zu klein, um davon zu leben. So arbeitete der Vater bei den umliegenden Bauern als Taglöhner. Leider verunglückte er beim Holzen tödlich, und seine schwächelnde Frau war nicht in der Lage für die zwei Kinder zu sorgen. So wurden sie eben Verdingkinder. Was aus dem Mädchen geworden ist, weiss ich nicht. Der Bub jedoch kam zu einem Bauern zuvorderst im Gadmental. Man sagt, er habe es nicht schlecht gehabt. Man hätte ihn fast gleich behandelt wie die eigene Tochter. Als er älter wurde, so berichtet man, machte ihm die Tochter, Züsi hiess sie, schöne Augen, und er soll sich in sie verliebt haben bis über beide Ohren. Das Mädchen hatte wohl ebenfalls Gefallen an ihm, oder ob sie ihn zum Narren hielt weiss man nicht. Jedenfalls erwischte sie der Bauer als sie sich gerade küssten. Er tobte wie ein besessener, ohrfeigte das Mädchen und schrie, da könne man noch ein gutes Werk tun und so einen Tropf aus ärmsten Verhältnissen aufziehen und

236

füttern, und zuletzt bilde sich der Kerl noch ein, er könnte die einzige Tochter heiraten und am Ende noch das Heimwesen erben. Wenn ich dich noch einmal mit ihr erwische, jage ich dich zum Teufel.

Der Bub hätte nun erwartet, dass sich das Mädchen für ihn eingesetzt hätte. Doch die würdigte ihn keines Blickes mehr, wich ihm aus, wo sie nur konnte. Hatte sie ihn denn nicht auch lieb? Weil er das wissen wollte, klopfte er des Nachts an ihr Fenster. Doch der Alte hatte aufgepasst. „Nun ist es genug!", schrie er. „Scher dich zum Teufel. Geh dorthin, wo du hergekommen bist. Wenn ich dich am morgen noch sehe, schlage ich dich tot."

Noch in derselben Nacht brannte das schöne Bauernhaus bis auf die Grundmauern nieder. Menschen und Tiere konnten gerettet werden, doch vom Haus blieb nichts als ein Haufen Asche.

Es war keine Frage. Darin war man sich einig. Der Verdingbub habe es angezündet. Natürlich wurde er sofort verhaftet. Er bestritt zwar die Tat, aber es glaubte ihm niemand. Einige wenige begriffen seine Wut, aber die meisten verdammten ihn und meinten, er hätte dankbar sein können für alles und sei so frech gewesen und hätte sich hinter des Bauern Tochter gemacht. So etwas hätten sie auch nicht ertragen. Ein älterer Mann gab noch zu bedenken, vielleicht sei es auch ein anderer Bursche gewesen, der so seinen Konkurrenten bei dem Mädchen habe ausschalten wollen. Der habe wieder einmal zu viel Fantasie, meinten die Leute und so wurde der Zünti, wie er von nun an genannt wurde, eingelocht. Sechs Jahre hiess das Urteil. Eine lange Zeit und nicht dazu angetan, die Wut, die er auf die ganze Menschheit hatte, zu bessern.

Was tut nun ein Mann, der mit einem denkbar schlechten Ruf nach sechs Jahren aus dem Zuchthaus kommt? Handgeld nehmen wäre das eine. Aber er hatte sich nun sechs Jahre unterworfen und nach Befehlen gelebt. Von dem hatte er genug. In einer grossen Stadt könnte er vielleicht untertauchen.

Aber er war ein Mann aus den Bergen, und die lassen sich kaum in eine Stadt verpflanzen, sowenig wie es dort Alpenrosen gibt. Er entsann sich an das kleine Anwesen, wo er seine frühe Kindheit verbracht hatte. Das müsste eigentlich noch ihm gehören. So machte er sich auf den Weg. Was er vorfand war ein halbzerfallenes Häuschen mit einem kleinen Stück von Dornen und Büschen überwuchertes Land. Früher hatte es unter dem Haus noch eine Matte. Die hatte der damalige Gemeinderat aber verkauft und das Geld dem geschädigten Bauern zum Wiederaufbau seines Hauses gespendet. Dem Zünti fehlte es an allem. Wenn er das Häuschen wieder bewohnbar machen wollte, brauchte er vor allem eine Axt, um Holz zu schlagen. Dazu eine Säge, ein Hammer und Nägel.

Ganz ohne Geld musste er das Gefängnis nicht verlassen. Ein kleines Sackgeld stand jedem zu. Das hatte er beiseite gelegt, statt wie es viele taten, damit Tabak oder Schnaps zu kaufen. So besorgte er sich in Innertkirchen das nötige Werkzeug und machte sich daran, das Häuschen so gut als möglich zu reparieren. Doch muss der Mensch auch essen. Glücklicherweise hatte er im Gefängnis einige Pilze kennen gelernt. Die halfen ihm fürs erste über die Runden. Oben am Hang hatte es fette Murmeltiere. Da musste gelegentlich eines sein Leben lassen. Um den Durst zu bekämpfen sammelte er Teekräuter, und vor dem Häuschen plätscherte Gott sei Dank ein Brunnen. Doch ihm war klar, wenn er überleben wollte, musste er sich mindestens eine Ziege beschaffen. Es wäre ein Leichtes gewesen, irgendwo eine zu stehlen, aber davon wollte er nichts wissen. Lange genug war er im Gefängnis gesessen. Vielleicht könnte er irgendwo einem Salpetersieder helfen. Das galt als die schmutzigste Arbeit, die niemand gerne tat.

Manchmal tut sich auch dem Verachteten ein Türchen auf, besonders wenn sich jemand dadurch einen Vorteil erhofft. Ein Nachbar erschien eines Abends bei ihm, grüsste knapp und wollte wissen, ob er daran interessiert wäre etwas zu verdienen. Der Mann hiess Zisset. Hoch über seinem

Anwesen befand sich ein grosses Fluhband, auf dem gutes Gras wuchs. Das Problem war nur, dass es niemand zu holen getraute. Einige hatten es versucht und waren dabei zu Tode gekommen. „Wenn du mir dieses Wildheu einbringst, will ich dich für diese Zeit verpflegen, und zuletzt darfst du dir bei mir eine Ziege aussuchen." Der Zünti wusste nur zu gut, auf was er sich da einliess. Jedoch, so dachte er, sein Leben sei ja nicht viel wert, und deshalb habe er auch keine Angst. „Nur Sense habe ich keine. Wenn du mir eine zur Verfügung stellst, schlage ich ein." So kam der Zünti zu seiner ersten Ziege und zugleich zum Ruf, er sei der beste Wildheuer des ganzen Haslitals. Weitere Bauern waren auch noch scharf auf dieses gute Futter, und schon bald hatte er Aufträge für den ganzen Sommer. Allerdings begab er sich manchmal auf Bänder, die ausser ihm wohl niemand betreten hätte. Schlimmer noch als das Mähen war das Hinuntertragen, doch dies tat er mit einer Sicherheit, die ihm keiner nachgemacht hätte. So kam zwar Zünti zu einem kargen Einkommen und zu einer zweiten Ziege, aber um sein Häuschen ein wenig instand zu stellen, dazu reichte es nicht. Das Dach schützte ihn nicht überall vom Regen, obschon er dauernd versuchte, es mit Rindenstücken und Ähnlichem dicht zu machen.

82

Eines Abends, als er den letzten Ballen Heu in einen Heuschober gekippt hatte und zusammen mit seinen Ziegen nach Hause kam um sie zu melken, sass vor der Hütte auf der morschen Bank eine junge Frau und weinte bitterlich. Die Frau, noch fast ein Mädchen, war offenbar schwanger. Der sonst raue Geselle empfand sofort etwas wie Mitleid. Zu fragen weshalb sie weinte brauchte er nicht, das konnte er sich denken. Was hier zu tun sei, wusste er allerdings nicht. So streckte er ihr wortlos die Hand hin zum Gruss und fragte nach langem unbeholfen, ob er ihr helfen könne. Sie schaute ihn nur mit grossen traurigen Augen an und sagte kein Wort.

239

„Ich habe nicht viel, aber wenn du willst, kannst du hineinkommen. Ich mache dir aus Streue ein Lager zurecht, und etwas Milch kann ich dir auch geben." Da sie sich nicht rührte, nahm er ihre Hand und zog sie auf. Immer noch ohne Worte folgte sie ihm ins Haus. Verstohlen betrachtete sie Zünti. Eine Schönheit ist es nicht gerade, urteilte er bei sich, aber offenbar irgendeinem Lümmel schön genug, um sie zu schwängern.

„Setz dich. Ich bringe dir Milch und ein Stück Käse. Danach muss ich meine Ziegen besorgen. Wenn du willst, kannst du hier auf meine Pritsche liegen."

Beim Melken der Ziegen ging ihm einiges durch den Kopf. Was sollte er nun mit dieser Frau. Die war offenbar noch ärmer als er. Fortschicken wolle er sie nicht, entschied er. Aber ob er Essen für zwei beschaffen könne, das schien ihm fast unmöglich.

Als er vom Melken zurückkam, lag sie tatsächlich auf seiner Pritsche. Offenbar war sie weit gelaufen und sehr müde.

„Du kannst auf meiner Pritsche bleiben. Ich mache mir aus Stroh ein Lager zurecht." Sie begann wieder zu weinen und stotterte endlich: „Er hat mich einfach sitzen gelassen und hat sich davon gemacht."

„Wie lang, ich meine, wie lange bist du schon schwanger?"

„Etwa sieben Monate."

„Und du hast niemanden, der dir hätte helfen können?"

„Wer hilft schon einem armen Verdingkind!"

„Mir hilft auch niemand. Die sagen mir nur Zünti, weil ich meinem Meister das Haus angezündet haben soll. War dafür sechs Jahre im Zuchthaus. Ich werde dich nicht wegschicken, nur weiss ich noch nicht, von was wir leben wollen."

Nun machte er sich in einer Ecke ein Lager zurecht, und das Mädchen war offenbar eingeschlafen.

Jakob fand den Schlaf nicht. Weil er um seine Not wusste, begriff er auch die des Mädchens. Nur, wie helfen, wenn man dazu nicht in der Lage ist?

Vielleicht wenn sie auch etwas dazu beitragen könnte. Im Wald waren jetzt die Beeren reif. Vielleicht könnte sie sie sammeln. Aber nein, mit ihrem Bauch!

Endlich schlief er doch ein und träumte, vor dem Haus spiele ein kleines Mädchen. Aus diesem Traum erwachte er und wusste, dass er in Kürze für zwei zu sorgen hätte. Das gab ihm zu denken. Eigentlich könnte er ja das Mädchen wegschicken, dann wäre er diese Sorge los, aber im innersten Innern sträubte sich etwas dagegen. Waren sie nicht seelenverwandt? Hatten sie nicht ein ähnliches Schicksal erfahren? Dieser Zünti, dieser raue Geselle, hatte ein gutes Herz.

Das Mädchen war mehr als dankbar, dass es bleiben durfte. Was hätte es sonst tun sollen. Offensichtlich hatte es auch Kochen gelernt und verstand es zum Beispiel aus Brennnesseln eine gute Suppe zu kochen. Milch hatten sie eigentlich auch genug, wenigstens vorläufig, doch eine Ziege gibt ja nicht einfach das ganze Jahr Milch. Da sie auch Brennholz beschaffte, entdeckte sie oben im Wald Heidelbeeren, die sie fleissig sammelte. Wenn sie nur Gefässe hätte, in denen sie die Beeren für den Winter aufbewahren könnte! Es wäre einfach, sie heiss in Gläser abzufüllen und dann mit Murmeltierfett luftdicht abzudecken. Jakob wusste Rat. Hinter dem Ställchen wusste er einen alten Tonkrug. Diesen reinigte er mit feinem Sand und Wasser. So konnte immerhin etwas von den Beeren für den Winter aufbewahrt werden. Dass Jakob gelegentlich ein Murmeltier fing und schlachtete, wollte ihr nicht so recht gefallen, war jedoch nötig, um zu überleben. Er konnte so auch grössere Stücke einpökeln, in den Rauch hängen und so für den Winter haltbar machen.

Immerhin schien der liebe Gott auch einmal an die Ärmsten unter den Armen zu denken! Die Hilfe kam wieder vom Nachbarhaus, aber diesmal von Frau Zisset. Sie hatte beobachtet, wie Zünti eine schwangere Frau beherbergte. Sie dachte sich, was die wohl im Winter arbeiten wolle. Sie hätte ihr schon Arbeit. In ihrem Gaden türmte sich Schafwolle von ihren an die hundert Schafe, die im Sommer oben im Berg weideten. Wenn die Wolle gesponnen wäre, so könnte man sie gut verkaufen. Im Unterland, zum Beispiel in Thun, war sie sehr gefragt. Aber allein würde sie diesem Berg niemals Meister, auch nicht zusammen mit ihrer Magd. So begab sie sich zu Züntis Anwesen und klopfte dort an die morsche Haustüre. Erstaunt über Besuch öffnete ihr die junge Frau. Frau Zisset stellte sich vor als ihre Nachbarin und fragte ohne Umschweifen, ob sie vielleicht für sie arbeiten und ein wenig Geld verdienen möchte.

Sie fragte auch nach ihrem Namen. „Susi heisse ich", gab die schwangere Frau zur Antwort. Ja, verdienen täte sie gerne etwas, die Frage sei nur, ob es Arbeit sei, die sie auch verrichten könne.

„Du müsstest mir Wolle spinnen. Das könntest du hier oder auch drüben bei mir machen. Ein Spinnrad würde ich dir zur Verfügung stellen. Das wäre ein Glück, dachte Susi bei sich, denn spinnen konnte sie. Das hatte sie schon als Minderjährige bei ihrer Verdingmutter gemacht, oft bis ihr die Finger bluteten. So gab sie zur Antwort, spinnen könne sie, aber sie wolle noch Jakob fragen. Der komme erst am Abend nach Hause. Der reisse oben in der Weide Stauden und Dornen aus.

Jakob hatte keinen Einwand, wollte aber die Entlöhnung geregelt haben. Man einigte sich pro Strange auf einen Batzen, zusätzlich für zehn Strangen fünf Hühnereier und für zwanzig Strangen ein Pfund Käse. Spinnen täte sie lieber in ihrem Häuschen, denn dazwischen etwas kochen sollte sie schliesslich auch noch. Das war kein grosser Lohn, aber besser als nichts. So wurde man einig und das Mädchen begann mit ihrer Arbeit, sehr fleissig und das Garn verstand sie schön gleichmässig zu spinnen, so dass sie von der Bäuerin gelobt wurde.

Was der Frau Zisset missfiel, war, dass zwei ohne Trauschein zusammen lebten. Sie besprach sich deshalb an einem Sonntag nach der Predigt mit dem

Pfarrer, und der war bereit, die Beiden aufzusuchen und sie zu ermuntern, doch zu heiraten. „Das wäre nicht das Nötigste", brummte Jakob. Trotzdem liessen sie sich darauf in der Kirche trauen.

Schon bald war auch die Zeit der Niederkunft gekommen. Anne brummte zwar noch ärger als man es von ihr gewohnt war, als sie der Zünti um ihre Hilfe bat. Trotzdem half sie dem Kind auf die Welt. Ein gesundes Mädchen. Liebevoll hatte Jakob eine Wiege gezimmert, und Susi hatte aus Wolle Kinderkleider gestrickt. Zu dem einen Kind kamen später noch drei dazu. Langsam bekamen die Leute doch eine gewisse Achtung vor Züntis, wie sie immer noch unter vorgehaltener Hand genannt wurden. Harte schlecht bezahlte Arbeit hielt die Familie über Wasser, doch es reichte nur für das Allernötigste.

„Dass sich Zünti nicht helfen lassen will begreife ich. Auch er hat sicher seinen Stolz. Und nun hat der Wolf ihm zwei Ziegen getötet. Für ihn und seine Familie sicher eine Katastrophe. Nun kennst du seine Geschichte, gute Nacht."

Am andern Morgen überliess Matthias die meisten Stallarbeiten seinen Knechten und suchte seine Ratskollegen auf, um sie zu einer Sitzung aufzubieten. Zur zehnten Stunde trafen sie sich im Bären. Entsetzt nahmen sie zur Kenntnis, dass sich ein Wolf herumtreibe und Jakob Zahnd bereits zwei Ziegen getötet habe. Das hat gerade noch gefehlt, ausgerechnet dem Zünti. So äusserten sie sich, dachten aber vorwiegend an ihre eigenen Schafe und Ziegen. Als erstes müssen wir alle Leute auffordern, die Tiere am Abend in die Ställe zu treiben. „Mir ist das nicht möglich", meinte Hans Zisset. „Wie soll ich am Berg meine hundert Schafe in einen Stall treiben?" Wenn er von deinen hundert etwa zwei erwischte, wäre das nicht so tragisch, ging es dem Ammann durch den Kopf, doch diesen Gedanken behielt er wohlweislich für sich. „Der Wolf muss möglichst schnell getötet werden", war die Meinung. „Ja, und Züntis müssen wir wenigstens mit Milch versorgen."

„Wird er sie annehmen?"

„Sicher, bevor seine ganze Familie verhungert!"

„Ich mache einen Vorschlag", Zisset meldete sich zu Wort. „Zünti soll meine Schafe hüten und ich gebe ihm dafür zwei Ziegen. Er kann ja meinen Hund mitnehmen."

„Kein dummer Gedanke, aber damit sind wir den Wolf nicht los."

„Ich glaube, wir sollten Rat bei Jörg Zahnd holen. Der schleicht ja sonst auch das halbe Jahr mit seiner Büchse in den Bergen herum. Der soll jetzt zeigen was er kann."

„So schnell wird der den Wolf auch nicht erwischen, aber wir könnten uns ja vielleicht von ihm beraten lassen."

„Jemand sollte ihn holen."

„Es wäre fast ein Wunder, wenn er zu Hause wäre."

Er war tatsächlich zu Hause und hatte schon vom Wolf gehört. Eigentlich hatte er schon lange vermutet, es würde sich einer herumtreiben, weil er die Überresten einer getöteten Gämse gefunden hatte.

Dass ihn nun der Gemeinderat um Hilfe bat, erfüllte ihn natürlich mit einem gewissen Stolz, und so liess er alles stehen und begab sich ohne Säumen in den Bären.

„Ja, das Beste wäre, wenn ich ihm am Riss auflauern könnte. Aber wie ich die Sache sehe, hat sicher Zünti alles was noch einigermassen verwertbar war heimgeräumt. Schliesslich hat er Kinder, die nun halt Fleisch essen werden statt Milch zu trinken!"

„Und, was schlägst du vor?"

„Da gibt es verschiedene Möglichkeiten. Zum Beispiel Tellereisen oder Drahtschlingen. In beiden Fällen muss man ihn ködern. Mit andern Worten, wir müssen Fleisch opfern. Eine weitere Möglichkeit wäre eine Fallgrube. So hat man früher die meisten Wölfe gefangen. Nur in unseren steinigen Matten oder Wäldern so eine Grube zu graben bedeutet viel Arbeit. Das Beste wäre allerdings, man würde das nächste gerissene Tier liegen lassen und würde ihm dann auflauern mit dem Gewehr. Eines kann ich schon jetzt sagen. So schnell werden wir den nicht erwischen."

„Das ganze wird ein bisschen organisiert sein müssen. Ich schlage vor, wir übertragen diese Aufgabe dem Jörg Zahnd. Der hat ein Gewehr und versteht es zu benützen."

„Ihr schiebt mir den schwarzen Peter zu. Im Moment haben wir Neumond. Da lohnt es sich nicht zu passen. Aber Tellereisen und Schlingen auslegen, das will ich besorgen, wäre aber froh, wenn mir jemand helfen würde."

„Da wird sich schon jemand finden."

„Ich brauche Fleisch, wenn möglich von einem totgeborenen Tier. Vergrabt sie nicht, bringt sie mir, und wenn der Wolf irgendwo ein Tier reisst, lasst es liegen und meldet es mir."

„Gut, mach was du kannst", meinte Matthias und die andern pflichteten ihm bei.

Es wurde noch beschlossen, alle Anwohner mit einem öffentlichen Anschlag zu warnen, und Hans Zisset wollte sofort Züntin aufsuchen und ihn fragen, ob er mit seinem Vorschlag einverstanden wäre.

„Wer mäht uns dann das Wildheu?", wollte noch einer wissen. Es werde wohl nicht ewig dauern, und dazu sei das meiste schon eingebracht", erwiderte ein anderer.

„Zwei Ziegen?", dachte Jakob Zisset. „Wo nehme ich sonst zwei Ziegen her." Und so schlug er ein. Sofort packte er das Nötigste in seinen Rucksack, nahm noch des Nachbars Hund mit und begab sich auf die Schafalp. Dort befand sich eine kleine Schutzhütte aus grossen Steinen und einem Dach aus Ästen und Lischgras. Dort bezog er Stellung. Mit dem Hund hatte er sich schnell angefreundet. Was er sonst gegen den Wolf unternehmen sollte, wusste er selber nicht. Er hoffte, allein seine Anwesenheit würde genügen, um ihn fernzuhalten.

Im Tal verteilte Zahnd seine Tellereisen und bei Zwangswechsel starke Drahtschlingen. Da er noch kein Fleisch erhalten hatte, schoss er ein Murmeltier, zerteilte es und legte das Fleisch in die Fallen. Schon zeitig am andern Morgen kontrollierte er. Die Tellereisen hatten gefangen, aber nur nicht den Wolf. In einer war eine Hauskatze. Glücklicherweise war sie wohl schnell gestorben. In einer andern war ein Fuchs. Den hatte es nur an einem Bein erwischt. Tierquälerei, dachte Jörg und schlug ihn sofort tot. In den Schlingen befand sich nichts. Er werde die toten Tiere gleich als Köder benutzen. Das Beste wäre, dem Wolf aufzulauern. Aber der Himmel war verhangen und nur wenig Mond. So hatte er wohl keine Chance. Dafür hatte der Wolf in einer kleinen Weide am Dorfrand ein Schaf gerissen, das aus dem Ställchen ausgebrochen war.

Oben auf der Schafalp war es ziemlich langweilig. Jakob Zisset war nun schon drei Tage oben und nichts war passiert. Zum Zeitvertreib versuchte er den Unterstand etwas wohnlicher zu machen oder spielte mit dem Hund, indem er ihm Steine warf und dieser sie eifrig zurückbrachte. Gefüttert wollte der auch sein. Matthias hatte zwar einen Vorrat an altem, steinhartem Käse, aber der ging ihm langsam aus. Sein Lager bestand aus dürrem Gras und wurde täglich etwas bequemer, weil er dauernd Gras ausriss, es an der Sonne trocknete und seinem Himmelbett, wie er es nannte, beifügte. Nur musste er sein Lager mit dem Hund „Bäru" teilen. Allerdings wusste er nachts seine Körperwärme zu schätzen. Ganz dringend hoffte er, sie würden unten im Tal den Wolf baldmöglichst erwischen. Ihm bereitete das Schafe hüten kein Vergnügen.

Es war in der vierten Nacht. Endlich war Jakob eingeschlafen. Er hatte einen trüben, nasskalten Tag hinter sich, seine Moral war nicht die beste gewesen und der Schlaf für ihn eine Erlösung. Plötzlich war er hellwach. Der Hund knurrte aufgeregt und begann auch heftig zu bellen. Aha, fuhr es ihm durch den Kopf, es geht los. Schnell erhob er sich aus seinem Lager, trat zusammen mit „Bäru" vor den Unterstand. Und während der Hund bellend in Richtung der aufgeregt umherwirbelnden Schafe lief, schrie er aus Leibeskräften, willst du wohl verschwinden, du Lump, und klopfte dazu mit seinem Stock auf einen Stein. Trotzdem war es wohl schon passiert. Oben am Hang schrie ein Schaf jämmerlich, und anschliessend kollerte etwas durch das Geröll herunter und blieb auf einem flacheren Stück liegen. Der Hund war offenbar sofort zur Stelle und heftiges Bellen und Knurren verriet, dass er wohl den Wolf vor sich hatte. Aus der Tatsache, dass sich der Lärm entfernte, konnte Jakob schliessen, dass Bäri wohl den Wolf vertrieb. Etwa nach fünf Minuten kam der Hund hechelnd zurück. Zünti lobte ihn entsprechend. Danach schlug er Feuer, zündete seine Laterne an und begab sich, begleitet vom Hund, auf die Suche. Der führte ihn direkt zu einem jungen, toten Schaf, das ohne Zweifel dem Wolf zum Opfer gefallen war. Es war ja ausgemacht, dass man den Riss liegen lasse, damit man in der nächsten Nacht dem Wolf auflauern könne. Daran wollte sich Jakob halten, zweifelte aber daran, dass dies von Erfolg gekrönt sein könnte. Es war immer noch zu wenig Mond und dazu bedeckt. Zünti wusste von einem italienischen Zellengenossen aus dem Piemont, der mit ihm im Zuchthaus war, wie sie in seiner Heimat die Wölfe bekämpften. Die liessen die Kadaver liegen und bestreuten sie mit angewelktem und zerstampftem Eisenhut. Der sei so giftig, dass ein Mensch von zwei Gramm zu Tode käme. Selbst bei einer Berührung damit könne man sich schon vergiften. Die Wölfe könne man danach in der näheren Umgebung zusammenlesen. Eisenhut fände er genug, aber der Hund müsste weg, sonst käme der Wolf

247

wahrscheinlich nicht zum Riss zurück. Er müsste ihn hinunter ins Tal bringen. Dieser Gang wurde ihm erspart, weil der Bauer mit einem Rucksack voll neuer Essvorräte erschien. Jakob erzählte ihm, was geschehen war und was er zu tun gedenke. Dazu wünschte ihm Hans Zisset viel Erfolg und kehrte nach kurzer Rast ins Tal zurück.

Das italienische Rezept hatte Erfolg. Nicht weit vom Riss entfernt lag der Wolf tot in einem kleinen Wildbach. Nun konnte Zünti seine Arbeit im Wildheu wieder aufnehmen und hatte erst noch wieder zwei Ziegen. Seine Sorgen war er deshalb noch lange nicht los. Seine Kinder hatten zwar zu essen und waren gottlob gesund. Aber es mangelte ihnen dauernd an Kleidern, besonders an Schuhen. Im Sommer liefen sie zwar barfuss herum. Aber der Winter würde bestimmt kommen. So versuchte Jakob jeweils am Abend bei Laternenlicht zu flicken was er an den Schuhen flicken konnte. Vor allem schnitzte er aus Ahornholz neue Sohlen, derweil Susi allerlei Kleider aus Schafwolle strickte.

Trotz ihrem Fleiss waren sie dauernd in Sorge. Vor allem am Häuschen wären viele Reparaturen nötig gewesen.

Sorgen haben auch ihr Gutes. Vor allem schweissten sie Susi und Jakob unzertrennlich zusammen. Kaum je ein böses Wort fiel zwischen ihnen. Kaum eine Arbeit, die vorher nicht besprochen wurde.

Wohl gab es in Guttannen Leute, die gerne geholfen hätten. Aber weil ihn alle noch für einen Brandstifter hielten, wollte Jakob von ihnen auch keine Hilfe annehmen.

83

Die Laubbäume hatten sich schon wieder gelb und rot verfärbt und kündigten den nahen Winter an. Oben im Wald fand Susi noch Beeren. Das

248

Wildheu war eingebracht und so versuchte Jakob noch überall, oft zwischen grossen Steinen und Stauden, für seine Ziegen etwas Winterfutter zu erhaschen. Da war zwischen dem Saumpfad und der Aare noch ein Streifen Land. Oft wurde er überflutet und war von Steinen übersät. Weil sich sonst nie jemand um dieses Land kümmerte, fand Jakob auch hier noch zwischen den Steinen etwas Gras, das er als Heu einbringen wollte. Vorsichtig mähte er die Gräser, denn wenn er mit der Sense in einen Stein geschnitten hätte, wäre sie vielleicht unbrauchbar geworden.

Manchmal muss man sich auch ein bisschen ausruhen, selbst der stärkste Mann. So setzte sich Jakob neben der Aare auf einen grossen Stein und sann ein wenig über sein Leben nach. Dabei schaute er in die Aare. Was dieses Wasser wohl alles erlebte, bis es seinen Weg ins Meer gefunden habe. Etwas lag da eingeschwemmt in feinem Kies. Ein Stück Lederriemen. Leder ist Leder. Das kann man immer gebrauchen, dachte er. Vielleicht kann man damit ein paar Schuhe flicken oder es als Türangel benutzen. Da es für seine Hände unerreichbar in der Aare lag, nahm er seine Sense, und mit ihrer Spitze erreichte er tatsächlich das Leder, eine Schlaufe, beidseitig eingeschwemmt. Die sass aber so fest, dass die Sense gebrochen wäre, wenn er noch stärker gezogen hätte. Vielleicht mit dem Rechen, dachte er. Mit ihm konnte er tatsächlich den Riemen etwas lockern, aber da schien noch mehr dran zu sein. Er rüttelte immer wieder etwas daran, und so wurde Kies und Sand weggespült, und nach langem war ersichtlich, dass er da wahrscheinlich an einem Rucksackträger zog. Vielleicht könnte er nun das Leder mit seinen Armen erreichen. Es gelang, aber immer noch leistete das Ding erheblichen Widerstand. Mit aller Kraft zog er weiter und endlich zeigte sich, dass er da an einem Rucksack zog. An einem Tragsack ganz aus Leder. Die Träger aus dickem Rindsleder und der Sack wohl aus Ziegenleder. Soviel Leder. Er freute sich über seinen Fund. Da der Rucksack aber prall gefüllt zu sein schien, war er gespannt, was sich wohl darin

249

befinden mochte. Höchstwahrscheinlich verdorbene Verpflegung. Zuerst liess er ihn ein wenig abtropfen, staunte aber, wie schwer er war. Er setzte den Fund auf einen Stein und versuchte den Sack zu öffnen. Der Knoten liess sich nicht lösen, so dass er sein Sackmesser zu Hilfe nehmen musste. Was Teufels? Der Sack schien mit Stroh oder Lischgras ausgestopft zu sein. Das Ganze mit feinem Sand verklumpt. Da muss etwas ganz fest verpolstert worden sein. Gespannt auf den Inhalt begann er nun den Sack zu entleeren. Etwas Schweres musste es sein. Viel schwerer als Wasser. Endlich legte er wiederum ein Pack aus feinem Leder frei. Nun zitterte er aber vor Aufregung. Gut eingewickelt schien da ein prächtiger Bergkristall zu sein. Eine dreiteilige Stufe. Er schien unversehrt, und als er endlich freigelegt war, leuchtete auf ihm aufgewachsen ein weiterer himbeerroter durchscheinender Kristall, dessen Namen er nicht kannte. Was er wusste, dieser Stein war etwas wert. Sicher einen Napoleon. „Gott, was bin ich heute für einen Glückspilz. Ich glaube, wenn ich den verkaufe, kann ich der Ältesten ein paar Schuhe kaufen und vielleicht sogar noch eine neue Sense." Er wusch seinen Fund sorgfältig und legte ihn alsdann auf einen Stein zum Trocknen. Unterdessen waren Säumer vorbeigezogen, die ihn überhaupt nicht gross beachtet hatten. Einige riefen ihm einen Gruss zu, andere nicht. Er setzte nun seine Arbeit, das Gras zu mähen, fort. Die Ziegen brauchten Futter.

Der Mann, der da an der Spitze einer längeren Karawane auf einem Pferd sass, musste wohl nicht der Ärmste sein. Das sah man schon an seiner Kleidung. Der stoppte plötzlich sein Pferd und stieg ab. „Darf ich mir einmal ansehen, was du da auf dem Stein hast?"

„Meinetwegen, wenn es euch beliebt." Lange stand der Mann vor dem Stein. Dann winkte er seinen Säumern, sie sollten weiterziehen, er komme nach.

„Woher hast du diese Stufe?", wollte er wissen.

„Aus der Aare gezogen."

250

„Möchtest du sie verkaufen?"

„Vielleicht, wenn mir jemand genug bietet!"

„Ich will dich nicht betrügen. Ich biete dir zweihundertfünfzig Napoleon."

„Solche Scherze treibt man nicht mit einem armen Mann." Jakob glaubte ihm kein Wort und wandte sich wieder seiner Arbeit zu.

„Ich treibe keine Scherze, dieser Stein ist so viel wert, und ich werde erst noch etwas daran verdienen."

Nun wurde Zünti blass wie ein Leinentuch. „Das kann ich nicht glauben!"

„Wenn du willst, schliessen wir den Handel hier auf der Stelle ab. Ich habe zwar nur etwa fünfzig Napoleon bei mir. Für den Rest gebe ich dir einen Scheck, den du in Innertkirchen einlösen kannst."

Jakob wollten die Beine nicht mehr tragen. Er musste sich auf einen Stein setzen. Das sei ein Traum. Das könne nicht wahr sein. So viel könne kein Stein wert sein. „Ich glaube, ich bin nicht mehr bei Sinnen!"

„Du hast wohl noch nie so viel Geld gesehen. Komm schlag ein bevor ich mich anders besinne."

Langsam erholte sich Jakob von seinem Schock und stand auf. Er konnte nun auch wieder klar denken. Auch wenn der Wechsel ein Betrug sein sollte, fünfzig Napoleon waren ja schon eine Menge Geld. Trotzdem fragte er nun, wer ihm denn garantiere, dass der Wechsel auch wirklich gedeckt sei.

„Ich mit meinem Namen. Da mach dir keine Sorgen. Oder soll ich dir darauf einen Eid leisten?" Er zog eine Börse aus seiner Manteltasche und zählte fünfzig Goldstücke heraus. „Hier, die Anzahlung. Du siehst, dass ich es ernst meine. Willst du nun einen Wechsel oder willst du nicht?"

Als nun Jakob die Goldmünzen sah, konnte er nicht mehr ablehnen.

„Gut, dann schreibe ich den Wechsel. Was du mit dem Geld machst ist deine Sache, aber lass es dir nicht stehlen.

Sorgfältig packte der Mann nun den Kristall in seine Satteltasche, nachdem er den Wechsel geschrieben hatte, wünschte noch alles Gute, sass auf und weg war er.

Jakob verstaute das Geld gleich in dem gefundenen Rucksack und trat umgehend den kurzen Heimweg an.

Zu Hause traf er Susi beim Beeren konservieren. Er fragte sich, ob sie dieses Glück überhaupt verkraften könne. Er hatte Angst, das Herz könnte ihr stehen bleiben. So sagte er zuerst zu ihr: „Schau, was ich gefunden habe", und zeigte ihr den Rucksack.

„Potz Tausend, das gibt aber ein schönes Stück Leder. Den hast du wohl aus der Aare gefischt."

„Ja, das habe ich. Dabei öffnete er den Sack und zählte nun langsam einen Napoleon um den andern auf den Stubentisch, zum Entsetzen seiner Frau, die Ihren Mann schon im Gefängnis sah, weil sie glaubte, er habe Säumer überfallen.

So wurde es Zeit, ihr alles zu erzählen. Da fiel sie ihm weinend um den Hals und fragte immer wieder: „Ist das wahr, Hans? Das kann uns nur der liebe Gott geschenkt haben."

„Ja, nun können wir das Häuschen reparieren lassen."

„Und den Kindern warme Winterkleider kaufen!"

„Komm, wir wollen dem Herrn danken!"

84

Wenn Menschen, die in Armut gelebt haben, ein halbes Leben lang nichts als unerfüllte Wünsche hatten, ist die Gefahr gross, dass sie, wenn sie plötzlich zu Reichtum gekommen sind, sich nun diese Wünsche erfüllen wollen. Männer und Frauen in gleicher Weise. Nicht so bei Susi und Jakob.

Jakob kaufte sich lediglich eine neue Sense, und seine Frau wünschte sich ein paar Schafe, damit sie selber Wolle hätte zum Spinnen. Jedoch einmal die Kinder anständig zu kleiden hatten sie beschlossen. Das war allerdings gar nicht so einfach. Dazu mussten sie mit allen Vieren zu einem Schneider, damit er Mass nehmen konnte. Die Buben sollten neue Hosen erhalten, dazu eine Joppe, und die zwei Mädchen einen Rock. Schuhe waren zum Teil auch dringend notwendig. So schien ihnen ein Gang nach Innertkirchen unumgänglich und zwar die ganze Familie. Die Kleider, die ihnen zu diesem Gang zur Verfügung standen zeugten sehr von Armut, waren aber sauber und geflickt. Auch wurde jedes der Kinder dazu angehalten, sich beim Brunnen gründlich zu waschen. Man wartete noch ein paar Tage auf schönes Wetter, bevor man loszog. „Ein komisches Züglein", spotteten die Leute, die sie sahen. „Die werden wohl auswandern wollen."

In Innertkirchen fragten sie zuerst nach der Wechselstube. Dort sass ein Herr hinter einem Pult und musterte diese kleine Gesellschaft mit kritischen Blicken. Was wollen die wohl in einer Wechselstube? Mürrisch fragte er nach ihrem Begehren. Da zog Jakob seinen Wechsel aus der Tasche und streckte ihn dem Mann hin. Jener erschrak zwar ein wenig, sagte aber schnell, dass dieser Wechsel gedeckt sei und dass sie das Geld jederzeit ausbezahlt bekämen. Allerdings möchte er ihnen raten, nicht mehr als nötig zu beziehen. Es könnte ihnen sonst gestohlen werden. Gerne hätte er gefragt, wie sie zu diesem Wechsel gekommen seien. Aber das ging ihn nichts an.

„Ihr könnt auch einkaufen gehen und mir nachher die Rechnung bringen. Dann erledige ich die Zahlung." Davon wollte allerdings Jakob nichts wissen. Jeder Krämer würde ihnen misstrauen und zuerst nachfragen, bevor er ihnen etwas liefern würde. Dazu hatte er vierzig von den fünfzig Napoleon im Sack, die ihm dieser Herr bar ausbezahlt hatte. So sagte er, er habe im Moment nichts nötig. Er melde sich, wenn er Geld brauche. Wichtig sei, dass er wisse, dass der Wechsel gedeckt sei. Gleich fragte er auch noch, ob er im Dorf einen Schneider wüsste, den er empfehlen könnte. Ja, da könne er ihm den Jost empfehlen. Der sei zwar ein bisschen teuer, dafür mache er gute Arbeit und lasse einem nicht wochenlang warten. Er erklärte Jakob auch noch gerade, wo er ihn finde und war überhaupt sehr freundlich, nachdem er den Wechsel gesehen hatte.

So begab sich also Zünti mit seiner ganzen Familie zu dem empfohlenen Schneider. Man sah schon an der Haustüre und bei der Begrüssung, dass der Mann da einige Bedenken hegte. Ich mache ja gerne Arbeit, aber ich möchte sie auch bezahlt haben, ging es ihm durch den Kopf, als er die schlecht angezogene Familie sah. Immerhin fragte er nach ihren Wünschen.

„Wir brauchen neue Kleider. Etwas Währschaftes und Gutes, für uns alle."

„Das kostet aber Geld, lieber Mann!"

„Da habt keine Bedenken. Ich kann eine Anzahlung leisten." So hiess sie der Schneider immerhin eintreten.

„Neue Kleider für die Kinder? Oder für die Eltern auch gleich?"

„Jedenfalls für die Kinder und für uns, wenn das Geld noch reicht."

„Ich kann euch nur ungefähr sagen, was es kosten wird. Für die Buben neue Hosen und eine Joppe und für die Mädchen je einen neuen Rock. Ich denke, etwa mit fünfzehn Napoleon wäret ihr dabei."

„Und für meine Frau ein neues Kleid und für mich ein neues Paar Hosen?"

„Ich würde sagen, noch einmal fünfzehn."

Das wäre ein Auftrag, dachte der Schneider, aber er möchte wetten, die könnten das nicht bezahlen.

„Was für eine Anzahlung verlangt ihr?"

„Die Hälfte, also fünfzehn."

Nun klaubte Jakob sein Ledersäcklein, das er aus dem gefundenen Rucksack gebastelt hatte, hervor und zählte daraus die fünfzehn Goldvögel auf den Tisch. Dabei drehte er das Säcklein so, dass der Schneider auf den restlichen Inhalt auch noch einen Blick werfen konnte. Dessen Miene erstrahlte fast wie jeweils der Vollmond, wenn er hinter einer Bergkette erscheint. So ein Auftrag. Nicht einmal der Pfarrer hatte jemals so viel bei ihm bestellt.

Nun begann das Messen. Zuerst bei den Kindern und danach beim Vater.

„Und nun du Mutter!"

„Ach, ich brauche doch nichts. Ich bin glücklich, wenn die Kinder versorgt sind."

„Nein , nein, so geht das nicht. Sag, was du für ein Kleid möchtest!"

Was sollte sie sagen? Sie verstand sich überhaupt nicht auf Kleider. Sollte sie sich einen Rock wünschen oder etwas Zweiteiliges?

„Wenn ich dir etwas behilflich sein darf, gute Frau, ich hätte da etwas Fertiges, das dir wohl passen könnte. Eine Haslitaler Werktagstracht. Die kannst du zu jedem Anlass anziehen und später gar als Arbeitskleid benutzen. Willst du einmal hineinschlüpfen. Hier ist sie und anziehen kannst du sie dort hinter dieser Türe."

Unschlüssig trat Susi von einem Bein auf das andere. Durfte sie so etwas überhaupt anziehen? Sie fand zwar das Kleid wundervoll und doch zögerte sie.

„Schlüpf doch einmal hinein", ermunterte sie Jakob, „du kannst es immer noch ablehnen, wenn es nicht passt!" So verschwand sie mit dem Kleid hinter besagter Türe. Es dauerte schon eine Weile bis sie wieder erschien. Der erste Gedanke, der ihrem Mann durch den Kopf schoss war, hab ich wirklich eine so schöne Frau? Kleider machen eben Leute.

„Die musst du nehmen, die steht dir gut", ermunterte er sie, und der Schneider meinte, etwas Besseres könne er ihr nicht bieten.

So wurde man handelseinig, doch der Schneider meinte, etwa einen Monat müsse man ihm schon Zeit lassen.

„So gebe ich dir einen Monat und eine Woche, sonst wenn der Winter früh kommt, müssen wir warten bis im Frühling."

„Nun noch Schuhe. Ich glaube, die Kleineren können noch die der älteren Geschwister tragen, aber die zwei Grössten sollten unbedingt neue haben."

So wurde auch das noch erledigt, und man trat wieder den Heimweg an. Gut, dass man sich Verpflegung eingepackt hatte, denn alle waren nun hungrig geworden. Eine grosse Steinplatte diente nun als Tisch, ein kleines Bächlein daneben stillte den Durst und Käse und Brot den Hunger.

Nach genau einem Monat und einer Woche machte man sich wieder auf den Weg. Es wurde auch Zeit. Der Wind hatte die Blätter von den Bäumen gefegt, und der Winter stand vor der Tür. Wieder die ganze Familie erschien beim Schneider. Schliesslich mussten die Kleider ja probiert werden. Sie passten aber ausgezeichnet. Für die Kinder jedenfalls nicht zu klein, damit sie sie wirklich auch eine Zeit lang tragen konnten. Jakob zahlte noch die Rechnung wie sie vereinbart war. „Nun ziehen wir aber die neuen Kleider gleich an und werden die Leute am Weg ein wenig zum Staunen bringen."

Das gelang ihnen auch. Manch einer blieb stehen und schüttelte den Kopf. Bei Züntis ist der Wohlstand ausgebrochen. Man mutmasste, Susi könnte wohl geerbt haben. Immerhin wisse man ja nicht, wo sie hergekommen sei. Aber die hätten sicher ihr Geld schnell verbraucht, man wisse ja, dass arme Leute nicht damit umgehen könnten.

86

Das waren nicht die einzigen Mutmassungen, die angestellt wurden. In Guttannen wurden Züntis zum Tagesgespräch. Jeder versuchte auf seine Weise herauszufinden, wie die alle zu neuen Kleidern gekommen seien. Da nirgends ein Überfall gemeldet war, war wohl Raub auszuschliessen. Hatten sie die Kleider überhaupt bezahlt, oder würde eines schönen Tages der Gemeinde Guttannen die Rechnung präsentiert? Dies beschäftigte sogar den

Gemeinderat, aber ihr Ammann, Matthias Gafner, winkte ab. Dem war er nachgegangen. Der Schneider in Innertkirchen habe ihm bestätigt, dass die Kleider bezahlt worden seien und zwar mit Gold. Das gab erneut zu denken, doch niemand konnte das Geheimnis lüften.

Es musste wohl noch mehr vorhanden sein, denn man sah den Dachdecker bei Zahnds das Dach flicken und der Schreiner ergänzte die zerbrochenen Fensterscheiben. Allerdings, und das wunderte die Leute am meisten, Jakob bemühte sich um Arbeit, wo er nur konnte und Susi spann fleissig Wolle, als wäre nichts geschehen.

Auf den Herbst folgte nun ein strenger Winter und oft schien es, Guttannen läge in einem Winterschlaf. Dass dem nicht so war, bewiesen vor allem die Kinder, die nun die Schule besuchen mussten. Unter ihnen waren nun auch die zwei älteren Zahndkinder. Wie alle Jahre waren die Eltern um Trampelpfade besorgt, damit für die Kinder der Weg zur Schule im hohen Schnee überhaupt möglich war. Das war immerhin eine Beschäftigung, die die Männer veranlasste, doch gelegentlich die Ställe und das Haus zu verlassen. Auch der Bären war immer bereit Gäste zu empfangen, und fast täglich wurde in irgendeiner Ecke ein Jass geklopft. Die Frauen ihrerseits fanden sich oft zusammen, um sich bei ihrer Arbeit, dem Spinnen, gegenseitig ein wenig zu unterhalten und zu schwatzen.

Kaum ein Zusammentreffen, wo nicht über Züntis gemunkelt wurde. Wenn Frauen etwas erfahren möchten und es eben nicht herausbekommen, so gibt es welche, denen raubt es fast den Schlaf. Die Neugier etwas Neues zu erfahren, treibt sie zu wahren Untaten. Mit viel List versuchen sie das Geheimnis zu ergründen. Teilerfahrenes zu sammeln und es zusammenfügen. So eine Frau war Berta Zisset. Täglich spann ja Susi Zahnd bei ihr Wolle, und trotz heimtückischer, geschickt gestellter Fragen erfuhr sie rein gar nichts. Vielleicht, wenn sie Zahnds einen Besuch abstatten würde. Vielleicht wäre Jakob weniger verstockt. Vielleicht würde eine

Flasche Wein ihm die Zunge lösen. Es war ja kurz vor Weihnachten. Sie könnte, um Susi für die langjährige Hilfe zu danken, einen Kuchen backen und ihn zusammen mit einer Flasche Wein vorbeibringen. Wenn sie auf diese Weise etwas erfahren könnte! Das wäre das grösste Weihnachtsgeschenk!

Der Kuchen geriet ihr gut, und den Wein entwendete sie ihrem Mann, denn freiwillig hätte dieser Geizkragen keinen herausgerückt. Die Waffen einer Frau. Gut eingehüllt in einen Wollmantel machte sie sich auf den Weg. Auf ihr Klopfen öffnete Susi nun die gut reparierte Haustüre, etwas erstaunt über den Besuch.

„Wie schön dass du uns einmal besuchst. Komm herein, es ist kalt hier draussen."

„Ich habe gedacht, ich bringe dir etwas zu Weihnachten, als Dank dafür, dass du mir schon so lange spinnen geholfen hast."

„Das freut mich sehr, willst du deinen Mantel ausziehen?"

„Ja gerne, es ist schön warm in eurer Stube."

„Ich will meinem Mann rufen. Er hackt Holz hinter dem Haus. Die zwei Kleinen sind bei ihm und die Grösseren in der Schule. Setz dich hier an den Tisch, ich bin schnell zurück."

Berta Zisset hatte nun Gelegenheit, unbeobachtet die kleine Stube zu betrachten. Aus grobem Holz gezimmert war sie und wurde von einem grossen Sandsteinofen erwärmt. Die Decke wurde von zwei mächtigen Balken getragen und diente zugleich als Ablage für diverse Zettel, die wie in vielen Stuben einfach in den Spalt zwischen Bretter und Balken geschoben waren. Wohl die meisten, um an etwas zu erinnern, vielleicht was man als nächstens im Dorf beschaffen sollte oder wann die Abgaben an die Gemeinde zu bezahlen seien, dass man vielleicht den Geburtstag der Frau nicht vergessen sollte und vieles mehr. Ein Zettel fiel Berta besonders ins Auge. Er war aus dickerem Papier, und als sie ihn besser betrachtete, war das Wort Wechsel auf ihm gedruckt. Die Frau zitterte vor Erregung. Steckte darin vielleicht das Geheimnis? Frau Zisset hörte Susi hinter dem Haus ihrem Mann rufen. Zeit genug den Zettel zu lesen bis die Zwei zurückkamen. Schnell zog sie ihn hinaus und entfaltete ihn. Tatsächlich, ein Scheck ausgestellt auf Jakob Zahnd, und die Summe, ihr stockte der Atem. Zweihundert, zweihundert Napoleon. Schnell und fast wie von Sinnen faltete sie das Blatt wieder zusammen und steckte es gerade noch rechtzeitig an seinen Platz.

„Grüss dich, Jakob." Sie hatte die Kontrolle über sich schon wieder gewonnen. „Deine Frau ist mir eine tüchtige Helferin, deshalb dachte ich, ich könnte ihr zu Weihnachten einen Kuchen backen. Da er mir etwas trocken geraten ist, habe ich hier noch eine Flasche Wein zum Hinunterspülen."

„Grossmächtigen Dank, Berta. Kuchen gibt es bei uns selten und Wein schon gar nicht. Eigentlich könnten wir beides gleich versuchen. Einmal ein bisschen zusammensitzen kann auch nicht schaden."

„Ja, das meine ich auch. Man hört, es gehe euch gut. Mein Mann und ich mögen euch das von Herzen gönnen."

„Da bin ich mir allerdings nicht so sicher", dachte Jakob bei sich. Er fühlte gut, was Berta hätte wissen wollen. Nur das vernahm sie nicht, trotz einer Flasche Wein.

So ging sie nach Hause mit einem Halbwissen. Einerseits wusste sie nun Bescheid über die Grösse von Zahnds Vermögen, aber woher es stammte, blieb ein Geheimnis. Ihr Mann wusste nun aber genug. „Du bist die Beste", rühmte er seine Berta, „und ich wette mit dir eine schöne Kuh, bis in einem halben Jahr gehört dieses Geld mir."

„Das würde mich nicht wundern. Um Geld würdest du ja deine Seele verkaufen!" Sie kannte ihren Mann gut genug. Wenn er Geld witterte, hätte man ihn mit einem Wolf vergleichen können, der eine Schafherde wittert.

Gierig und rücksichtslos wusste er seinen Reichtum zu vermehren. Er war einer derjenigen die behaupteten, Reichtum solle nur dort sein, wo er geschätzt werde. Ja, und wenn man alles Geld auf alle Leute gleichmässig verteilen würde, hätten es nach kurzer Zeit doch wieder diejenigen, die es vorher besessen hätten.

Sich wie ein Wolf anschleichen und im richtigen Moment zupacken sei der Weg zum Erfolg.

Sind es wirklich die Reichen und Geizigen, die glücklich sind und zufrieden mit ihrem Leben? Die sich statt an einer schönen Blume oder an einem lieben Kind an nichts als an ihrem Geld freuen können? Jede Hoffnung sie zu ändern führt zu nichts, und sollten sie jemals einen Verlust erleiden, bricht für sie eine Welt zusammen.

So einer war Hans Zisset. Kaum hatte er von dem Wechsel und dem hohen Betrag gehört, wusste er schon, wie er diesem Geld habhaft werden wollte. Er wartete noch bis nach Weihnachten, doch noch bevor das alte Jahr vorbei war, erschien er bei Züntis und wünschte etwas mit Jakob zu besprechen. Susi hiess ihn eintreten. Jakob sei hinter dem Haus. Sie hole ihn.

Der erste Blick, als er so allein in der Stube war, galt natürlich dem Deckenbalken, und so wie es ihm seine Frau beschrieben hatte, fiel natürlich sein Blick sofort auf den Wechsel. Derweil trat nun Jakob in die Stube. Susi trat auch noch unter die Türe und fragte, ob sie auch dabei sein müsse.

„Nicht unbedingt. Es ist eher eine Angelegenheit unter Männern."

„Nun, was führt dich zu mir?"

„Ja, das ist so eine Sache. Ich werde auch älter, und die Arbeit geht mir nicht mehr leicht von der Hand. Kurz, ich möchte meinen Betrieb verkleinern. Viel Arbeit geben mir im Winter die Schafe. Deshalb möchte ich sie verkaufen samt der Schafalp, die du ja gut kennst. Da habe ich an dich gedacht. Ich würde dir ein gutes Angebot machen. Natürlich hätte ich auch noch andere Interessenten, aber es wäre mir lieb, wenn ich mit dir handeln könnte."

„Bevor wir weiter darüber reden, solltest du mir sagen, wo ich das Futter für den Winter hernehmen soll?"

„Überleg es dir. Statt das Wildheu den Bauern dreckbillig zu verkaufen, könntest du es ja den eigenen Schafen füttern!"

„Du meinst, ich hätte so viel Geld, um dir die Alp samt den Schafen abzukaufen?"

„Nein, das weiss ich nicht, aber du könntest dir sicher darauf auch Geld leihen."

Natürlich wusste Zisset, dass Zahnd mehr als genug Geld hätte, um diesen Handel abzuschliessen, aber das wollte er sich nicht anmerken lassen.

„Was sollte denn das ganze kosten?"

„Ein Schaf gilt etwa zwei Napoleon. Hundert Schafe also zweihundert Napoleon. Ich biete sie dir an für hundertzwanzig und fünfzig Napoleon für die Weide. Das ist ein sehr gutes Angebot und gilt nur für dich. Du musst nämlich wissen, dass ich noch andere Interessenten habe. Wenn du klug bist, schlägst du ein!"

Zisset hatte sich ausgedacht, dass es besser wäre, nicht gleich die zweihundert Napoleon zu verlangen. Zahnd würde sicher eher einschlagen, wenn ihm ein Rest seines Geldes bleiben würde. Das konnte er ihm später immer noch abjagen.

„Dein Angebot ist wirklich verlockend, aber immerhin brauche ich Bedenkzeit. Dazu will ich meine Frau auch noch nach ihrer Meinung fragen."

„In solchen Angelegenheiten frage ich meine Frau nie. Frauen verstehen nichts vom Geschäft. Aber das musst du ja selber wissen."

„Gut, in einer Woche gebe ich dir Bescheid."

„Abgemacht, aber ich denke, da gibt es nicht viel zu überlegen." Damit verabschiedete er sich, schon jetzt siegesbewusst.

Zuerst dachte Jakob allein über das ganze Angebot nach. Eine innere Stimme warnte ihn. Aber das war doch ein gutes Angebot. Hundert Schafe und die Weide. Damit wäre er ein richtiger Bauer. So schwankte er zwischen Zusage und Ablehnung. Nach Feierabend im Bett würde er mit Susi das Angebot besprechen.

So erläuterte er seiner Frau, zu welchem Zwecke ihn Zisset besucht hatte.

„Meinst du nicht auch, das wäre ein gutes Angebot?"

„Das schon, aber ich habe trotzdem kein gutes Gefühl. Ich kann mir nicht vorstellen, dass dieser Geizkragen etwas veräussert, das ihm einen Gewinn einbringt."

„Vielleicht braucht er das Geld, um ein anderes, noch besseres Geschäft zu machen."

„Das wäre immerhin möglich. Ich weiss nicht, was ich dir raten soll."

„Es ist unser gemeinsames Geld. Ohne deine Einwilligung gebe ich es nicht aus."

„Es einfach in der Wechselstube liegen zu lassen bringt uns auch nicht viel."

„Wir wollen noch darüber schlafen und uns alles gut überlegen."

Schon beim Morgenessen tauchten neue Fragen auf.

„Wo würden wir die Schafe im Winter unterbringen? Wir brauchten eine Scheune."

„Da hast du Recht, Susi. Daran habe ich diese Nacht auch gedacht."

„Würde die nicht den Rest unseres Vermögens kosten?"

„Ich glaube nicht ganz, aber fast."

„Irgendeine innere Stimme warnt mich, aber es ist vielleicht die Angst, die wir Frauen immer haben, wenn es um Entscheidungen geht."

„Weisst du was, ich frage den Gemeindeammann um Rat, den Gafner Matthias."

„Das wird wohl das Beste sein. Ich nehme nicht an, dass Zisset hilft, ein krummes Ding zu drehen!"

Schon am gleichen Abend suchte Jakob den Ammann auf. Er schilderte ihm, was ihm Zisset angeboten hatte und bat ihn um einen guten Rat. Des Matthias Stirne legte sich in Falten. So richtig wollte ihm die Sache nicht gefallen. So fragte er ohne Umschweifen, ob er denn diesen Betrag bezahlen könnte. „Ja, das könnte ich", war die Antwort.

„Ja,, was soll ich dir raten? Auf den ersten Blick scheint es mir ein gutes Angebot zu sein. Weil ich aber Zisset fast nur zu gut kenne, habe ich ein wenig Bedenken. Wo willst du dann die Schafe im Winter unterbringen? Dazu brauchst du eine Scheune. Überlege es dir gut. Die wird auch noch etwas kosten. Wo hast du dein Geld angelegt?"

„In Innertkirchen in der Wechselstube!"

„Gut, dort ist es sicher. Ich möchte dir folgendes empfehlen: Lass dich dort beraten. Die verstehen sich auf solche Geschäfte. Von mir aus sage ich nicht gerne, schlag ein, möchte dir aber auch nicht vor deinem Glück sein."

„Danke für deinen Rat, ich werde den Wechselstubenbesitzer aufsuchen."

Mit den besten Wünschen und einem Gruss an seine Frau kehrte Jakob in sein bescheidenes Heim zurück.

Wieder einmal beschäftigte Matthias Gafner die Frage, woher wohl Zahnd das viele Geld habe. Wenn er es gestohlen hätte, hätte er sich wohl nicht getraut, es in der Wechselstube anzulegen. Hatte er etwa oben beim Wildheuen Gold gefunden? Oder einen sehr wertvollen Stein? Es würde wohl ein Geheimnis bleiben.

Gerne wäre Jakob unverzüglich nach Innertkirchen gegangen. Aber Guttannen war ja wieder einmal von der Umwelt abgeschnitten. So suchte er Zisset auf und liess ihn wissen, er könne sich erst im Frühjahr entscheiden. Er müsse sich zuerst mit dem Wechsestubenbesitzer absprechen.

263

„Den Vertrag könnten wir trotzdem schon einmal aufsetzen", meinte dieser, was Jakob jedoch ablehnte. So wurde der Entscheid auf den Frühling vertagt.

So hatte Jakob den halben Winter Zeit, sich über eine allfällige Scheune Gedanken zu machen. Viel Geld würde ihm wohl nicht übrig bleiben. Aber er würde ja dann Einnahmen aus dem Verkauf der Wolle haben. Viel diskutierte er auch mit seiner Frau. Die meinte, sie könne einfach nicht glauben, dass Zisset etwas verkaufe, das einen Gewinn abwerfe. Nun, kommt Zeit, kommt Rat.

87

Es wurde Frühling. Zeit, den Saumweg zu öffnen. Schon bald erschienen auch die ersten Mulis mit ihren Lasten. So machte sich Jakob auf den Weg nach Innertkirchen. Bald schon holte er eine Kolonne ein. Walliser, die Wolle geladen hatten. Das gab ihm zu denken. Es war sonst nicht üblich, dass die Walliser Wolle ins Bernbiet brachten. Eher umgekehrt. Was war wohl der Grund? Er nahm an, dass hier auf der Berner Seite ein besserer Preis bezahlt wurde. Etwas anderes konnte er sich nicht vorstellen. Falls die die Wolle in Innertkirchen verkaufen wollten, wäre ihm das gerade Recht. So würde er gleich erfahren, zu welchem Preis sie eigentlich gehandelt würde.

In Innertkirchen gedachte sich Jakob vorerst die Haare schneiden zu lassen. Als dies geschehen war, begab er sich zu der Scheune, wo die Waren der Säumer gehandelt wurden. Der Walliser mit der Wolle war wohl gerade dabei, seine Wolle dem Händler zu verkaufen. Offenbar waren sie aber nicht einig. Jedenfalls hatte der Walliser einen hochroten Kopf und drohte dem Händler mit der Faust. „Das muss ich mir anhören", dachte sich Jakob. „Da kann ich vielleicht etwas lernen." So trat er so nahe an die Zwei heran, dass er jedes Wort verstehen konnte, das sie wechselten.

„Ich kann nichts dafür", brüllte der Händler. „Die Wolle unserer Bergschafe will niemand mehr. Die sei viel zu grob, sagen die Käufer. Man kauft nur noch Merino Wolle. Wolle der Bergschafe genügt nur noch, um daraus Teppiche zu knüpfen. Und wo werden Teppiche geknüpft, he? Im Orient, und die haben selber Wolle. Verteile deine Ware unter die Armen, damit sie für ihre Kinder Strümpfe stricken können."

„Ihr seid schon verfluchte Lumpenhunde. Halsabschneider seid ihr. Der Teufel soll euch holen."

„Hör gut zu, lieber Mann. Weshalb kommst du mit deiner Wolle zu uns? Weil du dachtest, wir langsamen Berner hätten noch nicht gemerkt, dass sie nichts mehr gilt. Im Wallis weiss man das sicher längst. Aber wir sind halt hier auch nicht hinter dem Mond. Meinetwegen lade deine Ware ab, wenn du sie nicht zurückführen willst. Ich gebe dir für die ganze Ladung einen Napoleon. Das ist mein letztes Wort."

Es nützte dem Walliser nichts, dass er fluchte wie ein Bürstenbinder. Auf dem Rückweg musste er etwas anderes laden, sonst würde sein Verlust noch viel grösser. So schmiss er dem Händler seine Wolle vor die Füsse und verschwand mit seinem Napoleon in der nächsten Taverne.

„So ist das also, Herr Zisset. So hast du dir das gedacht! Jetzt weiss ich Bescheid, weshalb du verkaufen willst. Gott sei Dank bin ich zu diesem Handel geraten." Den Gang in die Wechselstube ersparte er sich. Dafür liess er sich in einem Restaurant ein gutes Mittagessen schmecken und nahm danach den Heimweg unter die Füsse.

Susi war ausser sich vor Wut, als ihr Jakob alles erzählte. „Denen habe ich das letzte Mal Garn gesponnen", wetterte sie, aber Jakob meinte, seine Frau könne womöglich nichts dafür. Vielleicht wäre aus der Geschichte auch ein

Nutzen zu ziehen. Es sei ihm da ein Gedanke gekommen. Er werde ihr Bescheid sagen, wenn er die Sache zu Ende gedacht habe.

So begab er sich zu Zisset und sagte ihm einfach, aus dem Handel werde nichts. Er habe mit seinem Geld Besseres vor.

88

Wer nicht gelegentlich unter die Leute geht, vielleicht ein Wirtshaus besucht oder einen Jahrmarkt, der vernimmt nichts, nicht was in seiner Nähe geschieht und auch nicht in der weiten Welt. Das galt vielleicht ein wenig für Jakob Zahnd. Weil er jahrelang als Brandstifter galt, hatte er sich von den Leuten abgeschottet. Sie gemieden und einfach sein Leben gelebt.

Immerhin, wenn er den Bauern Wildheu einbrachte, wurde er da und dort zu einem Kaffee eingeladen, besonders wenn es galt, seinen Lohn einzuziehen. Auf diese Weise erfuhr er doch einiges und hatte unter anderem gehört, dass ein Bauer im vorderen Gadmental seinen Betrieb umgestellt habe auf Ziegenmast. Nicht Milchziegen. Die lasse er einfach im Frühling auf die Weide, wo sie Junge warfen, die sie säugten und im Herbst verkaufe er sie zum Schlachten. Das Fleisch sei sehr gesucht, und er hätte mit den Ziegen wenig Arbeit. Das war das, was Jakob seit einiger Zeit in Gedanken beschäftigte. Wie immer besprach er sich mit seiner Frau. Der Zisset hatte ihm ja die Schafe und die Weide angeboten. Hundertzwanzig Napoleon für die Schafe und fünfzig für die Weide. Er könnte Folgendes versuchen. Er gehe zu Zisset, sage ihm, die Schafe könne er behalten, aber für die Weide biete er ihm fünfzig Napoleon. Vielleicht würde er einschlagen. Dann würden sie vorerst etwa zwanzig Ziegen kaufen und natürlich einen Bock und die auftreiben. Es würde wahrscheinlich etwas dauern, bis alles funktionieren würde. Für den Winter müssten sie einen einfachen Stall aufstellen. Spätestens im zweiten Herbst könnten sie dann die Schlachttiere aussortieren und verkaufen.

„Weisst du was? Suche doch diesen Bauern im Gadmental auf. Vielleicht kannst du von ihm etwas lernen und erfahren."

„Das ist ein guter Gedanke. Das mache ich. Am besten schon morgen."

Der Bauer im Gadmental gab ihm bereitwillig Auskunft. Kein Konkurrenzdenken, denn er könnte noch viel mehr Schlachttiere liefern. Er wäre auch bereit, ihm zum Anfang zwanzig Ziegen zu verkaufen.

Nun kam der schwierigere Teil. Würde ihm Zisset die Weide verkaufen oder hätte er am Ende auch schon erfahren was da für ein Geschäft zu machen wäre? Jedenfalls wollte Jakob nicht länger warten und dem Zisset sein Angebot unterbreiten.

„Wenn du ihm fünfzig bietest, wird er sechzig fordern, und wenn du ihm vierzig bietest, fünfzig." So riet ihm seine Frau.

„Ich habe verstanden, ich werde vierzig bieten."

„Ich wollte dir die Schafe und die Weide verkaufen. Das hast du abgelehnt. Mein Angebot halte ich aufrecht."

„Davon will ich nichts wissen. Vierzig für die Weide, das ist mein letztes Wort!"

„Was willst du überhaupt mit dieser Weide, wenn du doch keine Schafe willst?"

„Das wirst du noch früh genug erfahren."

„Immerhin will ich über diesen Handel nachdenken. Komm in drei Tagen wieder."

Was will wohl Zahnd mit dieser Weide? Das Wildheu? Das wird ihm nicht viel einbringen.

Eine Hütte bauen und Rinder sömmern? Die bringt er nicht dort hinauf. Vierzig Napoleon wären immerhin eine Menge Geld für eine wertlos gewordene Schafweide Ich werde fünfzig verlangen. Wenn er die Weide wirklich will, wird er einschlagen.

So kam dieser Handel zustande. Zwei Jahre später verkaufte Jakob die ersten Masttiere und Zisset kochte vor Wut.

Niemand sprach mehr respektlos von Züntis. Die Familie Zahnd galt nun als guter Bauernbetrieb und war dementsprechend geachtet. Jakob wurde sogar in den Gemeinderat gewählt. Darauf waren besonders Susi und die Kinder stolz.

Wieder einmal läutete in Guttannen die Hochzeitsglocke. Wem wohl? Heidi Gafner und Kurt Vonalmen hiessen die zwei Glücklichen.

Wie seit vielen Jahren zog eine fast endlose Säumerkarawane über die Grimsel. Die einen ins Wallis und die andern kamen von dort und brachten dem Dorf bescheidenen Wohlstand und war es auch nur, dass sie einkehrten um den Durst zu löschen.

ENDE